30인의 회귀자

30인의 회귀자 6

이성현 장편소설

초판 1쇄 찍은 날 § 2018년 3월 23일
초판 1쇄 펴낸 날 § 2018년 3월 30일

지은이 § 이성현
펴낸이 § 서경석

총괄팀장 § 최하나
편집책임 § 이지연

펴낸곳 § 도서출판 청어람
등록번호 § 제387-1999-000006호
등록일자 § 1999. 5. 31
어람번호 § 제1-2875호

주소 § 경기도 부천시 부일로 483번길 40 서경B/D 3F (우) 14640
전화 § 032-656-4452 팩스 § 032-656-4453
http://www.chungeoram.com
E-mail § chungeorambook@daum.net

ISBN 979-11-04-91692-2 04810
ISBN 979-11-04-91551-2 (세트)

6

피할 수 없는 분열

이성현 장편소설

FUSION FANTASTIC STORY

30인의
회귀자

도서출판 청어람

30인의
회귀자

목차

C O N T E N T S

제1장

죄책감

카르디어스 신성력 1399년 1월 13일.

구름이 낀 어두컴컴한 하늘 아래, 빛이라고는 찾아볼 수 없는 깊은 밤.

사면이 높은 산맥으로 둘러싸인 평지 가운데에 허름한 건물이 서 있었다. 유일하게 창밖으로 빛이 흘러나오는 방 안에서는 한 남자가 무언가를 열심히 작성 중이었다.

"......"

촛불이 만들어내는 작은 불빛 아래 손때가 탄 문서들이 무질서하게 흩어져 있었고, 잉크를 묻힌 깃털 펜이 종이 위를 빠르게 지나갔다.

작은 불빛이 그의 시야를 밝혀주었지만 마음은 어둡기만 했다.

길게 자라난 수염과 감지 않아 마구 헝클어진 머리카락, 얼룩이 잔뜩 묻어 있는 법의의 소매 끝자락, 그리고 동공 주위에 나타난 시뻘건 실핏줄이 남에게 말할 수 없는 고뇌를 암시하는 듯했다.

"어디서부터… 잘못된 것일까."

카르디어스 교단의 추기경 이스트라는 말끝을 흐리면서 깃털 펜을 문서 옆에 놨다.

처음에는 코어의 이식 과정에서 무의미하게 죽어가는 이들이 없기를 바라는 마음에서 연구를 시작했다. 하이브리드의 자질을 미리 알 수 있다면, 무작위로 시도할 필요 없이 적합한 자들에게만 코어를 이식하게 될 거라는 기대감을 가지고서.

그러나 이스트라는 연구가 완성되기 직전, 다른 의도로 악용될 수 있음을 깨닫고 손을 놨다.

친구 고든의 충고에는 인간의 추악한 욕망이 선한 목적을 어떻게 바꿀 수 있는지 담겨 있었다.

그 뒤, 고든의 죽음을 기점으로 이스트라는 연구 자체에 대해 미련을 완전히 버렸다. 많은 이를 구할 수 있는 방법을 꿈꿨으면서 정작 절친했던 친구의 죽음을 막지 못했음에 스스로를 탓했다.

그래서였을까. 이스트라는 사제들이 가장 꺼리는 교구 중한 곳인 하이브리드의 육성 지역인 벤트 섬에 남기를 택했다.

"그런데도 지금 나는……."

실험체로 쓰인 하이브리드의 시체를 해부하고, 분석하면서 구역질 나는 연구에 몰두 중이었다.

쉐일의 연구와 이스트라의 연구가 합쳐진 결과는 바로 성수의 탄생.

이제 교단은 절대 자신들을 거역할 수 없는 하이브리드를 '생산'할 수 있게 되었고, 거역할 수 있는 이레귤러를 사전에 발견해 처치하거나 새로운 연구 자료로 쓸 수 있는 기반을 확립했다. 그의 선의는 더 이상 성수의 목적 어디에서도 찾을 수 없게 되었다.

그럼에도 이스트라는 연구에 계속 몰두했다.

자신이 저지른 과오를 잊지 않으면서, 쉐일의 눈을 피해 진행 중인 또 다른 연구를 완성해야 했기에.

"하지만 그래도……."

3일 전에 새롭게 '실험체'로 들어온 하이브리드들을 보는 순간, 그의 결심은 산산이 허물어졌다.

그들 중 낯이 익은 소년 소녀들을 보자마자 이스트라는 겁에 질려 연구실로 도망쳤다. 앞으로 있을 미래를 떠올리면서 구토를 계속했다.

"우욱!"

견딜 수 없는 메스꺼움에 이스트라는 양손으로 입을 틀어막고 허리를 숙였다.

며칠 동안 제대로 먹은 게 하나도 없었기에 헛구역질만 반복

되었고, 더 이상 토해낼 것이 없는 입에서 거친 숨소리가 흘러나왔다.

"그것만은 절대 안 돼. 해서는 안 되는 짓이야. 절대로……."

혹시 착각한 게 아닐까 하는 생각에 새로 실험체로 온 이들의 문서를 꼼꼼하게 확인했다.

굳이 이름을 확인할 필요도 없었다. '벤트 섬'이라고 기록된 출신지 항목을 보는 것만으로도 그를 좌절에 빠뜨리기에 충분했다.

벤트 섬에서 자신이 가르쳤던 제자들마저 실험체로 쓰는 짓만은 차마 할 수 없었다.

그러나 교단과 자신을 이곳으로 끌고 온 쉐일은 이스트라에게 선을 넘기를 강요하고 있었다.

드르륵.

책상의 서랍을 연 이스트라는 안에 들어 있던 물건에 손을 가져갔다.

경비병들의 감시를 피해 탈출용으로 몰래 입수한 한 쌍의 단검.

교단에 인질로 억류 중인 여동생 때문에 손에 쥐지 못했던 단검이었지만, 이제 망설이는 것도 한계에 봉착했다.

"나는 탈출하지 못하더라도, 제자들만이라도……."

*　　　　*　　　　*

"으으, 밤이 되니 더 춥네."

검은색 법의를 걸친 크루겐이 똑같은 색의 머플러를 풀었다가 단단히 감았다.

추위에 전혀 영향을 받지 않는 둘, 그레인과 베스티나는 자세를 낮추고 연구소 쪽을 내려다봤다.

그러나 정문 쪽에 설치된, 그리고 건물 주위를 빙 돌며 순찰 중인 경비병이 들고 있는 횃불만으로는 연구소의 상황을 확실히 파악하기 어려웠다. 달빛도 없는 짙은 어둠 속에서 유일하게 연구소를 제대로 바라볼 수 있는 자는 크루겐 한 명뿐이었다.

유달리 덩치가 큰 펠릭스는 혹시나 눈에 띌까 아예 수풀 안쪽에 기다리고 있었다.

"어떻게 할래?"

크루겐은 양손을 비비면서 연신 입김을 뿜어냈다.

그레인 일행이 한 달가량의 기나긴 이동을 마치고 연구소 근처에 도착한 시점은 바로 어제.

전날 밤 크루겐은 연구소의 내부를 파악하기 위해 어둠을 이용하여 단신으로 연구소로 들어갔다. 그로부터 두 시간 뒤에 돌아온 크루겐은 겨울임에도 흘러내리는 땀을 닦아내며 고개를 절레절레 저었다.

겉보기에는 3층 높이의 평범한 건물이었지만, 곳곳에 몰래 숨어든 자들을 찾아낼 수 있는 마법적 장치가 설치되어 있었고 출입 자체가 엄격하게 제한되었다. 혹시 있을지도 모르는 하이브리드들을 찾아봤지만, 크루겐이 돌아다닐 수 있는 곳에선 찾아볼 수 없었다.

하이브리드들을 실험체로 쓰는 곳이기에 다행히도 병력에는 하이브리드가 포함되어 있지 않았다. 대신 성당 기사단 내에서도 뛰어난 실력을 지닌 자들이 물샐틈없는 경계를 유지 중이었다.

"어제도 말했지만, 잠입해서 이스트라 교관님만 데리고 나오기엔 무리야."

어둠을 이용해 타인의 눈을 속이고 잠입할 수 있는 크루겐이었지만, 건물 중 어디에 이스트라가 있는지 파악하는 데에는 결국 실패했다. 3층 중 2층까지만 조사할 수 있었고, 지하로 내려가는 입구는 굳게 닫혀 있어 확인 자체가 불가능했다.

"뭣보다 교관님을 찾아도 나 혼자 설득은 무리라고 봐. 어쩌면 강제로 끌고 와야 할지도 모르는데, 교관님 실력 잊은 거 아니지?"

"강했지."

이스트라가 작정하고 저항한다면 크루겐은 물론이고 그레인에게조차 버거울지도 모른다.

실제로 벤트 섬에서 수련받을 때, 그레인은 이스트라를 넘어설 수 없었다. 당시 이식받은 코어가 빙룡의 비늘이었다는 점을 감안해도 이스트라의 실력은 무시할 수준이 결코 아니었다.

게다가 적으로 맞서는 것이 아니라 안전하게 제압해야 하는 것이니, 이스트라보다 월등한 실력을 갖추고 있지 않으면 힘들다.

"역시 그 방법이 최선일 것 같아. 그렇지 않습니까? 전하."

자신을 부르는 소리에 펠릭스가 수풀 안쪽에서 천천히 걸어 나왔다.

그는 양팔과 상체에 둘둘 감고 있던 영겁의 사슬을 풀어 양 손에 칭칭 동여매고 있었다.

"어느 정도 시간을 끌면 되나?"

"가급적이면 오래요."

웬만한 공격에는 꿈쩍도 하지 않는 펠릭스에게 병력이 집중된 틈을 노려, 그레인과 크루겐이 건물 안으로 들어가 가능한 한 빨리 이스트라를 데리고 탈출한다는 계획.

"마법사들이 몇 명이라고 했지?"

"제가 직접 확인한 바로는 최소 다섯 명 이상일 겁니다."

"좀 귀찮겠군."

재생력을 가장 필요로 하는 부상 중 하나가 화염에 의한 것 이기에 마법사의 숫자를 들은 그레인의 표정이 살짝 굳어졌다.

하이브리드가 된 직후 광기에 휩싸였던 그를 제압했던 이도 마법사였다. 베릴란트 왕국의 대마법사라 일컬어지는 렌딜이었 다.

"그렇다고 너무 걱정할 필요까진 없다."

그레인이 우려 섞인 시선으로 바라보자 펠릭스의 입가에 옅은 미소가 자리 잡았다.

"나나 너희나 똑같은 결사대원 아닌가? 난 내가 해야 할 일을 하는 것뿐이니 그런 눈으로 보지 않았으면 좋겠군."

"완전히 똑같다고 보기에는 조금 무리일 겁니다."

"내친김에 서로를 부르는 호칭을 동등하게 바꾸는 건 어떤가? 전하 대신 이름이라든가."

"이제 와서 그런다면 더 어색할 겁니다."

"그것도 그렇군."

그레인의 건조한 대답이 되풀이되자 펠릭스는 더 이상 말하지 않고 두 주먹을 맞부딪혔다.

주먹 사이를 잇고 있는 사슬에서 철그렁하는 소리가 반복해서 주변으로 퍼져 나갔다.

"정말 나는 여기서 대기하는 걸로 충분하겠어?"

베스티나는 크루겐이 구현한 어둠의 고리에 휘감겨 있는 오른손을 들어 올리며 물어봤다.

자신도 직접 구출에 동참하고 싶었지만 크루겐의 이동 기술인 다크 터널의 목적지로만 대기하고 있어야 하는 입장이 그녀로서는 만족스럽지 못했던 것이다.

"내 어둠의 힘으로 교관님을 데리고 빠르게 돌아가려면 네가 가장 안전한 곳에 있어야 하니까. 뭐, 상황 봐서 전하를 지원해 주면 더 좋지만, 그래도 무리는 하지 말고. 만약 너에게 무슨 일이라도 생기면 이번 계획 자체가 뒤틀릴 수 있다는 것을 잊지 마."

"알았어."

"그러면 슬슬 일을 벌여볼… 웅?"

크루겐은 막 뽑아 든 팬텀 대거를 저글링하려다가 멈추고

도로 검 집에 집어넣었다.

"무슨 일이야?"

"잠시만 조용히. 저 안에서 무슨 소리가 들리는 거 같은데?"

크루겐은 방금 전 들린 소리의 근원이 어디인지 찾기 위해 눈을 감고 집중했다.

"어, 이건… 흐음."

건물 안에 있는 경비병들과 성당 기사들의 고함이 어둠을 통해 크루겐의 귓속으로 전달되었다.

"이미 일이 벌어진 것 같은데?"

＊   ＊   ＊

"저쪽인가?"

"이쪽에는 아무도 없어!"

어두운 하늘 아래 횃불을 든 이들이 분주하게 움직였다.

"이쪽이야! 이쪽이라고!"

누군가의 외침에 사방으로 흩어졌던 횃불들이 한곳으로 모였다. 어둠에 가려졌던 숲과 평지 사이의 경계선이 환하게 밝아졌다.

"하나, 둘, 셋, 넷. 숫자는 맞는 것 같은데?"

"다른 쪽으로 도망간 놈들은 없지?"

열맛 명의 성당 기사단원이 반원을 그리며 수풀 반대편에 포위망을 형성했다. 포위망 안에는 단검을 양손에 하나씩 쥔 이스트라와 그가 탈출시키려 했던 세 명의 하이브리드가 서로 모여 있었다.

"이런……."

이스트라는 자신을 둘러싼 성당 기사들을 앞에 두고 당혹해했다.

자신의 제자들만이라도 탈출시키기 위해 안간힘을 썼지만, 결과는 보다시피 더 이상 도망칠 수 없는 상황이 되어버렸다.

"그나저나 졸려죽겠네. 제길, 한밤중에 이게 웬 소란이야?"

"지휘관님 말대로 이런 일이 벌어지긴 했네."

"아무튼 빨리 일이나 끝났으면 좋겠어."

수면 중 급하게 소집된 성당 기사단원들은 각자 푸념을 하면서 졸린 눈을 비볐다.

이스트라에게 부상을 입은 이들 대부분은 연구소 건물 안에 있던 이들이었고, 이쪽에서 먼저 달려들지 않는 이상 이스트라가 먼저 공격하지 않는다는 걸 알아챘기 때문에 그들은 긴장하지 않았다.

'역시 무리였나.'

이스트라는 단검 끝을 아래로 내리며 고개를 숙였다.

가급적이면 경비병들에게 치명적인 부상을 입히지 않으면서 제자들을 찾아 탈출시키려는 의도 자체가 지금의 자신으로선 무리였다는 걸 깨달았다.

'너무 욕심을 많이 부렸어.'

"교관님……."

아직도 자신을 교관이라 부르는 옛 제자들의 목소리에 단검을 쥔 이스트라의 양손에 힘이 다시 들어갔다.

"모두들 내 뒤로 서라. 절대로 나서지 마라."

이렇게 된 이상, 주위를 포위한 이들 모두를 죽이는 한이 있더라도 탈출시키겠다고 이스트라는 방향을 바꾸었다.

날카롭게 변한 그의 눈빛에 성당 기사들이 움찔거리며 뒤로 물러섰다. 포위망을 풀지는 않았지만 이스트라와 그들 사이의 거리가 조금씩 벌어지기 시작했다.

바로 그때.

"이스트라 추기경, 이러시면 곤란합니다."

연구소의 경비를 담당하던 지휘관 퓨리온이 웃음을 지으며 포위망 바깥쪽에서 모습을 드러냈다.

"역시 제자들만은 실험에서 배제하고 싶었습니까?"

"……."

퓨리온의 말에는 '제자가 아닌 이들의 시체는 거리낌 없이 해부하지 않았습니까?'라는 비아냥이 물씬 풍겼다.

"이 아이들만이라도 어떻게 안 되겠나?"

"교단을 위해서입니다. 이해가 안 가십니까?"

인간이라면 당연히 느껴야 하는 갈등을 퓨리온은 비웃고 있었다.

"쉐일 추기경께서도 이런 행동은 용납하지 않으실 겁니다."

"쉐일이… 말인가."

"그러니 반항하지 마시고……."

순간 퓨리온의 몸이 경직된 듯 고정되더니 더 이상 말을 잇지 못했다.

"이, 이건……."

가슴을 관통하는 고통에 고개를 아래로 숙인 퓨리온의 시야를 붉은 피가 가득 메웠다.

"으… 어……."

신음을 내던 퓨리온이 앞으로 풀썩 쓰러졌다. 등 뒤에 꽂힌 날카로운 얼음 창 주위로 흘러나온 피가 땅바닥을 축축이 적셨다.

팍! 팍!

멍하니 퓨리온의 시체를 바라보던 성당 기사들의 양옆 지면에 두 자루의 단검이 박혔다.

휘이잉.

단검에 이어진 와이어를 통해 전달된 냉기가 성당 기사단원들을 휘감았다.

"바, 발이 얼어붙었어!"

"추, 추워……."

지면과 함께 얼어붙은 성당 기사단원들은 차갑게 식은 무기를 떨어뜨리며 부들부들 떨기 시작했다.

그런 그들 뒤에서 세 명의 남녀가 이스트라를 향해 천천히 걸어오고 있었다.

성당 기사들에게 포위당했던 하이브리드들은 자신들에게 다가오는 세 명에게 눈을 떼지 못했다.

그러나 이스트라의 시선은 아까 지면에 박혔던 두 자루의 단검을 향하고 있었다.

"트윈 엣지?"

이스트라는 고개를 들어 트윈 엣지의 현재 주인을 올려다봤다.

"그레인?"

"오래간만입니다."

이스트라가 구출하려 했던 하이브리드들도 그레인을 알아보고 눈을 동그랗게 떴다.

"저도 있다고요, 이스트라 교관님."

"크루겐?"

"교관님 말고도 오래간만에 보는 얼굴들이 있네요. 이런 곳에서 재회하고 싶진 않았지만."

크루겐은 벤트 섬에서 같이 어울렸던 세 명의 친구를 앞에 두고 미소를 지었다.

그러나 그의 미소는 밖으로 드러나지 못했다. 막 어둠의 힘을 쓰고 난 직후라 머플러에 가려진 얼굴을 보여줄 수가 없었기에.

"교관님, 괜찮으신가요?"

"베스티나, 너까지……."

이스트라의 손을 거쳐 간 제자들 중, 유독 각별한 실력을 지닌 세 명이 그의 눈앞에 서 있었다.

이스트라는 오래간만에 만난 제자들이 반갑기 그지없었다.

그러나 그들의 또 다른 공통점인, 전원 교단에 수배 중이라는 사실을 떠올리자 그의 눈동자가 흔들렸다.

"모두 이레귤러라는 이야기를 들었는데, 사실인가?"

"네."

그레인이 조금의 망설임도 없이 대답하자 이스트라의 초점이 흔들렸다.

"언제부터 그런 몸이라는 걸 알고 있었나?"

"그건 대답하기 곤란합니다."

어쩌다가 한 번씩 보여줬던, 나이에 걸맞지 않은 이질적인 그레인의 모습에 이스트라는 고뇌하는 표정을 지었다.

"그래, 그랬군."

친구인 던컨에게서 그레인이 이레귤러는 아니라는 편지를 받았을 때, 벤트 섬에 있던 당시의 이스트라는 안도했다.

그러나 현실은 정반대였다. 자신의 손을 거친 세 명이 이레귤러임을 숨기고 교단에 지내는 동안 겪었을 고통에 안쓰러웠다.

"그래도 너희들이 무사해서 정말 다행이로구나."

이스트라는 세 제자가 이레귤러임에도 실험체가 되지 않고 살아남았다는 사실에 안도했다.

"정말로……."

이스트라가 목이 메어 말을 잇지 못하는 사이, 그가 탈출시키려 했던 세 명 중 한 명이 슬그머니 앞으로 나왔다. 크루겐은 물론 그레인도 아는 얼굴이었다.

"혹시 나, 기억해?"

"당연히 기억하고말고! 키는 여전히 작지만 주근깨는 많이 사라졌네."

"오래간만이로군, 체이니."

"기억하고 있었구나……."

체이니의 시선이 크루겐을 지나 벤트 섬 때보다 좀 더 어른스럽게 변한 그레인에게 머물렀다.

수료한 이후 3년째에 만난 짝사랑의 대상이 자신을 구해줬다는 생각에 훌쩍거리기 시작했다.

물론 모두와 추억을 함께 가진 건 아니었다. 벤트 섬에서 홀로 지내던 베스티나와는 눈인사만 종종 나누었을 뿐, 딱히 이야기를 할 사이는 아니었다.

쾅!

건물 안에서 들린 굉음에 모두의 시선이 한곳을 향했다.

"아, 걱정하지 않으셔도 돼요. 같이 온 일행 중 한 명이 안에 들어가서 그럴 거예요."

"다른 이들이 또 있었나?"

"네, 그러면 인사도 다들 나누었으니, 저는 전하와 함께 건물 안을 수색하고 올게요."

크루겐은 어둠 속으로 모습을 감췄다. 재빨리 뛰어가는 소리와 함께 지면에 발자국이 길게 이어졌다.

베스티나는 계속 침묵을 지켰고, 이스트라를 설득하는 일은 자연스레 그레인의 몫이 되어버렸다.

'무슨 말로 시작해야 할지부터 난감하군.'

막상 이스트라를 구출하긴 했지만 그 뒤의 일을 어떻게 진행해야 할지 막막했다.

결사대에서 당신을 필요로 하고, 정 안 될 경우 억지로라도 데려와야 한다는 말을 쉽게 꺼낼 분위기는 결코 아니었다.

'아, 우선은 그녀가 무사하다는 걸 알려야 하겠지.'

"이스트라 교관님, 그동안 시련을 받지 않는 수료생들을 몰래 탈출시켰다고 멜린다 교관에게서 들었습니다."

"멜린다에게? 멜린다를 만났나?"

"베스티나, 그걸 보여주십시오."

그레인은 베스티나에게 무언가를 꺼내달라는 시늉을 했다.

"이, 이것은……."

"이것 덕분에 멜린다 교관님과 만날 수 있었습니다. 현재 믿을 만한 사람 아래에서 보호받는 중이니 걱정하지 않으셔도 됩니다."

"그때 도망친 이후로 행방을 알 수 없어서 정말 걱정했는데, 다행이야……."

베스티나가 꺼낸 금속판을 본 이스트라는 가슴을 쓸어내리며 안도했다.

하지만 그레인은 안심할 수 없었다. 지금부터 본론을 꺼내야 했기에 어찌 보면 더욱 긴장해야 할 때였다.

"이스트라 교관님, 앞으로 어떻게 하실 작정입니까?"

그레인의 물음에 이스트라는 입을 다물고 생각에 잠겼다.

실험체로 끌려온 세 명의 하이브리드는 이스트라의 옷자락을 붙들고 뒤에 서 있었다.

"저는 지금 시련을 받지 않는 하이브리드가 주축이 된 결사대에 소속되어 있습니다. 앞으로 교단과의 투쟁을 위해선 교관님의 연구가 절실합니다."

"결사대?"

"교단의 노예로서 사는 걸 거부하는 자들입니다."

"그 결사대란 곳에서 나를 필요로 한다고?"

"네."

이스트라가 원치 않을 경우, 억지로라도 끌고 가야 한다는 말이 생략된 짧은 대답이었다.

"내 연구라."

이스트라는 펼친 양손을 내려다보며 고개를 숙였다.

이전까지 행해온 그의 연구와는 달랐기에, 하이브리드의 피와 살점으로 더럽혀진 손이었다. 실험을 마칠 때마다 아무리 씻어내도 보이지 않는 더러움만은 떨쳐낼 수 없었다.

그의 망설이는 눈빛을 본 그레인의 마음은 초조해져만 갔다.

"혹시 교단을 위한 일이 아니기 때문이라면……."

"그건 아니네."

그레인이 조심스럽게 꺼낸 질문에 이스트라는 단호하게 대답했다.

"그레인, 설마 그 결사대란 곳으로 가도 교관님은 똑같은 연구를 하는 거야?"

둘의 대화에 체이니가 끼어들자, 그레인은 자신도 모르게 한 걸음 뒤로 물러섰다.

오래간만에 동기와 재회한 기쁨은 더 이상 느끼지 못하는 얼굴이었기 때문이다.

"아마도."

"그러면 그곳으로 가도 교관님은 여기서 했던 일과 똑같은 걸 반복해야 해?"

"그건 아니야."

교단은 이레귤러나 더 이상 쓸모없다고 판단된 하이브리드를 상대로 끔찍한 실험을 강행했다.

반면 결사대는 교단이 기존에 작성한 연구 자료를 이용하더라도 교단과 똑같이 행동하진 않았다. 만약 그럴 경우 다수의 하이브리드들을 결사대로 끌어들일 수가 없기 때문이다.

하지만 체이니는 연구라는 단어 그 자체에 격렬한 거부감을 느끼고 있었다.

"나는… 두려워."

체이니는 벤트 섬에서 교육을 수료한 이후, 교단 아래에서 일하면서 하이브리드가 되기 직전 겪어야 했던 두려움을 조금씩 떨쳐낼 수 있었다.

예전에 비해 상대적으로 인간적인 대우를 받고 있음에 만족하면서 자신처럼 선택받지 못했던 아이들의 죽음이 기억 속에서 희미해져 갔다.

"이스트라 교관님 덕분에 아직까지 실험에 투입되진 않았지만, 나는 봤어……. 다른 애들이 어떻게 되었는지를."

그러나 교단에서 준 임무를 거듭해서 실패한 결과 그녀는 실험체로 연구소에 보내졌다.

이스트라의 배려 덕분에 실험에 바로 투입되진 않았지만, 전신이 만신창이가 된 채로 돌아온 다른 하이브리드를 볼 때마다 두려움에 떨었다.

그리고 결국에는 돌아오지 못하고 하나둘씩 자취를 감추는 것을 보고, 언젠간 돌아올 자신의 차례를 기다리며 악몽에 시달렸다.

"차라리 예전으로 돌아가는 게 훨씬 낫다고 생각될 정도였어. 배고파도, 모두에게 괄시당해도, 하이브리드의 힘 따위 없다 해도… 흐흑."

결국 체이니는 울음을 터뜨리며 제자리에 털썩 주저앉았다.

그레인은 체이니에게 손을 뻗었다가 도중에 멈추더니 허공에 손을 웅크렸다 쥐기를 반복했다.

'지금은 어떤 말을 하더라도 진정시키기엔 무리겠지.'

그레인은 팔을 거두고선 이스트라를 바라봤다. 우선은 그를 설득하는 게 급선무였다.

"교관님, 결정을 내려주십시오."

"내 여동생이… 교단에 적을 두고 있네."

"그래서 교단에 어쩔 수 없이 협력 중이라는 것도 이미 알고 있습니다. 그러나 교단이 교관님의 여동생을 인질로 잡으면서까지 당신을 구속하려고 했다는 건, 반대로 당신의 가치가 매우 높다는 말입니다. 그렇기에 도망치더라도 교관님의 여동생에게 함부로 해를 끼치긴 못할 것입니다."

"……."

"그리고 결사대에서 연구를 진행하더라도 어디까지나 고문과 협박을 이기지 못해 협력했다고 둘러대면 됩니다. 무엇보다 이번 일은 어디까지나 저희들이 교관님을 납치한 걸로 유포될 겁니다. 안 그렇습니까?"

전생의 그레인이었다면 이스트라를 상대로 이렇게까지 설득하려 하지 않았을 것이다.

그러나 전생과는 다른 인연으로 얽힌 이스트라와 한때나마 같은 곳에서 지냈던 이들을 그냥 놔둘 수는 없었다.

그래서 그레인은 일부러 딱딱하게, 그리고 차가운 말투로 말을 이어갔다.

이 자리에서 절대 밝힐 수 없는 '사실'로 인해 자신 역시 다른 이들처럼 흔들리는 감정을 감추기 위하여.

"물론 협조의 대가로 여동생분의 구출을 약속드리겠습니다. 지금 당장은 불가능하지만 반드시 구해내겠습니다."

그레인은 무릎을 꿇고 있는 이스트라에게 왼손을 내밀었다.

둘 사이에 고요함이 감도는 가운데, 연구소 안쪽에서 폭발음이 들렸다. 깨진 유리창 밖으로 불길이 뿜어져 나왔고, 비명이 여기저기서 울러 퍼졌다.

그러나 여전히 입을 여는 이는 아무도 없었다.

"이대로 주저앉아 있기만 한다면……."

침묵을 깬 이스트라가 천천히 몸을 일으켰다.

"바뀌는 건 하나도 없겠지. 우선 이 아이들을 탈출시켜 주겠다고 약속해 주게."

"물론입니다."

"잠깐! 자네, 손이?"

그레인의 손을 잡은 이스트라의 눈이 크게 떠졌다. 그레인의 손등을 뒤덮고 있어야 할 비늘들이 이스트라의 손끝에 잡히지 않았다. 기억에 혼란이 왔나 하는 생각에 반대쪽 손을 확인해 봤지만 아까와 마찬가지였다.

"이게 어찌 된 일인가?"

"코어를 교체받았습니다."

그레인이 왼팔 소매를 위로 걷어 올리자 뾰족한 어금니의 끝부분이 모습을 드러냈다.

"이건 설마, 빙룡의 어금니?"

"교단을 탈주하기 전, 우수하다고 평가되어서 교체받았습니다."

이미 이식된 코어의 교체.

그것 역시 이스트라가 추구하던 연구 중 한 분야였다. 원래는 하이브리드의 특성상, 외모만으로 차별받지 않도록 '인간과 흡사하게' 보일 수 있게 하려는 의도에서 시작되었다.

그러나 하이브리드의 자질을 파악하는 비법의 경우처럼 원래 의도와 달리 쓰이고 있음에 이스트라는 다시금 자신의 우둔함을 탓했다.

"빙룡의 비늘 때보다 훨씬 더 고통스러웠을 텐데……."

"다른 이들에 비하면 아무것도 아니었습니다."

그레인은 자신과 달리 시련에서 벗어날 수 없는 세 명의 하이브리드를 둘러봤다.

시련에서 벗어날 수 없었기에 교단의 속박에서도 벗어날 수 없는 이들.

만약 지금 이렇게 구하지 않았다면, 적으로 만나 죽여야 했을지도 모른다는 생각까지 이어지자 손끝이 떨렸다.

"그레인!"

등 뒤에서 자신을 부르는 목소리에 그레인이 몸을 돌렸다.

활활 타오르는 연구소를 뒤로하고서 건물 안으로 들어갔던 두 명이 그레인을 향해 걸어왔다.

크루겐은 등에 소녀를 업고 있었고, 펠릭스는 양팔에 사슬을 얼기설기 걸치게 해 그 위로 실험체가 되었던 이들을 한꺼번에 들고 왔다.

"저 사람은?"

"베릴란트 왕국의 펠릭스 대공 전하이십니다."

"펠릭스 대공? 그분까지 함께하고 있었나?"

유일하게 두 가지 서로 다른 코어를 이식받고도 살아남은 펠릭스의 소문은 이스트라도 알고 있었다.

펠릭스 쪽으로 시선을 돌린 이스트라가 이내 고개를 숙이면서 이마를 오른손으로 붙잡았다.

"나는 정말… 구제불능인 인간이로군."

지금은 그런 호기심조차도 부려서는 안 된다는 걸 뒤늦게 깨닫고 스스로를 원망했다.

"구할 수 있는 하이브리드는 전부 데리고 나왔다. 나머지는 도저히 밖으로 데리고 나올 수 없는 상황이었다."

펠릭스가 천천히 몸을 숙이면서 사슬로 안고 온 이들을 땅에 내려놓자, 그들은 서로 부둥켜안으며 부들부들 떨었다.

"연구 자료는 전하가 등에 메고 있는 가방에 다 챙겨 넣었어."

크루겐은 업고 온 소녀를 체이니에게 맡겼다. 이제 겨우 10살밖에 안 되어 보이는 소녀는 기절한 채로 체이니의 품에 안겼다.

"전하, 괜찮으십니까?"

그레인은 걱정 어린 시선으로 펠릭스를 올려다봤다. 상처 하나 없는 크루겐에 비해 펠릭스의 전신은 불에 휩싸였던 흔적이 선명하게 남아 있었기 때문이다.

"화상을 입은 자리가 괴롭긴 하지만 그럭저럭 버틸 만하다."

건물 안에 있던 마법사들의 화염 마법을 교차한 양팔로 막아낸 탓에 펠릭스의 몸 여기저기서 살이 타는 냄새가 풍겼다. 불에 탄 피부 위로 연기가 피어오르며 새 살갗이 돋아나는 중이었지만, 평소보다 더딘 속도로 재생되고 있었다.

평범한 사람이라면 보자마자 눈을 돌렸겠지만, 지하에 갇혀 있던 '실험체'들에 비하면 양호한 편이었다.

"가능하면 빨리 이곳을 떠나고 싶군. 솔직히 몸보다는 정신적으로 버티기 힘든 곳이었다."

펠릭스는 차마 데리고 나올 수 없었던 이들의 흔적을 떠올리며 인상을 찌푸렸다.

베스티나와 그레인은 붕대와 포션을 꺼내 펠릭스가 구한 이들의 상처를 살폈다. 크루겐은 나무에 등을 기대고서 수통을 꺼내 마른 목을 축였다.

반면 이스트라는 홀로 서서 불타오르는 연구소를 바라보고 있었다.

구하려고 했던 옛 제자 세 명을 제외한 이들을 정면으로 바라볼 용기가 나질 않았다. 마음 같아서는 모두 구하고 싶었지만, 실험을 핑계로 자신의 방으로 데리고 온 세 명만을 택해 도망치는 현실적 판단밖에 할 수 없었다.

실제로 펠릭스가 구한 이들이 이스트라를 바라보는 시선은 그리 곱지 못했다.

그런 이스트라를 바라보는 그레인 역시 죄책감에서 벗어날 수 없었다.

'언젠간 밝혀야 하겠지만… 마음이 괴롭군.'

이스트라의 친구인 고든을 죽인 자가 다름 아닌 결사대의 수장 맥스임을 숨기고 있었기에.

*　　　　*　　　　*

"호오?"

밀봉된 봉투 안의 문서를 확인하던 바릭투스의 입꼬리가 살짝 올라갔다.

"이건 전생에 없었던 일인데… 미래가 뒤틀려도 단단히 뒤틀렸군."

회귀자들 중 유일하게 인간인 상태에서 교단에 남아 있는 바릭투스는 최근 새로운 부서로 발령받았다. 성수로 인해 하이브리드의 자질이 있다고 판단된 이들의 문서를 분류하는 부서였다.

책상 위에는 각 교구에서 발송된 문서들이 밀봉된 상태로 높게 쌓여 있었고, 바릭투스는 몰래 뜯어 안의 내용을 확인 중이었다. 전생의 결사대원이면서 아직도 하이브리드가 되지 않은 이들이 있는지 확인해 보려는 의도 때문이었다.

"포르테 가문에 하이브리드의 자질을 지닌 자가 있다니, 놀라운데?"

그러나 바릭투스의 예상을 벗어나는 사건이 그가 들고 있는 문서에 적혀 있었다.

베릴란트 왕국뿐만 아니라 마법사 가문으로서 대륙에서 손꼽히는 명문, 포르테가.

그곳에서 하이브리드가 나타난 일은 전생에 없었기에 바릭투스는 가볍게 훑어봤던 문서를 처음부터 꼼꼼하게 읽기 시작했다.

에르닌을 포함해 포르테 가문의 일원과 가문에 고용된 자들의 목록이 함께 적혀 있었고, 그들 중 동그라미로 표시된 이는 에르닌 한 명뿐이었다.

"잠깐, 42호도 이 가문에 있었나?"

바릭투스는 동그라미가 쳐지지 않은 자들 중 '아딜나'라는 이름에 주목했다.

회귀하기 직전 죽었고, 그랬기에 자신을 절대 기억할 수 없는 옛 결사대원 중 한 명.

문서의 기록으로는 에르닌와 친구 사이라고 적혀 있었다.

"99호와 연인 사이였지?"

바릭투스의 뇌리에 떠오른 건 그녀의 옆에 항상 같이 있던 또 하나의 남자였다.

"99호는 이미 교단을 떠났고… 42호와 만났는지 아닌지는 잘 모르겠군. 그나저나 조사에 뭔가 차질이 있었나 본데?"

원래대로라면 에르닌 대신 아딜나라는 이름이 등록되어야 마땅하다. 혹은 둘 다 하이브리드의 자질이 있다고 기록되거나.

그러나 바릭투스가 주목하는 부분은 다른 거였다.

바로 아딜나가 아직까지도 인간으로 남아 있다는 것.

"만약 42호를 전생처럼 하이브리드로 만든다면, 그것 자체만으로도 99호에게 약점이 될지도 모르겠어."

전생의 두 남녀는 연인이었지만, 아딜나가 죽으면서 비극적인 결말을 맞이해야 했다.

그런 그녀를 현생의 그레인이 그냥 보고만 있을 리 없다고 바릭투스는 판단했다.

전생과 똑같이 하이브리드가 되게 한 후, 몰래 빼돌려서 인질로 삼는 식으로 그레인을 조종할 수 있을지도 모른다는 생각에 절로 미소가 피어올랐다.

지금까지 바릭투스는 자신에게 접근해 오는 회귀자들이나 옛 결사대원을 제거하긴 했지만, 현생의 일에 본격적으로 개입하진 않았다.

어디까지나 회귀를 아직 못 한 척하면서 교단과 결사대, 두 세력의 판도를 관망하는 중이었다.

그러나 지금 바로, 자신의 손으로 흐름을 바꿀 기회를 얻었다.

"그러면… 나도 슬슬 미래에 개입해 볼까?"

깃털 펜을 집어 든 바릭투스가 들고 있던 문서를 책상 위에 올려놨다.

그는 아딜나의 이름 위에 동그라미를 그린 뒤, 다시 밀봉했다. 이런 식으로 남들 몰래 문서를 곧잘 조작하던 바릭투스에 겐 그다지 어려운 일이 아니었다.

바릭투스는 품에서 꺼낸 주사위를 손바닥으로 탁탁 쳐올렸다.

그가 살짝 비튼 운명의 방향처럼 맨 윗면에 표시된 숫자가 연이어 바뀌었다.

"남은 건 다시 하이브리드가 될 42호를 어떻게 빼돌리느냐의 문제로군. 그래도 미리 매수해 놓은 놈들이 있어서 다행이야."

바릭투스는 재밀봉한 문서의 테두리를 어루만지며 씨익 웃었다.

죄책감을 조금도 느끼지 못하는 얼굴로.

제2장

교단의 추격

카르디어스 신성력 1399년 1월 25일.

다그닥다그닥.

울퉁불퉁한 도로 위를 달리는 마차 뒤로 말발굽 소리가 길게 이어졌다.

그레인 일행은 교단의 추적을 따돌리기 위하여 베릴란트 왕국으로 향하는 중이었다. 성수로 인해 대륙 곳곳에서 교세가 강해지는 것과 상관없이 베릴란트 왕국은 안심하고 머무를 수 있는 곳이었다.

그러나 교단은 만만치 않았다. 하이브리드에 대한 연구의 핵심인 이스트라의 납치를 순순히 방관할 곳은 아니었다.

"오늘이, 그러니까 12일째지?"

"예정보다 늦어졌군."

"에휴, 올 때보다 빨리 돌아가는 건 맞긴 한데… 많이 피곤하네."

마부석 옆자리에 앉아 담담하게 대답하는 그레인과 달리 크루겐은 길게 한숨을 내쉬었다.

"뭐, 상황이 상황이니만큼 어쩔 수 없었지. 아까 그놈들 때문에 시간이 더 지체되기도 했고."

크루겐은 한 손으로 말고삐를 쥔 채 반대편 손으로 팬텀 대거를 툭툭 털었다. 방금 전 마차를 습격했던 이들의 피가 허공에 흩뿌려졌다.

이스트라 혼자만이 아닌, 다수의 하이브리드들이 탄 마차의 짐칸에는 고요함만이 감돌았다. 연구소를 떠난 지 일주일째가 되던 날부터 시작된, 교단의 본격적인 추적에 다들 심신이 피로했기 때문이다.

예전에 펠릭스를 데리고 성지로 향할 때의 상황보다 여러모로 불리했다. 그때는 펠릭스 한 명의 안위만 걱정하면 되었지만, 지금은 열댓 명의 인원 모두의 안전까지 신경 써야 하기에.

"콜록콜록!"

"교관님!"

거센 기침 소리에 베스티나가 이스트라에게 다급히 다가갔다.

"으, 으윽……."

억지로 기침을 참은 이스트라의 입에서 신음이 흘러나왔다.

베스티나에게 건네받은 손수건으로 입을 닦자 흰 천 위에 붉은 핏자국이 선명하게 남았다.

좌우로 나뉘어 짐칸에 타고 있는 이들은 고통으로 신음하는 이스트라를 우두커니 바라만 보고 있었다.

왼쪽에는 체이니를 포함해 그의 제자였던 이들이, 오른편에는 그가 탈출을 시도할 당시 남겨졌던 하이브리드들이었다.

제자가 아닌 이들이 이스트라를 바라보는 눈빛은 결코 곱지 않았다. 엄밀히 따지면 이스트라는 그들의 시각으론 교단의 일원과 다를 바 없었다.

"쿨럭! 쿨럭!"

다시 기침 소리가 들리기 시작하자 오른편에 자리 잡은 이들은 아예 고개를 마차 밖으로 돌렸다.

"정말로… 괴롭군."

연구소에 있을 때와 달리, 바로 눈앞에서 그들의 증오를 한 몸으로 받아야 했기에 이스트라의 고뇌는 가라앉기는커녕 커져만 갔다.

몸은 물론이고 정신적으로도 피폐해진 이스트라를 그레인 일행이 번갈아가며 간호했다.

그러나 어디까지나 응급조치 수준에 불과했기에, 하루라도 빨리 베릴란트 왕국에 도착하는 길밖에 없었다.

'이러다가 뭔가 일이 터질 것 같은 느낌이야.'

짐칸의 분위기를 살펴보던 그레인은 개입을 해야 하나 갈등 중이었다.

마음 같아서는 이스트라와 그의 제자였던 세 명만 데리고 가고 싶었다. 그러나 실험체였던 이들까지 데리고 온 이유 때문에 그들을 버릴 수는 없었다.

'쉐일이 부르짖은 배려의 반대편을 모두에게 보여줘야 하니, 어쩔 수 없군.'

만약 쉐일이 순수하게 하이브리드를 배려해 줬다면 모든 하이브리드에게 최소한 인간답게 살아갈 기반을 제공해 줬어야 한다.

그러나 복수심에 불탄 나머지 쉐일은 결정적인 실수를 저질렀다. 무능력하다고 판단된 하이브리드들이 실험체로 쓰이는 일만은 막았어야 했는데, 그러지 못했던 것이다.

기회가 주어진다 하여도 모두가 성공할 수는 없다. 그것은 인간이든 하이브리드든 구별 없이 적용되는 섭리다.

그렇다 해도 무용지물이라 여겨진 하이브리드들이 실험체로 전락해 고통스러운 죽음을 맞이하는 일이 용납될 리가 없다. 선택받지 못하는 자들의 말로치고는 너무나 처참했기에.

그런 의미에서 이스트라에게 선택받지 못한 그들이 이스트라에게 적의를 드러내는 걸 막기는 힘들었다.

'우리들이 저들을 구해준 걸로 서로 상충될 거라 생각했는데, 시간이 좀 더 흘러야 하나.'

연구소를 떠난 지도 벌써 12일째.

빨리 흘러간 시간과 반대로 감정의 골이 메워지는 속도는 더디기만 했다.

　　　　　*　　　　　*　　　　　*

　와드득와드득.

　딱딱하게 건조된 비상식량을 씹는 소리가 달리는 마차 위 여기저기서 흘러나왔다.

　말들의 체력을 고려해 밤에는 이동하지 않더라도 식사 시간마저 아껴야 하는 현실이었기에 이동하면서 끼니를 때우는 중이었다.

　평소 같으면 식사하는 중에도 쉴 사이 없이 입을 놀렸을 크루겐마저도 마차를 몰면서 침묵을 지켰다.

　짐칸 쪽도 비슷한 상황이었지만, 분위기는 더욱 무거웠다. 이스트라는 자신에게 쏟아지는 곱지 않은 시선을 한 몸으로 받아야 했기에 고개를 푹 숙이고 있었다.

　"아……."

　비상식량을 씹던 이스트라가 인상을 찌푸리며 입을 벌렸다. 잘게 씹었다고 생각한 음식 조각에 입안이 긁혀 피가 흘러나왔다.

　그를 동정 어린 시선으로 바라보는 이들은 체이니를 포함한 세 명의 제자들뿐이었고, 나머지는 고소하다는 표정으로 흘낏 바라볼 뿐이었다.

　식사가 끝나자 마차 안에는 다시 침묵이 감돌았고, 그사이 마차는 평지를 지나 숲 한가운데를 가로지르는 길로 진입했다.

"휴우, 나는 좀 쉴게."

크루겐이 짐칸 쪽으로 옮겨 가자마자 곯아떨어졌다. 모두 피곤한 처지 속에서도 어젯밤 홀로 불침번을 선 터라 코를 골며 푹 잠들었다.

대신 그레인이 마차를 몰기 시작했고, 그의 옆에 베스티나가 앉았다.

"그레인, 계속 이런 분위기일까?"

이스트라를 옆에서 간호하던 베스티나는 짐칸 쪽의 분위기를 직접 겪어야 했다.

고요함 속에서 계속 오가는 감정의 순환에 이토록 숨이 막혀본 적은 처음이었다.

"한동안은 그럴 겁니다. 그나마 아무 일 없이 조용한 게 다행이라고 여길 정도입니다."

"이 숲을 통과하면 바로 베릴란트 왕국령이지?"

"네, 하지만 도중에 또 추적자들을 만날 수도 있겠죠."

원래대로라면 숲 대신 빙 돌아가는 길을 택하려고 했지만, 시간이 배로 걸리는 경로이기에 포기했다.

게다가 가급적이면 구출한 이들을 빨리 다른 곳으로 보내고 싶은 터였다. 지금 같은 분위기는 그레인 역시 부담스럽기는 마찬가지였다.

무엇보다 국경선 근처에서 기다리고 있을 펠릭스의 부하들을 생각해서라도 속도를 내야 하는 상황이었다.

"그래도 오늘 밤을 새면서라도 이동하면 될 것 같… 잠깐!"

그레인은 하던 말을 다급히 멈추며 왼손으로 정면을 가리켰다. 도로 양쪽에 자라나 있는 나무들이 길 안쪽으로 천천히 기울고 있는 장면을 그레인은 놓치지 않았다.

"베스티나, 오른쪽을!"

"알았어!"

그레인과 베스티나는 서로를 마주 보고 고개를 끄덕이더니 각자 다른 방향으로 냉기를 발산했다.

반쯤 기울어진 나무들이 순식간에 얼어붙으면서 비스듬히 걸쳐졌고, 그 사이로 마차가 빠른 속도로 지나갔다.

쫘아악!

얼어붙은 나무들에 걸려 짐칸을 덮고 있던 포장이 일순간에 벗겨져 나갔다.

"뭐, 뭐야?"

잠에서 깨어난 크루겐이 다급히 팬텀 대거를 뽑아 들고 주위를 두리번거렸다.

"그레인, 뒤야! 뒤에서 쫓아오고 있어!"

도로를 덮칠 뻔했던 나무 근처에서 기다리고 있던 이들이 숨겨놨던 말을 타고 마차를 추적하기 시작했다. 교단의 상징이 새겨진 갑옷을 입고 있는 성당 기사들이었다.

"베스티나, 얼음벽을!"

그레인의 외침에 베스티나는 수정구를 집어 들더니 정신을 집중했다.

휘이잉.

마차의 뒤편으로 뻗어나간 냉기가 순식간에 두꺼운 얼음벽으로 변했다.

"으아악!"

갑자기 앞을 가로막은 얼음벽에 말과 함께 부딪힌 성당 기사들의 비명이 울려 퍼졌다.

그러나 이것만으로 안심할 수 없었던 그레인은 오른손으로 말고삐를 쥐고서 왼손을 옆으로 내밀었다.

마차가 지나간 도로 위로 그의 왼손에서 흘러나온 냉기가 빙판을 형성했다.

휘잉!

"크억!"

펠릭스가 휘두른 영겁의 사슬이 수풀 안쪽에서 튀어나온 성당 기사들을 멀리 밀쳐냈다.

그 와중에도 마차는 계속 도로 위를 질주했다. 달리는 마차를 어떻게든 세우려는 의도가 보였기에 그레인은 반대로 속도에 박차를 가했다.

쿵! 쾅!

"이런!"

나무들이 우수수 쓰러지는 소리가 그레인의 정면에서 들렸다.

이번에는 아예 미리 나무들을 쓰러뜨린 탓에 돌파하긴 무리였다.

"마차를 세우겠습니다! 모두 조심하십시오!"

끼이익!

그레인이 마차를 급히 정지시키자, 짐칸에 있던 이들이 균형을 잃고 앞쪽으로 몰렸다.

"전하, 앞을 부탁드립니다! 크루겐, 전하를 도와드려!"

"알았다!"

"알겠어!"

마차에서 내린 펠릭스가 도로 위를 막아버린 나무들을 향해 달려갔지만, 수풀에서 은신하고 있던 성당 기사들이 하나둘씩 모습을 드러내며 그의 앞을 가로막았다.

그레인과 크루겐, 그리고 펠릭스는 사방에서 달려드는 성당 기사들과 뒤엉켜 난전을 벌였다. 베스티나는 마차 주위를 빙벽으로 둘러싼 뒤, 성당 기사들이 접근하지 못하게 마차 위에서 빙안을 켜고서 전투에 임했다.

캉! 카앙!

"으억!"

서로의 무기가 서로 맞부딪히는 소리와 성당 기사단원들의 비명이 서로 뒤엉켰다.

흩날리는 핏줄기를 헤치고 그레인의 트윈 엣지가 적들을 하나씩 베었다. 얼굴에 묻은 적의 피를 닦아낼 겨를도 없이 또 다음 적을 상대하는 그의 움직임에는 망설임이 없었다.

"으으……."

"무, 무서워……."

그러나 마차에 남아 있던 하이브리드들은 몸을 웅크리고서 양손으로 귀를 틀어막았다.

몸을 훑고 지나가는 냉기와 사방에서 풍기는 피비린내, 그리고 신음과 비명.

아직도 실험체가 되었을 때의 공포에서 벗어나지 못한 그들로서는 지금 느끼는 모든 것이 두렵기만 했다. 한때는 자신들역시 그레인처럼 격렬한 전투에 투입되었던 기억이 환상처럼느껴졌다.

"나는… 나는……."

이스트라는 허리에 찬 두 자루의 단검을 손끝으로 더듬었다.

몇 년 전 그가 가르쳤던 제자들이 지금 그를 지키기 위해 싸우고 있다. 그것도 이번이 처음이 아니라 몇 번이나.

그 셋의 실력 여부를 떠나, 이스트라는 제자들이 위험을 오고 가는 걸 지켜보고만 있는 자신이 너무나 한심스럽게 느껴졌다. 모두를 구할 수 없다 해도, 단 세 명이라도 구하려고 연구소를 탈출하려던 당시의 결심을 그는 한동안 잊고 있었다.

'보고 있기만 해서는 안 돼.'

이스트라가 다시 한번 다짐하면서 자리에서 일어서려는 순간, 뒤를 살피던 그레인과 시선이 겹쳤다.

"이스트라 교관님! 교관님은 나서면 안 됩니다!"

"아……."

그레인의 외침이 무슨 의미인지 알아챈 이스트라가 마차에서 내려오지 못하고 멍하니 서 있었다.

만약 자신이 직접 교단의 일원과 싸운다면 교단에 억류 중인 여동생의 안위가 위태로워질 가능성이 높아진다.

'나는 이러지도 저러지도 못하는 입장이로군.'

이스트라가 쥐고 있던 두 자루의 단검이 아래로 툭 떨어졌다.

그가 할 수 일은 오직 하나, 베스티나가 구현한 얼음벽 안에서 아무것도 하지 않고 고개를 숙이는 일뿐이었다.

그레인 일행이 습격자들을 모두 쓰러뜨릴 때까지.

*　　　*　　　*

어둠이 짙게 깔린 숲 안에 고요함이 감돌았다.

그레인은 마차의 마부석에 앉은 채로 잠을 청했다.

펠릭스는 나무에 등을 기대고서 주저앉은 자세로 자고 있었고, 불침번을 제외한 나머지 인원은 모두 짐칸에 옹기종기 모여 잠들어 있었다.

결국 그레인 일행은 숲을 하루 만에 돌파하는 걸 포기하고 노숙을 택했다. 낮에 치렀던 추적자들과의 접전 때문에 모두 피로했기 때문이다.

그러나 모두 잠든 건 아니었다. 모포를 머리까지 뒤집어쓰고서 잠든 척한 이들이 있었다.

그들은 소리 나지 않게 모포를 들어 올리더니 마차 옆에 있는 모닥불 쪽으로 시선을 돌렸다. 불침번을 서고 있던 베스티나가 모닥불 앞에 앉아 있었지만, 무릎 사이에 고개를 파묻고 잠들어 있었다.

아주 천천히 조심스럽게 마차 아래로 내려온 그들은 아까보다 더 조심하며 걸음을 옮겼다. 길 왼쪽의 숲 안쪽으로 들어간 뒤에도 그들은 경계를 늦추지 않았다. 살을 에는 바람에 몸이 부들부들 떨렸지만, 꾹 참고 옷깃을 여몄다.

"너희들, 어디 가려고?"

"헉?"

"누, 누구야?"

"이쪽이야. 안 보여?"

그들은 목소리가 들린 방향으로 일제히 고개를 돌렸지만, 보이는 건 아무것도 없었다.

"아차, 너희들에겐 안 보이겠지. 깜박깜박한단 말이야."

어둠 속에서 모습을 드러낸 크루겐은 머플러를 일부러 풀려다가 관두었다.

"부, 분명히 잠들어 있었는데……."

"난 원래 밤에 잠을 안 자. 어두우면 오히려 졸리지 않은 것도 있지만……."

크루겐의 오른손은 허리에 찬 팬텀 대거의 검 자루를 살며시 움켜쥐고 있었다.

"너희들이 무슨 일을 저지를지 몰라서였거든."

크루겐의 예상대로 야밤을 틈타 도망치려 한 이들은 모두 이스트라를 적대시하던 하이브리드들이었다.

여유가 가득한 크루겐과 달리 그들은 식은땀을 흘리기 시작했다. 그럼에도 도망칠 생각을 버리지 못하고 슬금슬금 크루겐과의 거리를 벌렸다.

휙!

"히익!"

"움직이지 마."

크루겐이 던진 팬텀 대거가 제일 멀리 떨어져 있던 소년의 머리를 스치고 지나갔다.

"그동안 잠자코 있었더니 날 완전히 물로 보네. 내 입으로 이런 말하기는 좀 그렇지만, 성당 기사들과 싸우는 내 모습 봤으면 내 앞에서 도망칠 생각 따위 안 할 텐데? 아, 겁에 질려서 짐칸 구석에 얼굴 처박고 있었으니 못 봤겠지?"

"우, 우리들이 뭘 잘못했다고 그래?"

"지금 잘못하려고 하는 중이잖아. 우리들의 위치를 교단에 밀고하고 튀려던 속셈 아냐?"

"그, 그런 건 아니야!"

"너희들을 어떻게 믿고?"

크루겐이 손바닥을 펼치자, 저 멀리 있던 나무에 박혔던 팬텀 대거가 다시 돌아왔다.

"아, 미안. 머리카락 좀 잘렸지?"

"우리들은 피해자라고! 잘못한 건 하나도 없어!"

"너희들, 이젠 완전히 도망치는 걸 포기했구나? 주변에 다 들리게 소리를 막 지르고 말이야."

크루겐의 지적에 그들은 황급히 두 손으로 입을 막았지만, 이미 때는 늦었다.

잠에서 깬 그레인과 졸고 있던 베스티나가 급하게 크루겐 쪽으로 달려왔다.

"미안해. 너무나 피곤해서 나도 모르는 사이에……."

"괜찮아. 자고 있는 거 알면서도 일부러 안 깨웠던 거야. 미안해야 할 사람은 베스티나, 네가 아니라 여태까지 한 번도 불침번 서겠다고 자청하지 않았던 이 녀석들이지."

크루겐은 눈썹을 꿈틀거리며 도주를 시도했던 이들을 노려봤다.

"생각을 좀 해봐. 교단이 계속 추격자를 보내는 판국에 너희들끼리 도망친다고 안 잡힐 것 같아? 보호해 줄 사람은 있어? 숨어 지낼 곳은 있고? 교단에 붙잡히면 우리들에 대해 이야기 안 하고 입 다물어줄 만큼의 의리는 있어?"

크루겐의 지적이 계속 이어졌고, 반박할 말을 찾지 못한 그들은 고개를 푹 숙였다.

"똑똑히 들어. 너희들이 도망치려고 한 것 자체가 우리들에게는 민폐라고."

연구소에 있을 당시 그들은 분명히 피해자였다.

그러나 피해자라는 사실에 매몰되어 버려, 자칫하면 자신들이 가해자가 될 수 있음을 까맣게 잊고 있었다. 그것이 고의든 자의든 간에.

"우리를 그런 눈으로 보지 마!"

"너희들은 모를 거야. 교단의 실험이 얼마나 잔혹하고 고통스러웠는지……."

"알아."

피해자임을 강조하려는 그들의 주장을 크루겐이 한 문장으로 딱 끊었다.

"안다고? 어떻게?"

"내가 교단의 연구소를 습격했던 게 처음은 아니야. 친구 중에 거의 죽을 뻔했다가 살아 나온 녀석도 있었고, 반대로 형체조차 알아보지 못할 정도로 난도질된 시체를 본 적도 있었어. 으… 그때 생각하니 괜히 속이 메스꺼워지네."

재회의 말조차 주고받을 기회를 얻지 못한 헬키아의 시신을 떠올린 크루겐이 인상을 찌푸렸다.

"그리고… 흐음, 이건 말해서는 안 되니 그냥 넘어가고."

크루겐은 전생의 이야기까지 꺼내고 싶었던 충동을 가까스로 억누르고서 그레인 쪽을 흘깃 쳐다봤다.

"아무튼 아까 말한 이유 때문에 너희들이 도망치려고 하는 걸 쓴소리 몇 번 하는 걸로 넘어가려는 거야. 솔직히 교단의 실험 속에서 너희들이 미치지 않고 제정신으로 있는 거 자체가 놀랍기도 하고."

전생에 결사대는 더 이상 하이브리드가 나오지 않도록 교단의 연구소를 발견하는 족족 불태웠다.

그러나 실험체가 된 이들의 미래까지 보장하지는 못했다. 상당수가 고문이나 다름없는 실험을 거치면서 미쳐갔고, 구하려고 내민 손을 붙잡지 못하고 죽어갔다.

"그래도 다들 힘든 상황인데도 우리들에게 위로의 말 한마디도 건네주지 않아 배알이 꼴린 건 사실이고."

크루겐은 팬텀 대거를 한 바퀴 휘리릭 돌리더니 검 집 안에 도로 집어넣었다.

"아, 그… 그건……."

"다시 교단에 끌려갈까 봐 두려울 테니 주변을 둘러볼 여유 따위 없었겠지. 알아, 안다고. 그런데… 젠장."

결국 이 자리의 그 누구에게도 화를 낼 수 없었던 크루겐은 교단을 향해 욕설을 지껄였다. 그 역시 기나긴 도주 과정 속에서 쌓인 게 많았던 터라 험한 말들을 마구 내뱉었다.

다른 이들은 그저 입을 다물 수밖에 없었다. 자신들을 욕하는 게 아님을 알기에, 자신들의 분노를 대신 표출해 주는 크루겐이 안쓰럽게 보였다.

"모두 내 탓일세."

"네?"

등 뒤에서 들린 목소리에 크루겐이 욕설을 멈추고 뒤를 돌아봤다.

초췌한 몰골의 이스트라가 체이니의 부축을 받으며 천천히 걸어오고 있었다.

"이렇게 된 이상, 여기에서 결착을 짓는 게 최선일수도 있으니……."

이스트라는 허리에 차고 있던 단검을 꺼내 검 끝을 쥐고 검자루 부분을 내밀었다.

"어떻게 하겠나?"

단검을 건네주는 이스트라나, 그걸 받을까 말까 망설이는 소년이나 둘 모두의 손끝이 떨리고 있었다.

힘겹게 단검을 건네준 이스트라는 자신을 부축하던 체이니에게 물러나라고 손짓했다. 그리고 소년에게 모든 결정을 맡긴 듯, 지그시 두 눈을 감았다.

"나, 나는⋯⋯."

소년은 단검의 검 자루를 강하게 움켜쥐었지만, 떨림은 조금도 가시지 않았다.

손에 무기만 쥐어진다면 교단에게 당한 것 이상으로 복수할 것이라 다짐했지만, 정작 그런 상황이 되자 이러지도 저러지도 못하고 갈등할 뿐이었다.

조용히 분노를 표출하는 것과 그 분노를 실행으로 옮기는 것 사이의 엄청난 차이를 느끼면서 교단에 대한 증오 때문에 잊고 있었던 사실을 소년은 뒤늦게 떠올렸다.

연구소 안의 인간들 중 자신들을 가장 '사람답게' 대해준 사람이 다름 아닌 이스트라였다는 걸.

망설임 속에서 소년이 쥔 단검 끝이 마구 떨렸고, 그레인 일행은 '만약의 사태'를 보고만 있을 작정은 아니었기에 끼어들 기회만 노리고 있었다.

"아⋯⋯."

힘이 빠진 소년의 손 아래로 단검이 미끄러지듯 툭 떨어졌다.

소년은 떨어진 단검을 향해 반사적으로 허리를 숙였지만 팔을 뻗지는 않았다.

결국 손을 거둔 소년은 뒤로 한 걸음 물러섰고, 대신 그레인이 단검을 집어 들고 이스트라를 향해 건넸다.

"교관님, 결착을 짓기엔 아직 이릅니다."

"그레인, 자네도 알다시피 나는……"

"사람은 항상 이성적으로 행동할 수는 없는 법입니다. 때로는 감정에 의지해야 할 때도 있겠죠. 그러나 지금 같은 상황에서 너무 감정에만 휘둘리면 서로에게 상처만 줄 뿐입니다. 우선은 머리를 식히고 냉정히 생각할 때가 아닐까요?"

"그 말, 어디선가 들은 기억이 나는데?"

이스트라는 그레인의 말이 그리 낯설게 느껴지지 않았다.

그의 반응을 보고 눈치를 챈 그레인이 가볍게 미소 지었다.

"벤트 섬 시절, 저에게 종종하셨던 말입니다."

"아, 그때?"

"주로 저의 부족함을 질책할 때 해주셨지만 말입니다."

"그래, 그랬었군. 그랬었지."

이스트라는 여전히 옅은 미소를 머금고 있는 그레인의 얼굴을 바라봤다. 자신의 손을 떠난 제자가 왠지 모르게 크게 느껴졌다.

"잠깐."

크루겐이 검지를 입에 가져가며 모두에게 조용히 해달라는 신호를 보내더니, 급히 어둠 속으로 몸을 감췄다.

10분 정도 후 다시 모습을 드러낸 크루겐은 흉하게 변한 얼굴을 남들이 보지 못하게 뒤돌아선 채 말했다.

"아무래도 잠을 더 자긴 그른 거 같은데요."

"추격자들인가?"

"네. 도착하려면 좀 시간이 걸리겠지만요."

"쉐일은 날 절대로 놔줄 생각이 없나 보군."

이스트라는 오른손에 쥔 단검에 힘을 주면서 왼손으로 또 하나의 단검을 꺼냈다.

"더 이상 나 혼자 괴로워하며 도움만 받을 수는 없겠군. 나도 같이 싸우겠다."

"교관님!"

"아직도 날 교관이라 불러주는군, 그레인."

연구의 성과로 교단 내에서 교황 다음 자리인 추기경까지 올라섰지만, 그는 전혀 기쁘지 않았다. 대신 벤트 섬 시절을 떠올리게 하는 교관이라는 호칭이 훨씬 맘에 들었다.

"그렇다면 교관답게 행동해야겠지. 내 지시에 따라줄 수 있겠나?"

이스트라의 말에 그레인은 그의 얼굴을 정면으로 바라봤다.

죄책감에 괴로워하며 초점을 잃었던 그의 눈에 조금이나마 생기가 돌아왔다.

"물론입니다."

"교관님 지시라면 따라야죠. 솔직히 그동안 저희들끼리 움직이느라 많이 고생했다고요."

"기운을 차리신 것 같아서 정말로 다행이에요."

그레인은 입술만 움직이며 옅게 미소 지었고, 크루겐은 오래간만에 너스레를 떨었다. 엄하지만 동시에 믿음직했던 이스트라의 옛 모습을 다시 볼 수 있다는 생각에 안도했다.

이스트라는 아직 그들을 따라 웃을 수는 없었지만, 지금 무엇을 해야 하는지는 알 수 있었다.

"우선 이것부터 명심해라. 우리의 목적은 탈출이자 동시에, 전원이 무사히 추격을 떨쳐내는 것이다."

"알겠습니다."

그가 키웠던 제자로 떠나, 그를 구해준 은인으로 돌아온 세 명.

그레인과 크루겐, 그리고 베스티나가 고개를 끄덕이며 동시에 대답했다.

*   *   *

카르디어스 신성력 1399년 1월 26일.

해가 떠오르는 방향을 향해 질주하는 마차 여기저기에 선명하게 핏자국이 남아 있었다.

짙은 어둠 속에서 펼쳐진 혈전 속에서 그들은 모두 생존해 숲을 빠져나왔다. 물론 너무 지친 나머지 입을 여는 이들은 없었다.

"휴우……."

오래간만에 격렬하게 몸을 움직인 여파 때문일까.

이스트라는 짐칸에 등을 기댄 채로 주저앉아서 길게 숨을 내쉬었다. 미처 닦아내지 못한 피가 그의 법의 여기저기를 붉게 물들였다.

이전에는 그레인 일행이 추격자들을 상대했지만, 이번에는 이스트라가 선두에 서서 수십 명의 적 한복판으로 뛰어들었다.

물론 결사대의 일원인 네 명 역시 피투성이가 될 정도로 전투에 임하긴 마찬가지였다.

그러나 양손에 쥔 한 쌍의 단검만으로 적의 절반을 쓰러뜨리는 모습에 모두 입을 멍하니 벌리고 감탄할 수밖에 없었다.

'역시 벅차긴 했어. 예전 같지 않아.'

이스트라는 20대 시절의 자신을 떠올리며 쓴웃음을 지었다.

격렬한 전투를 치른 후라 육체적으로 지쳐 있었지만 눈빛만은 또렷했다.

반면, 이스트라에게 적의를 드러냈던 하이브리드들은 두려워하는 눈으로 그를 물끄러미 쳐다봤다.

이스트라의 맹활약을 두 눈으로 직접 보게 되니 그에게 겁없이 행동했던 기억에 사로잡혀 조심스러워진 것이다.

"이제 와서 하는 말이지만……."

지평선 너머 반쯤 떠오른 해를 바라보며 이스트라가 입을 열었다.

"애초에 내가 그 연구를 시작하지 않았다면 벌어지지 않았을 일이었지."

"……."

"그리고 구하려고 했다면 모두를 구해야 했어. 제자들이야

당연히 소중하지만 연구소에 갇힌 자네들의 목숨도 포기하지 않아야 했지. 실패하더라도 우선은 시도 자체는 해봐야 했는데, 나는 그렇지 못했지."

더 이상 그를 노골적으로 탓하는 이들이 없음에도 이스트라는 자신의 행동을 냉철하게 평가했다.

"시간이 흐르면 실험으로 인해 그대들이 겪은 고통의 기억이 희미해질지도 모르겠지. 하지만 완전히 잊기에는 무리일 거야."

이스트라는 '그들' 쪽으로 고개를 돌렸다.

"그것과 마찬가지로 죄책감이란 떨쳐낼 수 있는 게 아니야. 평생 짊어지고 가야 한다는 걸 너무 늦게 깨달았어."

이스트라는 몸을 일으키더니 무릎을 꿇었다.

"내가 증오스럽겠지?"

이스트라의 질문에 돌아오는 대답은 없었다.

"하지만 내가 할 수 있는 말은… 좀 더 기다려 달라는 말밖에 없다네. 어쩌면 내 이기심의 발로일지도 모르지. 그러나 자네들의 운명을 바꿀 방법을 찾기 위해선 더 많은 시간이 필요하다네. 그 뒤 죗값을 치르도록 허락해 줄 수 없겠나?"

여전히 대답은 돌아오지 않았지만, 그들 중 몇 명은 고개를 끄덕거렸다.

이스트라의 진실성이 모두에게 통하지는 않았지만, 일부에게나마 전달된 모습을 보던 펠릭스가 조용히 미소 지었다.

"이스트라 교관님."

마부석 옆에서 대화를 조용히 듣고 있던 그레인이 짐칸으로 자리를 옮겼다.

"곧 있으면 베릴란트 왕국령으로 진입하게 됩니다."

"이제 숨 좀 돌릴 수 있게 되겠군."

"그 전에 고백할 게 있습니다. 전 아직 교관님께 말씀드리지 못한 것이 있습니다."

무거움이 느껴지는 말에 이스트라는 그레인을 넌지시 바라봤다.

"그래서 그런 눈으로 날 봤던 거로군."

"눈치채셨습니까?"

"무슨 내용인지 알 수는 없지만, 무언가 숨기고 있다는 것만은 느낄 수 있었네."

"정확히는 두 가지입니다만."

결사대의 대장이 고든을 죽인 맥스라는 사실.

그리고 또 하나는 절대 밝혀서는 안 되는 전생의 이야기.

"죄송하지만 둘 다 아직은 밝힐 수는 없습니다."

죄책감에서 헤어나지 못하고 몸과 마음 모두 피폐해졌던 이스트라가 이제 막 정신을 가다듬은 상황에서 결사대의 진실을 밝히기엔 무리였다.

친구의 죽음을 떠올리며 이스트라의 마음이 다시 무너져 내리는 모습을 보긴 싫었다.

그렇다 하여도 아무 일도 없었다는 듯이 그를 대하기엔 무리였다.

"자네나 나나, 시간이 필요한 건 매한가지로군."

"네, 아마도."

"우선은 마지막일지 모르는 시련부터 끝낸 뒤 이야기해야겠어."

지평선 너머 검문소 건물이 모습을 드러냈고, 그곳에는 교단의 병력으로 보이는 이들이 진을 치고 있었다.

이스트라는 천천히 일어서면서 두 자루의 단검을 양손에 쥐었다.

"이번 전투만 이기면 되지만, 마지막이라는 생각에 자칫 방심할 수도 있다. 끝까지 긴장을 놓지 말도록."

말을 마친 이스트라가 마부석으로 다가가 마차를 세우라고 지시하려던 찰나.

검문소 뒤 수풀에서 강렬한 마나를 느낀 그레인이 이스트라를 제지했다.

"잠깐, 저 너머에서……."

"자네도 느꼈나?"

"서로 이질적인 힘이……."

휘이잉!

검문소 뒤편에서 휘몰아친 눈보라가 병력의 왼쪽을 순식간에 덮쳤다.

화르륵!

뜨거운 불길이 지면을 타고 뻗어나가더니 병력의 오른쪽을 삼켰다.

"으아악!"

"기습이다!"

교단의 병력이 우왕좌왕하는 가운데, 그레인 일행이 탄 마차는 속도를 늦추지 않았다.

"크루겐, 그대로 마차를 몰도록!"

예상 못 한 후면에서의 공격에 마차를 가로막고 있던 병력이 순식간에 좌우로 나뉘었고, 이스트라는 돌진을 명령했다.

"전하, 지금입니다!"

"알겠소!"

휘리릭!

펠릭스가 휘두른 영겁의 사슬이 도로를 막고 있던 목재 방벽을 일순간에 날려 버렸다.

*　　　　　*　　　　　*

"으아… 이젠 못 따라오겠지?"

마차를 세운 크루겐이 양손을 번갈아가며 이마의 땀을 훔쳤다.

그레인 일행을 태운 마차는 국경선 부근에서 대기 중이던 교단의 병력을 상대하지 않고 그대로 통과했다.

현재 베릴란트 왕국 내에선 교단의 병력이 상주하는 것 자체가 금지된 상태.

이미 국경선을 넘어 베릴란트 왕국에 들어온 그레인 일행은 더 이상의 추격을 걱정하지 않아도 되었다.

지금 그들이 도착한 장소는 펠릭스의 부하들과 만나기로 약속했던 수풀 안쪽이었다.

"무사하셨군요!"

"으악! 깜짝이야!"

수풀 안쪽에서 누군가 뛰쳐나오며 지른 소리에 크루겐이 놀란 가슴을 움켜쥐었다.

"뭐야, 그 술집 매니저 아저씨잖아?"

"죄, 죄송합니다. 너무 기쁜 나머지……."

다급히 사과를 한 멧슨은 펠릭스의 앞으로 달려가더니 허리를 숙이며 한쪽 무릎을 꿇었다.

"멧슨, 오래간만이로군."

"정말 뵙고 싶었습니다!"

눈물을 글썽이는 멧슨 뒤로 펠릭스의 부하들이 질서정연하게 자리를 잡더니 동시에 고개를 숙여 인사했다.

어둠의 세계에 발을 걸친 이들 특유의 시끌벅적한 인사가 오고 가는 사이, 펠릭스의 부하들과 확연히 구별되는 복장의 남녀가 나란히 그레인을 향해 걸어왔다.

"아까 그 냉기는… 멜린다 교관님이셨군요."

"무사해서 다행이로구나."

"우선은 저보다는 이스트라 교관님과 인사를 나누셔야 하지 않습니까?"

그레인은 예전보다 환해진 얼굴의 멜린다를 보며 싱긋 웃었다.

그러나 그레인이 보여줬던 미소는 그녀의 옆에 서 있는 청년을 보는 순간 사라져 버렸다.

"너는……."

"어? 나 알아?"

전생에는 결사대의 일원이었던, 18번째 대원.

그리고 현생에는 충돌 없이 스쳐 지나갔다고 생각한 인연.

"나이트로?"

그레인은 배신자였던 그의 이름을 말하면서 트윈 엣지의 검 자루를 움켜쥐었다.

전생에는 없었던, 그러나 지금은 그의 왼쪽 눈에 자리 잡은 화룡의 눈동자를 노려보면서.

제3장

변했으면서도 변하지 않은 인연

나이트로.

전생에는 극히 개인적인 감정 때문에 결사대를 떠나 교단 편에 섰던 배신자.

그레인은 빙룡의 어금니를 이식받을 때 그와 우연히 스쳐 지나간 적이 있었다. 그것이 현생의 마지막 인연이 되기를 바랐던 터라, 나이트로의 갑작스러운 등장이 달갑지 않았다.

하필 이런 상황에서 그것도 멜린다와 함께 등장한 모습을 보니, 전생의 안 좋았던 기억이 선명하게 떠올랐다.

"저 녀석, 왜 여기에 있는 거야?"

"나도 잘 모르겠어."

"아무튼 그냥 지나칠 수는 없겠네."

주변에 안 들리게 그레인과 귓속말을 주고받은 크루겐 역시 팬텀 대거의 자루를 강하게 움켜쥐고 있었다.

반면 나이트로는 명백히 적의가 느껴지는 둘의 시선에 적지 않게 당황 중이었다.

"왜들 날 그렇게 봐? 처음 보는 사람한테… 흐음, 엄밀히 따지면 초면은 또 아니긴 해도."

"코어를 교체받은 이후 또 만난 적이 있었지?"

"어… 그땐 얼굴을 가리고 있어서 못 봤을 텐데? 어떻게 알았어?"

나이트로의 질문에 그레인은 그의 왼쪽 눈을 가리켰다.

"그 눈, 원래 테일러의 코어 아니었던가?"

"그랬는데 그 녀석이 죽은 뒤에 내가 이식받게 되었지. 그나저나 테일러와 아는 사이야? 친했어?"

순간 그레인과 크루겐의 표정이 동시에 일그러졌고, 나이트로는 이해한다는 얼굴로 고개를 끄덕거렸다.

"굳이 말 안 해도 알겠네. 하긴, 그 녀석과 사이좋을 사람이 있을 리 없지."

"전하를 호위하던 중에 습격했던 놈이 너였나?"

"맞아. 그때야 교단의 임무를 수행 중이었으니 어쩔 수 없었다고 쳐도, 괜스레 미안해지네."

"그때 그놈이 너였어?"

"끄응, 너희들이 그렇게 나와도 어쩔 수 없지. 이해해, 이해한다고."

그레인과 크루겐의 연이은 질문에 나이트로는 감추는 것 없이 고백했다. 그럼에도 나이트로를 향한 둘의 의심은 여전했다.

'뭐랄까, 애매하군.'

자신에게 쏟아지는 적의를 순순히 인정하는 나이트로의 태도가 그레인은 맘에 걸렸다.

혹시 전생의 기억을 알고 있을까 하는 우려에 크루겐은 은근슬쩍 전생과 관련된 이야기로 유도해 봤다.

그러나 나이트로는 당황하는 기색을 전혀 보이지 않고 '그런 일이 있었나?'라는 표정으로 뒤통수를 긁었다. 회귀한 자들이라면 반드시 기억할 숫자 '1416'을 언급했을 때도 마찬가지 반응이었다.

'회귀자는 아닌 것 같은데, 그렇다면 교단의 첩자로 잠입한 걸까? 아니, 그것도 아닌 것 같고.'

정말로 첩자로 잠입했다면 펠릭스를 성지로 호위할 당시에 자신이 교단의 습격자였다는 사실을 군이 인정할 필요는 없다.

계속 이어지는 그레인과 크루겐의 질문에 나이트로는 쩔쩔매는 모습만 보여줬고, 둘이 알고자 하는 내용은 하나도 얻어낼 수 없었다.

"에휴, 됐다."

한숨을 길게 내쉰 크루겐이 뒤돌아서더니 나이트로에게 멀어졌다. 그레인은 크루겐을 따라갔고, 나이트로는 둘을 향해 손을 뻗었다가 천천히 손을 거두었다.

"아니, 어쩔 수 없었다고 계속 말하는데도 왜 저런 태도야?"

나이트로는 자신의 사과를 받아들이려고 하지 않는 두 소년의 뒷모습을 응시하며 투덜거렸다.

"저 녀석, 답답해하는 것 같은데?"

"따지면 우리 쪽이 더 답답하지. 이렇게 애매할 때에 나타나는 건 또 뭐람."

일부러 다른 이들과 거리를 벌린 둘은 '회귀를 받아들인 자들'만이 들어야 하는 이야기를 주고받기 시작했다.

"다른 사람들에게 물어봐야 좀 더 알 수 있겠지? 그런데 분위기상 그런 거 물어보긴 힘들 거 같아 보이네."

펠릭스는 오래간만에 만난 부하들과 이야기를 나누고 있었다. 여전히 들뜬 멧슨은 펠릭스의 말 한마디 한마디에 반응하며 기쁜 기색을 감추지 못했다.

멜린다는 교단에서 탈주한 이후 재회한 이스트라, 그리고 수료한 이후 처음 만나는 세 명의 제자들과 이야기 중이었다. 눈물을 글썽이며 손수건으로 눈가를 닦아내는 모습을 보고 있자니, 지금 나이트로에 대해 추궁해서 분위기를 깨뜨리기는 어렵다는 생각만 들 뿐이었다.

그레인과 크루겐을 제외하고 이런 분위기에 끼어들 수 없었던 또 한 명, 베스티나가 조용히 둘이 있는 곳으로 다가갔다.

그녀는 말없이 둘의 이야기를 들으면서 멀리 떨어져 있는 나이트로를 바라봤다. 그에 대한 적의가 느껴지는 두 소년의 대화와 멜린다 옆에서 우물쭈물하며 기죽어 있는 나이트로의 모습은 서로 상충되었다.

"그레인."

"네?"

"저 남자가 네가 말했던 배신자 중 한 명이야?"

"…네."

그레인은 아까와 똑같은 대답을 했지만 뉘앙스는 전혀 달랐다.

"그래서 저런 눈으로 저 남자를 보고 있었구나."

"아무래도 저희들은 전생의 이미지로 먼저 판단할 수밖에 없으니까요."

차라리 전생 때와 똑같이 확실한 배신자로 등장했다면 아무런 미련 없이 보자마자 머리를 베었을 것이다.

"지금 고민하지 말고, 우선은 좀 쉬는 게 어때?"

베스티나는 팔을 들어 소매 부분의 냄새를 맡아보더니 얼굴을 확 찌푸렸다. 핏자국과 때는 검은색에 가려져 보이지 않았지만, 제대로 씻지 못해 풍기는 악취는 가려지지 않았다.

"그동안 정말 고생했으니까 다들 숨 돌릴 시간이 필요하잖아. 안 그래?"

*   *   *

펠릭스의 부하들이 마련해 준 은신처로 이동한 그레인 일행은 오래간만에 휴식을 취할 수 있었다.

각자의 방에 들어가자마자 곯아떨어진 그들은 저녁 무렵에 깨어났다. 더 이상 주변을 경계할 필요 없이 마음 놓고 몸을 제대로 씻고, 새 옷으로 갈아입을 수 있었다.

모자란 잠을 보충하고 깨끗하게 씻고 나니 극심한 허기가 찾아왔다. 때마침 식당에서는 그들을 위한 요리가 마련되어 있었다.

달리는 마차 위가 아닌, 여유로움 속에서 이야기를 나눌 수 있는 편안한 식사였다. 안전하다고 생각되지 않으면 절대 낄 수 없는 술까지 식탁 위에 떡하니 놓여 있었다.

"끄억, 정말 오래간만에 배불리 먹었네."

크루겐은 자신이 비운 접시의 수를 하나씩 세면서 트림을 했다.

"그러면 슬슬 시작하자."

먼저 식사를 마친 그레인이 자리에서 일어났다. 크루겐은 마지막 접시 위에 남은 소스를 손가락으로 쓱 훑더니 쪽쪽 빨았다. 조용히 식사 중이던 베스티나는 반쯤 남은 사과를 식탁에 내려놓고 둘의 뒤를 따라갔다.

"멧슨 아저씨, 잠깐만요."

크루겐은 펠릭스 옆에서 즐겁게 식사 중이던 멧슨의 어깨를 툭툭 건드렸다.

"응? 무슨 일입니까?"

"뭐 좀 물어볼 게 있어서요. 전하, 괜찮겠죠?"

"상관없다."

펠릭스의 허락을 얻은 그레인 일행은 멧슨을 데리고 아무도 없는 방 안으로 들어갔다.

베스티나가 문을 닫는 소리에 멧슨은 잔뜩 긴장하고서 의자에 앉았다. 예전 그레인에게 맞섰을 때의 두려움이 되살아났기 때문이다.

"나이트로에 대해 물어볼게요. 언제부터 그쪽과 같이 일하게 되었죠?"

"그 남자 말입니까? 제 기억에는… 지금이 1월이니 아마도 넉 달 전부터였을 겁니다."

멧슨은 국경선 부근에서 첩보 활동을 벌이던 중, 교단의 일원에게 발각되어 벌어진 전투에 대해 설명하기 시작했다.

수에서 밀려 급하게 도망치던 멧슨 일행과 그들을 뒤쫓던 교단의 병력 사이에 돌연 한 남자가 끼어들었다. 그는 화염의 힘을 아낌없이 사용하며 전황을 순식간에 뒤집었다.

그가 바로 나이트로였다.

멧슨은 기대하지 않았던 도움에 감사를 표했지만, 나이트로는 별거 아니라는 시선으로 성당 기사들의 까맣게 불탄 시체를 내려다봤다.

"그냥 교단 놈들이 싫어서요."

그렇게 대답하고 돌아서려던 나이트로는 누군가를 보더니 걸음을 멈췄다. 펠릭스의 부하들과 함께 있던 멜린다를 보는 순간 그 자리에서 굳어버렸다.

이전까지의 무뚝뚝한 태도는 온데간데없이 벌게진 얼굴로 같이 동행할 수 있냐고 물어보는 나이트로에게, 멜린다는 우선 정체부터 밝히라고 말했다. 그러자 나이트로는 자신이 누구이며, 이전까지 어떤 처지였는지를 밝혔다.

멧슨 일행 입장에선 정체를 모르는 그를 무작정 받아들일 수 없었고, 당연히 거절했다. 그러자 나이트로는 멧슨의 바짓가랑이를 붙들면서 애원했다.

"그래서 받아들인 겁니까?"

"멜린다 님께서 찬성하셨지요. 이레귤러이니 당연히 교단에서 도망쳐야 했을 거라고 하시면서."

"합류한 이후 별문제는 없었습니까?"

"성격이 좀 가볍긴 해도 다른 사람들과 잘 어울리더군요. 게다가 확실히 실력 하나는 출중해서 여러모로 도움도 되었습니다. 물론 전하와 같이 다니시는 여러분들보단 한 끝 모자라긴 해도요. 아, 그런데……."

"문제가 있긴 있습니까?"

"저 녀석, 그 이후에도 노골적으로 멜린다 님을 넘보더군요."

멧슨은 방금 전의 칭찬이 무색할 정도로 얼굴을 찡그렸다.

"역시……."

그레인은 씁쓸하게 웃으면서 전생의 나이트로를 떠올렸다.

그가 멜린다에게 보여준 집착은 운명에 벗어나기 위해 참여한 결사대를 등질 정도였다. 그런 부분에서 현생의 나이트로는 전생과 조금도 변하지 않았다.

"그래도 이전까지 교단 소속이었는데, 너무 쉽게 받아들인 건 아닙니까?"

"사실 저도 그런 부분이 염려되어 한동안은 미행을 붙였습니다만, 교단과 접촉하는 모습은 단 한 번도 보고된 적이 없었습니다. 나중에는 한번 정체를 숨기고 교단의 성직자들과 접촉한 적이 있었는데, 같이 가기 싫다면서 학을 떼더군요. 베릴란트 왕국까지 왔는데 교단 놈들을 왜 봐야 하냐며 부들부들 떨기까지 하던데요?"

그 뒤 나이트로에 대해 문답이 몇 번 더 오갔지만, 그레인이 원하던 대답은 돌아오지 않았다.

결국 그레인은 나이트로를 받아들이는 데 찬성했던 멜린다에게 직접 물어보기로 결심했다.

*   *   *

"그 애?"

"네, 교관님."

나이트로를 애라고 칭하는 멜린다의 표정은 살짝 일그러져 있었다.

노골적으로 싫어한다고 보기엔 어려운, 그렇다고 애정이라고 판단할 수도 없는 다소 애매한 감정이었다.

"역시 걱정되어서 그러니?"

"아무래도 저희들 입장상, 의심을 안 할 수 없어서 그렇습니다."

"그렇긴 하네. 그런데 아직까지는 교단의 첩자라는 느낌은 안 들었어."

나이트로의 정체에 관한 질문에 멜린다는 멧슨과 유사한 대답을 내놓았다.

"이레귤러라고 스스로 밝혔습니까?"

"그건 아니고, 날 구해줄 때 상황이 그랬거든. 황금색 팔찌가 빛나는 와중에서도 아무렇지 않게 움직였어."

나이트로가 멧슨 일행을 구해줄 때의 멜린다의 설명은 멧슨보다 좀 더 구체적이었다.

혼자서 다수를 상대하는 와중에 얼굴을 가리고 있던 후드가 찢겨져 나갔고, 멜린다에게 하이브리드라는 걸 들켰으면서도 대수롭지 않게 적들을 쓰러뜨렸다는 설명으로 진행되었다.

그러나 그 후의 이야기를 이어나가던 멜린다의 얼굴이 아까처럼 일그러졌다.

"그런데 그 애, 정말 이상해. 날 보고 처음 한 말이 뭔지 알아?"

"저… 혹시, 애인 있습니까?"

"도대체가 이해가 안 돼. 어떻게 그 상황에서 처음 본 나에게 그런 말을 할 수 있어?"

"……."

멜린다는 신경질적인 반응을 보이며 팔짱을 꼈다. 입술을 쭉 내밀며 투덜대던 멜린다는 방 안에 침묵이 감돌자 돌연 당황했다.

"나, 날 구해준 은인 상대로 이렇게 나오는 게 나쁘다는 건 나도 잘 알아. 하지만 이것과 그건 다르잖아?"

"이해합니다."

"그런데 나이트로와 아는 사이야?"

"어느 정도는 알고 있습니다. 반대로 제가 물어보겠습니다. 나이트로와 멜린다 교관님은 어떤 사이입니까?"

"어떤 사이라니?"

그레인의 예상 못 한 질문에 멜린다는 어깨를 살짝 움츠렸다.

"착각하지 마렴. 난 그 애에게 별로 관심은 없어."

'이런 부분은 전생과 비슷하군.'

전생의 멜린다는 자신에게 끊임없이 구애하는 나이트로를 방치하다시피 했다. 그럼에도 나이트로가 죽었을 때 그 누구보다 분노했다.

물론 전생을 기준으로.

"게다가 나와 상극인 화염의 힘을 지녀서 그다지……."

그러나 이전 벤트 섬 시절, 화염을 다루는 타 교관들에 대해 박한 평가를 내렸던 그녀치고는 꽤 온순한 반응이었다.

"그래도 우선은 나이트로를 조심하십시오."

"내가 보기에 그 녀석은 아직 애야. 걱정할 필요는 없어."

"그런 의미가 아니라, 감시를 계속해 달라는 뜻입니다."

"그런 의미였어? 처음부터 그렇게 말하지 그랬어!"

일순간 얼굴이 달아오른 멜린다는 자리에서 벌떡 일어섰다.

"나, 난 일이 있어서……."

쾅!

문이 닫히는 소리와 함께 멜린다는 다급히 밖으로 나갔다.

"멜린다 교관도 예전과는 달라진 것 같네."

"확실히 그렇군."

"다른 사람들에게 더 물어볼까?"

"아니, 그럴 필요까진 없어."

그레인은 굳게 닫힌 문을 바라보며 생각에 잠겼다.

'아직 배신하지 않은 나이트로를, 전생에 배신했다는 이유만으로 처단할 수 있을까?'

인간은 쉽게 변하지 않는다는 말이 그레인의 뇌리에 떠올랐다.

그러나 맥스의 그 말은 인간이 절대로 변하지 않는다는 의미를 담고 있지는 않았다.

"크루겐, 잠시만."

그레인은 베스티나의 눈치를 보면서 크루겐과 귓속말을 주고받았다.

"하긴, 지금 상황에선 그게 제일 납득이 가는 결정이겠어."

크루겐과 그레인의 시선이 동시에 베스티나를 향했다.

"베스티나, 나이트로에 대해 어떻게 대해야 할지 대신 결정해 주지 않겠습니까?"

"내가?"

"아무래도 저나 크루겐은 선입관을 가지고 그를 대할 수밖에 없습니다. 혹시 부담된다면 거절해도 상관없습니다만."

그레인의 우려 섞인 부탁에 베스티나는 고개를 숙이더니 오른손으로 턱을 매만졌다.

잠시 후, 그녀는 마음속으로 결정을 내리고 고개를 들어 올렸다.

"나라면……."

＊　　　　＊　　　　＊

"뭐, 뭐야?"

크루겐과 함께 은신처 옆 수풀로 들어간 나이트로는 기다리고 있던 그레인과 베스티나를 보며 당황했다.

펠릭스의 부하들과 어울리며 마신 포도주 때문에 살짝 상기된 얼굴이었지만, 주변에 자신들 말고 아무도 없다는 걸 알자마자 취기가 싹 사라졌다.

"설마 그때 일 때문에 복수라고 하겠다는 거야? 그냥 말로 하면 될 것을… 어, 이런."

나이트로는 검을 꺼내기 위해 허리춤을 더듬었지만, 식사하기 전 놓고 왔다는 걸 깨닫고 또 한 번 당황했다.

"그런 건 절대 아니니 걱정 마라."

"그렇다면 왜 이렇게 후미진 곳에 날 불렀어?"

그레인은 대답 대신 주위를 둘러봤다.

아까도 확인했지만, 여전히 주위에는 그들 네 명 말고 아무도 없다는 걸 확인한 그레인이 입을 열었다.

"나이트로."

"왜?"

"다시는 배신하지 마라."

그레인의 말에 나이트로의 눈썹 사이가 좁혀지면서 험악한 인상으로 변했다.

"야, 진짜 너무한 거 아냐? 아무리 내가 의심받기 딱 좋은 처지라고 쳐도 말이야……."

"멜린다 교관님을 배신하지 말라는 의미다."

"어?"

전혀 예상하지 못한 말에 나이트로는 얼굴 가까이 들어 올렸던 양 주먹을 천천히 아래로 내렸다.

"그런 의미였어?"

"그래, 그런 의미다."

"그렇게 티가 나?"

"대답은?"

답변을 종용하는 그레인을 향해 나이트로가 눈을 부릅떴다.

"너희들 눈에 가볍게 보일지 몰라도, 난 마음에 둔 여자를 배신하진 않아! 내가 죽는 한이 있어도 누님의 뒤통수를 치는 일은 없을 거야! 없다고!"

"알았다."

"아, 진짜… 내가 왜 너희들에게 이런 말을 해야 하는 거지? 곰곰이 생각해 보니 이런 말, 누님 앞에서도 아직 못 했잖아?"

말하고 난 후에야 얼마나 부끄러운 말을 했는지 깨달은 나이트로의 얼굴이 술에 잔뜩 취한 것처럼 붉게 달아올랐다.

그러나 그를 불러낸 셋은 웃지 않았다.

실제로 전생의 그는 멜린다를 구하기 위해 목숨을 바쳤다.

그리고 현생의 그는 운명처럼 멜린다와 '다시' 만났다. 멜린다가 교단과 척을 지고 있는 한, 나이트로 역시 교단 편으로 돌아서지는 않을 것이다.

"아무튼 용건은 더 없는 거지?"

"그렇다."

"그러면 난 간다."

휙 돌아선 나이트로가 건물 쪽으로 터벅터벅 걸어갔다. 가던 도중 멈추더니, 그레인을 향해 뒤돌아보고선 다시 걸음을 옮겼다.

"결국 저 녀석을 그냥 내버려 두게 되었네."

"크루겐, 아직도 미련이 남았어?"

"저 녀석이 전생에 했던 짓을 생각하면 지금도 화가 끓어올라."

크루겐은 이야기하는 내내 팬텀 대거의 자루를 쥐었다 놓기를 반복했던 오른손을 얼굴 가까이 가져갔다.

"하지만 지금 이 상황에, 저 녀석에게 뭔 짓을 했다간 분위기가 우리 쪽에 불리해질 게 뻔하잖아. 실제로 현생에서 배신한 것도 아니고."

"무엇보다 결정 자체를 베스티나에게 떠맡겼으니, 우리들은
따라야지."

크루겐과 그레인은 나이트로를 냉정하게 바라볼 수 없다는
걸 알고 있었기에 감정을 억누르고 있었다.

반면 베스티나는 아까 내렸던 자신의 결정을 되새기며 생각
에 잠겼다.

"…나이트로가 전생의 배신자였다는 이유만으로 지금의 그를
처단하는 건 옳지 않다고 봐. 그리고 저 남자, 남 같지 않아. 만약
내가 너희들을 만나지 못했다면, 시련을 받지 않는 몸이라는 걸
들켜 실험체로 죽었거나, 적으로 너희들과 만나서 죽었을지도 모
른다는 생각이 들어서 그래. 운명을 바꿀 기회가 주어진 이상, 그
걸 좋은 방향으로 살려야 한다고 생각해."

베스티나는 나이트로에게 자신을 투영하면서 심정을 토로했
다.

또 다른 의미로도 투영하긴 했지만, 그것은 밝히지 않았다.
나이트로처럼 스스로에게 솔직해지는 것은 그녀에게는 아직
무리였다.

"그런데 나이트로의 감정 표현이 좀 유치해 보이긴 하네. 안
그래?"

"이제 겨우 20대 초반이야. 게다가 하이브리드이니 같은 나

이의 인간보다 어리다고 간주해야 해. 그럼에도 하이브리드들 중에 인간다운 점은 의외지만."

"하긴… 어쩌면 우리들이 그런 부분에서 인간답지 않은 걸지도 모르고."

크루겐은 깍지를 낀 양손을 목 뒤에 대고 고개를 들어 올렸다. "그래, 맞아."

베스티나는 그레인을 흘낏 쳐다보더니 이내 시선을 정면으로 되돌렸다.

*　　　　　*　　　　　*

3일 뒤, 두 대의 마차를 타고 구출된 하이브리드들이 은신처를 떠났다.

각각 서로 다른 방향으로 떠난 마차에 탄 이들이 선택한 운명 역시 달랐다.

체이니를 포함해 이스트라가 구출한 자들은 펠릭스의 부하가 되는 쪽을 택했다.

반대로 교단의 노예로 사는 걸 거부하면서도 교단에 맞서는 길 역시 포기한 이들은 대륙 남쪽의 항구를 향해 떠났다. 드레이크가 마련한, 투쟁을 포기한 자들을 위한 섬으로 가는 배를 탈 예정이었다.

그레인은 체이니와 함께 이스트라를 태운 마차를 계속 바라봤다. 조금씩 멀어지면서 지평선을 향해 다가가는 마차에서 눈을 뗄 수가 없었다.

그 마차에는 나이트로와 멜린다도 함께 타고 있었다.

"난 한번 약속한 건 죽는 한이 있어도 지켜. 믿어보라고."

떠나기 직전, 나이트로는 그레인의 가슴을 주먹으로 툭 치면서 멜린다에게 안 들리도록 조용히 말했다.

친구 사이에나 할 법한 행동에 그레인은 어이없다는 표정을 지었고, 그럼에도 나이트로는 씩 웃으면서 마차에 올라탔다. 물론 멜린다의 옆자리에 앉으려다가 그녀에게 한 소리 듣고 기가 죽긴 했지만.

"정말로 의외의 조합이야."

크루겐은 떠나는 순간까지 두 남녀의 티격태격하는 장면을 떠올리며 피식 웃었다.

"둘의 운명이 이렇게 바뀔 줄은 몰랐어. 멜린다 교관님이 조력자가 된 것도 아직도 적응 안 되는데, 나이트로 녀석까지 올 줄은 누가 상상이라도 했겠어?"

"확실히 그렇지."

전생은 물론이고 벤트 섬에 있을 때는 좀처럼 보지 못했던, 확실히 색다른 광경이었다.

"적이었을 때는 진짜 이가 갈리는 조합이었는데, 이렇게 보니 또 그렇게 나쁘지는 않네."

"저 두 사람이 예전에는 너희들이 적이었다는 게 솔직히 믿기질 않아."

그레인과 크루겐의 묘사에 의하면, 치가 떨릴 정도로 결사대의 앞을 가로막았던 이들.

전생에 대해 간접적으로 알고 있는 베스티나 입장에서는 그저 흔한 남녀 사이 중 하나로 보이는 두 남녀에게 증오라는 감정을 품기란 힘들었다.

"모두 무사히 도착해야 할 텐데……."

두 명의 스승을 태운 마차가 지평선 너머로 사라지자 베스티나는 눈시울을 붉혔다. 성지에 지낼 때는 거의 혼자서 지냈지만 그레인과 재회한 이후 많은 이와 접해서였을까, 이전보다 확실히 감정 표현이 풍부해졌다.

"……."

그러나 그레인은 그들이 사라진 방향을 그녀처럼 감상에 젖어 바라볼 수만은 없었다. 이스트라를 이런 식으로 떠나보낸 이상, 그레인이 책임져야 할 일이 하나 추가되었기 때문이다.

"아쉬워?"

"어떤 의미로?"

"그 녀석 말고, 이스트라 교관님의 건 말이야."

"솔직히 말하면… 네 말대로 아쉬워. 하지만 어쩔 수 없었지."

결국 그레인은 이스트라에게 결사대에 머무르라고 설득하기를 포기했다. 아무리 목적을 위해서라지만, 친구를 죽인 이를 위해 협력해 달라는 말을 차마 꺼낼 수 없었다.

대신 펠릭스의 부하들의 보호를 받으며 은신하는 쪽을 택하게 한 게 최선이었다. 어떻게 해서든 하이브리드에 대한 교단의 연구 자체를 지체시켜야만 했기에.

"결국 저 녀석의 운명은 멜린다 교관님에게 달린 거네. 계속 조력자로 머무신다면… 음?"

크루겐은 하던 말을 급히 끊고 동쪽을 가리켰다. 여러 기의 말이 모래바람을 일으키며 달려오는 중이었다.

"오늘 누가 온다는 이야기는 없었지?"

"내가 가서 물어보고 올게!"

"잠깐, 기다려 봐!"

크루겐이 건물 안으로 들어가려는 찰나, 그레인이 그의 어깨를 붙들었다.

"결사대의 복장이다."

"그러게? 그리고 맨 앞에 오는 저 사람… 대장 아냐?"

선두에 달려오고 있는 말에 탄 자가 누구인지 알아챈 크루겐은 반갑게 손을 흔들었다.

그러나 그레인은 맥스의 예상 못 한 등장을 반갑게 받아들일 수 없었다.

"아차, 지금의 너에겐 반가울 손님은 아니겠네. 이런……."

이스트라를 결사대의 본거지로 데리고 오지 못한 이상, 일행의 리더인 그레인에게 그 책임이 쏠릴 게 뻔했기 때문이다.

"그래도 타이밍이 좋게 어긋나서 다행이군."

"좋게 어긋나다니? 무슨 의미야?"

"맥스가 델리아를 구했을 때 했던 짓, 들은 적이 있지?"

"아, 그거?"

그들은 맥스가 배신자였던 100번째 대원, 솔리킨을 망설임 없이 죽였다는 사실을 알고 있었다.

현생에는 아직 배신하지 않았음에도.

"그래도 솔리킨은 좀 예외이지 않아? 원래 악질적이기도 했고. 솔직히 난 그 녀석 죽었다는 말 듣고는 속이 시원했어."

"맥스가 전생만을 기준으로 판단했다는 점에는 변함없어. 만약 맥스가 조금이라도 일찍 도착해서 두 사람과 마주치기라도 했다면, 멜린다 교관은 몰라도 나이트로만은 절대 살려두지 않았을 거다."

"그건 좀… 이 아니라, 일이 상당히 꼬일 뻔했잖아. 휴, 정말 운이 좋았어."

점점 다가오는 말들과 마차가 사라진 방향을 번갈아가며 바라보며 크루겐은 가슴을 쓸어내렸다.

펠릭스의 부하나 마찬가지인 나이트로를 맥스가 그만의 잣대로 죽이기라도 한다면, 현재 유일하게 결사대와 뜻을 같이하고 있는 베릴란트 왕국과의 관계에도 문제가 생길 수 있다.

예전 아딜나의 오빠 건처럼 남들의 눈에 들키지 않게 죽이는 방법을 크루겐이 보류한 이유도 바로 그 때문이었다.

"그나저나 너 괜찮겠어? 대장을 더 늦게 만난다면 그 사이 마음의 준비라도 했을 텐데, 너무 일찍 만나게 되어버렸잖아."

"……"

"정 안 되면 안으로 들어가서 전하라도 불러올까? 네가 결정한 게 아니라 전하가 시켰다고 대충 얼버무리면……."

"아니, 내가 하겠어."

처음부터 맥스의 추궁을 받을 거라 예상하고 스스로 내린 결정.

고로 책임을 져야 할 자는 자신이어야 한다고 그레인은 결심했다.

*   *   *

빠르게 달려오던 말들이 천천히 속도를 늦추더니 멈췄다.

선두에 선 말에서 내린 결사대의 대장, 맥스는 어깨에 묻은 먼지를 털어내며 세 명을 향해 걸어왔다.

"모두들 다 무사했군."

"여기까지 직접 오다니, 무슨 일이라도 벌어졌나?"

"그건 아니다. 스코트를 만나고 오는 길에 새 임무를 전달할 겸 들른 거다. 그런데……."

맥스는 주위를 두리번거리더니 평원 위에 홀로 세워진 건물을 발견하고선 말끝을 흐렸다.

"펠릭스 전하는 안에서 쉬고 계셔."

크루겐은 오른손 엄지로 등 뒤에 있는 건물을 가리켰다.

"그렇다면 전원 무사히 복귀했다는 이야기로군. 임무는 성공했나?"

"추기경을 납치하는 데에 성공하긴 했다."

'완벽한 성공'과는 살짝 비껴 나간 그레인의 대답에 맥스는 다시 한번 건물 쪽을 바라봤다.

"성공? 그는 지금 어디 있지? 저 안인가?"

"사정이 있어서 펠릭스 전하의 부하들이 마련한 은신처로 옮기라고 지시했다."

"고성으로 보내지 않고?"

당연히 이뤄져야 할 절차가 도중에 끊겼음을 안 맥스의 목소리가 무겁게 가라앉았다.

"지금으로선 이스트라 추기경을 제대로 설득하기엔 무리라고 판단했기 때문이다."

"판단의 근거는?"

"결사대를 이끄는 대장이 너라는 사실을 밝힌다면, 이스트라 추기경이 협력할 거라 생각하나?"

"그건……."

맥스는 하려던 말을 도로 삼키며 침묵했다.

"쉐일처럼 인질을 붙잡는 식으로 협박할 수도 있었다. 하지만 그래서야 교단과 다를 바 없다. 우선은 교단에서 빼내 오는 걸로 만족해야 한다고 판단했다."

그레인은 최대한 침착함을 유지하면서 자신의 판단이 옳다고 주장했다.

둘 사이에 말이 없어지면서 주변 분위기가 자연스레 무거워졌다. 어느 누구도 입을 열 엄두를 못 내는 상황에서 그레인은 눈도 깜박이지 않고 맥스의 시선을 맞받아쳤다.

"사실은 대장인 너에게 먼저 보고하고 확답을 기다리려고 했는데, 아무리 베릴란트 왕국 안이라 해도 이스트라 교관님을 한곳에 오래 놔두긴 그렇잖아? 추격자들을 확실히 따돌린 후라면 몰라도."

둘 사이의 침묵을 깨고 크루겐의 추가 설명이 이어졌다.

"그리고 지금은 좀 나아졌지만, 구출할 당시 교관님이 정신적으로 많이 흔들리셨어. 하이브리드를 실험체로 대해야 했다는 것 때문에 죄책감에 많이 시달리셨거든."

"죄책감이라……."

한때 사제 관계였던 고든을 떠올린 맥스는 고개를 들어 하늘을 바라봤다.

"확실히 너희들의 말이 맞다. 나로 인해 설득의 여부 자체가 막혔을 수도 있겠군."

그러나 둘의 예상과 달리, 맥스는 자신의 존재가 이번 임무에서 약점임을 순순히 인정했다.

"그렇다면 원래 용무만 마치는 걸로 만족해야겠군."

맥스는 아쉬워하는 표정으로 품에서 두루마리 문서를 꺼냈다.

"아, 물어볼 게 있어. 스코트를 만나고 왔다고 아까 말했지? 혹시 포르테가에서 무슨 일은 없었는지는 못 들었어?"

"포르테가… 라면 리카르도가 머물고 있는 그곳 말이로군. 아직까진 특별한 보고는 없었다."

성수가 대륙 곳곳으로 퍼지는 와중에 크루겐은 아딜나의 안위가 걱정되어 물어봤지만 원하는 대답은 돌아오지 않았다.

"새 임무는 어떤 일이지?"

"내용은 그 두루마리에 자세히 적혀 있으니 굳이 설명하지 않겠다."

"어? 대장, 벌써 가려고?"

"나 역시 해야 할 일이 있다. 시간을 지체할 수 없는 입장이니 이해해라."

용무를 마친 맥스는 말에 올라탔다. 만약 이스트라가 반항한다면 억지로라도 그를 데리고 갈 작정으로 이곳까지 왔지만, 이스트라가 없는 이상 이곳에 있을 이유가 없었다.

'아딜나에 대해 크루겐이 한발 앞서 물어봤군. 걱정되긴 하지만 리카르도에게 한 부탁을 믿고 별일 없기를 바라는 수밖에 없겠지. 그렇다면…….'

그레인은 아직 그에게 물어볼 것이 남아 있었다.

나이트로와 멜린다를 만난 이후, 맥스에 대해 반드시 물어봐야 하는 이야기를.

"맥스, 물어볼 게 있다."

그레인의 질문에 말 머리를 돌린 맥스가 말고삐를 붙든 채로 고개를 뒤로 돌렸다.

"만약 전생의 배신자나 적이 다른 운명을 살고 있다면 어떻게 할 건가?"

"필요에 따라서는 미리 제거할 거다."

"솔리킨을 죽인 것처럼?"

"그렇다."

기대하던 대답이 아니자 그레인은 두 눈을 가늘게 뜨며 아랫입술을 지그시 깨물었다.

"그레인, 잊지 마라. 인간은 결코 쉽게 변하지 않는다는 것을."

"맥스……."

"지금 생이 예전과 달라졌다 하여도."

전에 했던 말에 단호한 의지를 덧붙인 맥스는 말고삐를 내려쳤다.

그레인 일행은 부하들과 함께 왔던 방향으로 되돌아가는 맥스를 착잡한 눈으로 바라봤다.

제4장

빛과 어둠

카르디어스 신성력 1399년 7월 14일.

쾅!

지하실의 입구가 박살 나면서 철제문이 산산조각 났다.

제일 먼저 땅을 밟은 크루겐이 주변을 두리번거리더니 아무
도 없다는 걸 확인하고 지하 계단에 대기하고 있던 이들에게
신호를 보냈다.

"자, 모두 나오셔도 돼요! 안심하세요!"

검은색의 법의를 입은 이들의 부축을 받으며 갇혀 있던 자
들이 하나둘씩 밖으로 나왔다.

타락한 몸과 마음을 정화시킨다는 명목 아래, 심문을 빙자

한 고문이 벌어지던 끔찍한 장소.

배교자라는 터무니없는 누명을 쓰고 죽을 날만 기다리던 이들은 오래간만에 맞이하는 빛에 눈을 질끈 감았다.

그러나 그것도 잠시, 다시는 볼 거라 생각하지 못했던 하늘을 올려다보며 감격의 눈물을 흘렸다.

"정말로, 정말로… 감사하네."

백발의 노인이 눈물을 글썽이면서 그레인의 오른손을 두 손으로 꼭 붙잡았다.

같이 구출된 사람들이 황급히 달려와 부축하려고 했지만 그는 손을 옆으로 내밀며 거절했다.

상대의 대해 감사를 표현하려는 지금, 두 다리로 똑바로 서서 해야 한다는 고집 때문이었다.

"젊은이들이 아니었다면 이 늙은 몸은 이미 저세상으로 갔을 거야. 아니, 나야 이미 살 만큼 살았다지만 애꿎게 휘말린 다른 이들마저 그럴 수는 없지 않은가?"

초로의 마법사 제스테일.

그레인 일행이 구해주기 전까지 겪었던 고통 때문에 몸과 마음 모두 만신창이가 되었지만 생기를 잃었던 눈빛은 원래대로 돌아갔다.

전생의 모습 그대로.

"저희는 당연한 일을 했을 뿐입니다."

"그 당연한 일을 아무도 하지 못했다네."

그레인의 무뚝뚝한 대답에도 제스테일은 그의 손을 놓지 않왔다.

"내 아들마저도 나를 버렸지. 신의 뜻을 저버릴 수 없다는 허무맹랑한 핑계를 대면서 말이지."

교단의 성직자들에 의해 종교재판에 끌려가는 와중, 제스테일은 아들을 향해 손을 내밀었다.

그러나 매정하게 그의 손을 쳐낸 아들의 눈은 종교라는 이름의 광기에 물들어 있었다.

"지금의 나는… 가진 걸 거의 다 잃었지만, 도움을 받고도 모른 척하는 염치없는 인간은 아니라네. 내가 도와줄 수 있는 일이라면 뭐든지 하겠네!"

"우선은 편히 쉬셔야 합니다."

"하루라도 빨리 건강해지셔야 저희들을 도와주실 수 있잖아요. 무슨 의미인지 아시죠?"

"그래, 지금의 나는 오히려 짐만 될 뿐이지. 나중에 자네들을 찾아가려면 어떻게 하면 되겠나?"

그레인은 고개를 왼쪽으로 돌려 대기 중이던 마차 쪽을 바라봤다. 그레인처럼 검은 법의를 입은 대원들이 구출된 이들을 마차에 다치지 않도록 조심스럽게 태우는 중이었다.

"저희들 모두가 하이브리드를 주축으로 결성된 '결사대' 소속이라는 것만 알아두시면 됩니다."

"추가로 저희 넷의 이름도 잊지 않으면 더욱 좋고요."

"자네가 그레인, 그리고 옆에 있는 청년이 크루겐이라고 했지? 절대 잊지 않겠네."

말을 마친 제스테일은 그레인의 손을 한 번 꽉 쥐고선 마차 쪽으로 돌아섰다.

"으… 이런."

그러나 힘이 빠진 다리 때문에 제대로 걸을 수 없었고, 결국 다른 이들의 부축을 받으며 마차에 몸을 실었다.

"이런 식으로 다시 만나게 되긴 하네."

"그러게 말이지."

"이번에는 죽도록 고생만 하다가 떠나가시는 일 따위 없게 만들어야겠지?"

전생의 조력자였던 제스테일과 결사대의 인연은 다시 이어졌다.

전생에 비하면 훨씬 극적으로, 그리고 제스테일 쪽이 일방적으로 빚을 지는 형태로.

*   *   *

일주일에 걸친 수색 작업 끝에 제스테일을 구출한 그레인 일행.

그러나 그들은 한숨 돌릴 여유도 없이 다음 목적지를 향해 마차를 몰았다.

연달아 임무를 맡아 대륙 곳곳을 돌아다니는 그레인 일행의 얼굴에는 피곤한 기색이 역력했다. 그나마 임무의 뒤처리는 곳곳에 배치된 조력자들에게 맡겼기 때문에 '순수하게' 임무의 달

성에만 전념할 수 있다는 점은 다행이었지만.

"이번은 진짜 아슬아슬했군."

"3일 뒤에 공개 처형이 진행될 예정이었지?"

"아무래도 파헤치려고 했던 게 성수였으니, 교단 입장에선 그냥 놔둘 수 없었을 테니까."

쉬르 왕국 소속의 궁정 마법사였던 제스테일은 조국에 휘몰아친 '성수'라는 존재에 대해 의구심을 품고 조사에 들어갔다. 그러나 진실을 밝히려던 그의 의도는 광신에 휘말린 쉬르 왕국으로선 용납될 수 없는 행동이었다.

결국 배교자로 몰려 종교재판에 회부된 제스테일은 화형을 선고받았고, 공개 처형을 3일 앞둔 시점에 그는 기적을 만났다.

바로 그레인 일행과의 극적인 만남이었다.

"그래도 결과가 좋았으니 뭐, 상관없으려나?"

"그것보다 크루겐, 이전부터 곰곰이 생각해 봤는데… 우리들이 계속 맡았던 임무들, 뭔가 일관된 기준이 있는 것 같아."

"너도 그렇게 생각했어? 나도 긴가민가했는데, 지난번 임무까지 마치고 나니 확신이 들더라."

이스트라의 구출 이후, 그레인 일행에게 주어진 임무는 총 6건.

6건 전부, 전생 당시 결사대의 조력자였던 이들이 관련되어 있었다.

교단과 관련되든, 관련되지 않은 일이든 간에 크고 작은 위기에 처한 이들이었고, 모두 그레인 일행 덕분에 무사히 구조

될 수 있었다.

"전생의 조력자들을 미리 확보하려는 계획이겠군."

"그것 외에도 또 하나의 공통점이 있긴 한데, 너는 잘 모르려나?"

"무슨 의미지?"

"우리가 구한 사람들 모두, 제스테일 할아범까지 포함해서 전생의 마지막 순간까지도 배신하지 않았던 이들이었어."

"아… 그랬나?"

100인의 결사대원 모두가 교단과의 기나긴 투쟁 속에서 마지막까지 따라온 것은 아니었다.

결사대의 조력자들 중에는 배신하거나, 중립을 선언한 이들도 적지 않았다.

"그래서 맥스는 우리들에게 이런 임무들만 맡긴 거로군."

맥스의 신념대로라면 배신자였던 이는 다시 만나도 배신자가 될 것이다.

반대로 마지막까지 결사대를 도왔던 이들이라면 현생에서도 또다시 결사대와 손을 잡을 것이다.

"어쩌면 맥스는 우리와 정반대의 역할을 하고 있을지도 모르겠네."

크루겐의 추측에 그레인은 대답하지 않고 입을 굳게 다물었다. 그러나 마음속으로는 이미 긍정하고 있었다.

'지금의 맥스라면… 그러고도 남겠지.'

배신자였던 이들의 처단을 지시하는 정도로 만족하지 않고,

확실하게 결말을 짓기 위해 직접 나서는 모습이 눈에 선했다.

'그래도 이해할 수 없어. 왜 맥스는 나에게 이런 임무들만 내리고 있는 거지? 무슨 의도에서?'

그레인은 혼자 생각해도 결론이 나오지 않자 크루겐을 흘깃 바라봤다.

"왜? 물어볼 거 있어?"

"아니."

그러나 이내 관두었다. 직접 맥스를 만나 이야기하지 않는 이상 풀리긴 어려운 문제라고 결론지었다.

"크루겐, 마차 모는 거 교대할까?"

"잉? 아직 시간 안 되었잖아?"

"말이라도 몰고 있으면 잡념이 사라질까 싶어서."

"그러지 말고 눈이라도 붙여. 피곤한 건 너나 나나 마찬가지잖아?"

크루겐은 말고삐를 대신 쥐려던 그레인의 손을 물리고선 싱긋 웃었다.

"진짜 하루하루가 정신없이 흘러가는 기분이야. 우리, 마음 편히 제대로 쉬어본 적이 언제였지?"

이스트라와 만남, 그리고 헤어짐 이후로 흘러간 시간이 어느덧 6개월.

회귀로 인해 얻은 이점을 최대한 활용하고 있는 그들의 시간은 실제보다 훨씬 빠르게 흘러가고 있었다.

"에이, 모르겠다. 전생에 10년 넘게 했던 일을 한꺼번에 몰아서 했다고 쳐야지, 뭐."

크루겐의 푸념에 그레인은 짐칸 안쪽으로 이동했다.

등을 돌린 채로 짐칸 중앙에 앉아 있는 펠릭스는 후위를 계속 경계 중이었다. 하지만 짐칸 오른쪽에 등을 기대고 앉아 있는 베스티나는 잠에 빠져 있었다.

펠릭스는 입을 열지 않고 검지를 입에 가져가며 조용히 하라는 신호를 보냈다.

'확실히 베스티나에게는 무리였겠군.'

이미 전생에 급박한 상황을 여러 차례 겪은 그레인과 달리, 갓 20살을 넘긴 그녀에게는 진작 한계에 도달했어도 이상하지 않을 정도의 강행군이었다.

그레인은 모포를 깐 뒤에 베스티나를 조심스럽게 안아 올려 모포 위로 눕혔다. 워낙 깊게 잠들어서인지 그녀는 깨어나지 않았다.

축 늘어뜨린 베스티나의 오른손에는 먹다가 남긴 육포 조각이 쥐어져 있었다.

덜컹.

바퀴가 돌부리에 걸려 마차가 흔들거렸다. 그러나 베스티나는 여전히 잠들어 있었고, 그런 그녀를 그레인이 안쓰럽게 내려다봤다.

'가능하다면 이번 임무에는 제외해야겠어.'

이번 열외는 육체적으로 한계에 달한 그녀에게 휴식을 준다는 의미 말고도 다른 의도도 있었다.

다음 임무의 특성상, 정신적으로 버틸 수 있을지 아닐지 우려되었기 때문이다. 지난번 이스트라가 있던 연구소를 기습할때 그녀를 연구소 안에 투입시키지 않았던 숨겨진 이유와 비슷했다.

마차 안에 고요함이 감도는 가운데, 마차는 목적지를 향해 계속 질주 중이었다.

쉬르 왕국에서 종교의 중심지로 잘 알려진, 올테스 대성당을 향하여.

*　　　　*　　　　*

언덕 높은 곳에 위치한 올테스 대성당을 중심으로 자리 잡은 번화가에는 많은 인파가 몰려 있었다.

소위 말하는 성지 순례를 위해 모여든 이들은 손목에 로사리오를 두르고 경건한 표정으로 대성당을 들렀다. 수용 인원을 훨씬 넘어선 인파로 인해 성당 안에 들어가지 못한 신자들이 올테스 대성당을 둘러싸고서 기도문을 읊었다.

반대로 번화가 바깥쪽에 위치한 유흥가는 여관과 술집을 오고가는 이들로 불야성을 이뤘다.

경건함과 속세의 욕망이라는 상반되는 태도가 공존하는 올테스 대성당 교구 근처에 한 대의 마차가 도착했다.

해가 지고 어둠이 깔린 뒷골목을 이용해 네 명의 남녀가 갈색 로브를 걸치고 조심스럽게 걸음을 옮겼다. 고행을 뜻하는 갈색 로브를 걸치고 순례를 오는 이들이 워낙 많았기에 그들에게 시선을 주는 이는 거의 없었다.

유독 한 명의 큰 키와 덩치 때문에 몇 명의 시선이 쏠리긴 했지만, 취객과 거리에서 호객 중인 접대부들은 이내 관심을 끊었다.

"저 사람 같군."

주위를 두리번거리던 그레인의 시선이 한 명의 취객을 향했다. 명령서에 동봉된 초상화와 일치하는 얼굴이었다.

한 손에는 반쯤 비운 술병을 쥐고 있는 사내는 자신 앞으로 다가온 네 명을 보는 순간 눈빛이 확 달라졌다.

"첼릭 님, 맞으시죠?"

"네, 맞습니다만… 어떤 분이 그레인 님이십니까?"

임무의 특성상, 그레인 일행 중 낙오하는 이가 있더라도 이상하지 않은 상황.

첼릭은 리더인 그레인이 누구인지 찾았고, 네 명이 동시에 후드를 벗어 각자의 얼굴을 보여줬다.

첼릭의 시선이 10대 후반의 소년이라는 설명에서 벗어나는 베스티나와 펠릭스를 스쳐 지나가더니 그레인과 크루겐에게 머물렀다.

"이 녀석요."

"잠시만 기다려 주십시오."

첼릭은 품에서 초상화가 그려진 종이를 꺼내 그레인의 얼굴을 확인하고선 고개를 끄덕거렸다.

"맞군요. 만나서 반갑습니다."

첼릭은 그가 기대고 있던 건물 옆의 횃불에 그레인의 초상화를 갖다 댔다. 순식간에 불타 버린 초상화 아래로 재가 후드득 떨어졌다.

*   *   *

첼릭은 근처의 허름한 여관 안으로 그레인 일행을 안내했다.

당장에라도 떨어질 것 같은 간판 아래 입구로 들어간 일행은 조리실 아래의 지하실로 내려갔다.

네 명이 머무를 방을 안내한 뒤, 바로 옆 탁자가 놓인 방으로 일행을 불러들인 첼릭은 지끈거리는 왼쪽 머리를 매만졌다.

"제가 사실 술은 거의 못해서리… 주변의 술 냄새만 맡아도 이렇습니다. 양해 부탁드립니다."

첼릭은 취객의 모습으로 접선에 응하겠다고 대답한 자신의 결정을 후회하면서 물을 들이켰다.

"휴우, 한결 좀 낫군요."

취객으로 위장하기 위해 입고 있는 너덜너덜한 옷과 달리 첼릭의 말은 공손했다.

"그러면 임무의 내용부터 확인하겠습니다. 변경 사항이 있는지 확인해야 하니, 명령서를 제출해 주시지 않겠습니까?"

첼릭은 그레인이 탁자 위에 내려놓은 명령서와 그가 받은 명령서를 나란히 펼쳐놓고선 글자 하나하나 다른 점이 있는지 확인했다.

계속 두 장의 명령서를 비교하며 읽어 내려가던 첼릭의 눈이 마지막 문장에서 멈췄다. 밑줄이 쳐진 부분이라 눈에 띌 수밖에 없었지만.

"바뀐 부분이 있군요."

"어디입니까?"

"제가 받은 쪽입니다. 놔두고 갈 테니 어떻게 결정하실 건지는 내일까지 알려주시길 바랍니다. 아, 특별히 필요하신 거라도 있습니까?"

"없습니다."

"그러면 저는 내일 아침, 해가 떠오르자마자 다시 들르겠습니다. 식사나 다른 게 필요하시다면 이쪽 벽을 두들겨 주십시오."

첼릭은 꽃병이 놓인 벽 주변을 주먹으로 쿵쿵 두들긴 후 밖으로 나갔다.

그레인은 두 장의 명령서 중, 바뀐 부분을 가늘게 눈을 뜨고 반복해서 읽었다. 정확히 따지면 변경되었다기보다는 첼릭의 명령서에 내용이 추가된 것이었다.

···구해주길 바란다. 단, 코어의 이식이 끝난 이후에 구출할 것인지, 혹은 코어가 이식되기 전에 구출할 것인지는 현장에 파견된 리더의 판단에 맡기겠다.

이전까지의 명령서와 달리, 그레인에게 선택을 제시했다.

그레인 일행이 원래 받은 명령은 올테스 대성당 지하에서 진행될, 코어의 이식을 막고 하이브리드가 될 뻔했던 이들을 구출하라는 내용이었다.

"그레인, 어떻게 할 거야?"

"흐음……."

그레인은 당장 대답하지 못하고 두 장의 서로 다른 문서를 처음부터 다시 읽기 시작했다.

재차 확인해도 달라진 부분은 마지막 문장뿐이었다. 하지만 그 자그마한 변화로 인해 그레인은 구출할 이의 운명까지도 바꿀 수 있는 입장이 되어버렸다.

"에리스 백작 부인이라……."

전생의 조력자 중 한 명이었던 그녀는 인간이었을 때에도, 이후에 하이브리드가 된 이후에도 결사대를 지원해 준 특이한 인물이었다.

"참으로 기구한 운명을 살았던 여자였지."

"너도 기억하는구나?"

쉬르 왕국의 다른 귀족들처럼 그녀 역시 독실한 카르디어스교의 신도였다.

그러나 결사대와의 혈투로 인해 광기에 빠진 교단은 분풀이를 위한 희생양을 찾았고, 그 과정에서 무고한 이들이 배교자로 죽어나갔다.

불행하게도 그녀의 일가 전원이 배교자로 몰려 종교재판에 회부될 위기에 처했다.

종교재판을 앞둔 어느 날, 그녀의 남편은 자신 혼자 죽는 대신 다른 가족들을 살려야 한다고 결심했다. 그는 부인에게 남편이 배교자라는 느낌을 받았지만 협박 때문에 밝히지 못했다는 거짓 증언을 부탁했다.

결국 그녀와 다른 가족들은 살아남을 수 있었지만, 남편이 십자가에 매달려 불타 죽는 모습을 멀리서 보면서 교단에 대한 복수심을 불태웠다.

"결사대를 직접 찾아왔을 당시, 그녀의 표정이 아직도 눈에 선해."

헝클어진 머리와 군데군데 피에 젖은 드레스.

충혈된 눈 아래로 흘러내린 눈물.

교단의 모든 것을 뿌리 뽑겠다는 결의가 느껴지는 그녀의 표정이 그레인의 기억 속에 선명하게 떠올랐다.

"그런데 벌써 하이브리드가 될지도 모른다니… 앞당겨져도 너무 당겨졌는데?"

전생의 그녀가 하이브리드가 된 건 연도상으로 따지면 지금으로부터 훨씬 뒤의 이야기였다.

회귀로 인한 변수가 앞으로의 미래를 바꿀 거라는 건 익히 알고 있었지만, 이렇게 확 와닿기는 참으로 오래간만이었다.

'현재 이 시점에서 이미 백작 부인의 운명은 바뀐 거나 마찬가지야. 하지만……'

하이브리드가 되지 전에 구출할 것인지, 아니면 이후에 구해낼 것인가.

옛 조력자의 운명이 자신의 선택에 의해 결정된다는 부담감이 그레인의 어깨를 짓눌렀다.

고민에 고민을 거듭하던 그레인의 시선이 베스티나를 향했지만, 잠들어 있다는 걸 알고 다시 정면을 응시했다. 워낙 피곤했던 탓에 첼릭이 나가자마자 침대 위로 쓰러지듯 곤히 잠든 그녀를 깨울 수는 없었다.

게다가 예전에 한번 대신 결정해 달라고 부탁한 이상, 또다시 심적인 부담을 떠넘길 수는 없었다.

"그레인, 고민돼?"

"이런 식의 명령은 처음이라서."

"나도 딱히 어느 쪽을 고르라고 조언하기엔 무리야. 대신, 가능하다면 현생에는 백작 부인과 우리들이 아예 연관되지 않기를 바랐어. 다시 우리들과 만나 고생하는 모습은 보고 싶지 않거든."

이제까지 만난 조력자들의 구출에 군말 없이 따랐던 크루겐은 유독 에리스 백작 부인에 대해서는 아예 결사대와 관련되지 않기를 바랐다. 하이브리드인 그의 입장에서도 에리스 백작 부인의 전생은 너무나 비참한 인생이었기 때문이다.

그레인 역시 마찬가지의 심정이었다.

그러나 성수의 등장으로 인해 교단이 그녀를 하이브리드로 만들려고 하는 이상, 명령이 아니더라도 그냥 모르는 척 지나갈 수는 없는 노릇이다. 어떻게 해서든 최소한 쉐일처럼 예전의 조력자가 현생의 적으로 등장하는 일만큼은 막아야 한다.

"문제는 역시 어느 시점이냐의 문제로군."

감정적인 부분을 배제한다면, 에리스 백작 부인이 하이브리드가 된 이후가 설득하기에 용이하다. 하이브리드로서 피할 수 없는 고통과 수난, 그리고 교단에 속박되어 버리는 운명은 직접 겪지 않으면 실감하기 힘들기에.

그러나 그레인은 머릿속에서 내린 결정을 즉각 부정하며 고개를 가로저었다. 아무리 생각해도 전생의 조력자에게 감정을 배제하고 접근하기엔 도저히 무리였다.

"잠깐, 만약 그게 가능하다면……."

뇌리에 새로운 방법이 떠오른 그레인은 자리에서 벌떡 일어나더니 꽃병 뒤의 벽을 툭툭 두들겼다.

얼마 후, 문 밖에서 노크 소리가 들리자 그레인이 문을 열었다. 첼릭은 방 안을 둘러보며 분위기를 살핀 뒤 조심스레 문을 닫았다.

"무슨 일입니까?"

"알아봐 주셨으면 하는 게 있습니다."

＊   ＊   ＊

카르디어스 신성력 1399년 7월 22일.

짙은 어둠에 휩싸인 올테스 대성당 주위에 고요가 감돌았다.

대성당 지하에 위치한 제단에 곧 실시될 '은밀한 의식'을 위해 평소보다 배가 되는 경비병들이 곳곳에 배치되었다. 먼 곳에서 성지순례를 온 신도들이 늦은 밤에도 성당 주변에 몰려들어야 하지만 오늘만은 예외였다.

"하아암."

2명이 한 조로 이뤄진 경비병 중 한 명이 하품을 길게 하며 뻐근해진 목을 돌렸다.

"아직 교대 시간까진 멀었지?"

"조금만 참아. 나도 졸려 미치겠다고."

다른 경비병도 눈을 비비면서 뻐근해진 어깨를 주물렀다.

"아, 시간이 정말 안 가네. 졸려……."

아까 하품을 계속하던 경비병의 파트너가 벽에 등을 기대더니 아래로 죽 미끄러지듯 주저앉았다.

"어이, 아무리 졸리다고 해도… 어?"

파트너의 어깨를 붙잡고 흔들던 경비병의 손에 무언가 축축한 게 묻어 나왔다.

"이건… 읍읍!"

피라는 걸 알아챈 순간, 등 뒤에서 뻗어 나온 누군가의 손이 경비병의 입을 틀어막았다.

크게 뜬 경비병의 두 눈이 뒤늦게 무언가를 발견했다. 건너편에 있는 또 다른 경비병들이 들고 있던 횃불이 아래로 툭 떨어졌다.

슥.

날카로운 단검이 경비병의 목을 훑고 지나갔다. 비명조차 지르지 못하고 죽은 경비병이 쥐고 있던 창이 손에서 벗어나 옆으로 기울었다.

"이크."

두 명의 경비병을 순식간에 처리한 크루겐은 창을 잽싸게 낚아채며 이마의 식은땀을 훔쳐냈다.

"모두 처리했나?"

"넵."

건너편의 경비병이 떨어뜨렸던 횃불을 주워 들고 크루겐에게 다가가는 이는 펠릭스였다.

"이쪽도 끝났어."

그레인은 베스티나와 함께 그레인의 뒤쪽에서 걸어왔다. 둘은 냉기의 힘으로 나머지 경비병들을 얼음 속에 가두어 제압했다.

"그러면 나 먼저 들어가 볼게. 아, 그 전에 잠시만."

크루겐은 그레인의 오른팔을 살며시 붙잡았다. 어둠의 기운으로 형성된 띠가 그레인의 오른쪽 손목에 둘러진 걸 확인한 크루겐이 어둠 속에 녹아들었다.

남은 일행은 대성당 부근의 수풀 안쪽으로 몸을 숨겼다. 혹시라도 누군가 나타날 경우를 대비해 그레인은 두 눈을 부릅뜨고 주위를 살폈다.

반면 대성당을 응시하는 베스티나의 눈빛에는 초조한 기색이 역력했다.

"베스티나, 정말 괜찮겠습니까?"

"……."

"아직도 망설여진다면 여기서 대기해도 상관없습니다만."

"아니야. 그런 광경을 정면으로 접해야 한다면, 바로 지금이라고 생각해. 매번 피해 다닐 수는 없잖아?"

지난번 이스트라를 구출할 때에도 베스티나는 연구소 안으로 들어가지 못했다.

아직 정신적으로 흔들릴 여지가 많은 자신을 배려해 준 거라 여기며 납득했지만, 이대로 계속된다면 그 배려를 너무나 당연하게 받아들이게 될지도 모른다. 그런 자신을 베스티나는 용납할 수 없었다.

"너나 크루겐에게 아직도 내가 미덥지 않게 보일지도 몰라. 그렇기에 더더욱 난 도망칠 수 없어."

"알겠습니다. 단, 각오는 단단히 해야 합니다."

베스티나의 얼굴을 유심히 바라보던 그레인의 시선이 아래로 내려갔다.

꽉 움켜쥔, 그러나 미세하게 떨고 있는 그녀의 오른손에 그의 시선이 머물렀다.

*　　　　*　　　　*

올테스 대성당 지하에 자리 잡은 제단 입구에 한 쌍의 부부가 석제 의자에 나란히 앉아 있었다.

제단 안쪽에서 연이어 들리는 비명에 에리스 백작 부인은 허리를 숙이더니 양쪽 귀를 틀어막았다. 남편 케일런은 그녀의 어깨에 손을 얹고서 진정하기만을 기다렸다.

"두려우십니까?"

"사, 사제님!"

올테스 대성당의 주임 사제 크리프는 뒷짐을 지고서 자비로운 미소를 머금었다.

"당연한 겁니다. 신의 선택을 받기 위해서 버텨내야 하는 고통은 절대 만만치 않으니까요."

"설마 의식 이후에도 저런 고통이 계속되는 건 아니겠죠?"

"아닙니다. 신의 뜻을 거스르지 않는 이상, 고통은 단 한 번뿐입니다."

크리프는 앞서 코어의 이식을 받기 위해 대기하고 있던 사람들에게 했던 대답을 되풀이했다.

성수 덕분에 더 이상 코어의 이식 과정에서 죽어나는 이는 발생하지 않아 자신만만하게 대답할 수 있었다. 물론 '신의 뜻'이라는 애매모호한 표현으로 슬그머니 넘어갔지만.

"기억하십시오. 신의 선택을 받기 위한 고통은 필수적입니다. 그러나 그 고통에 걸맞은 힘을 얻게 될 것입니다."

크리프는 웃음을 머금은 채로 폭이 넓은 소매 안쪽에 숨겨져 있는 팔찌를 살짝 쓰다듬었다.

"기도하십시오. 신에 대한 믿음이야말로 두려움에 벗어날 수 있는 지름길입니다."

"기도 같은 소리하고 자빠졌네."

"누, 누구냐!"

크리프는 목소리가 들린 방향으로 몸을 돌리며 소리쳤지만 벽에 걸린 횃불 외에는 아무도 없었다.

"이쪽이야, 이쪽이라고."

"이 신성한 곳에 누가 감히……."

퍽!

"으억!"

팬텀 대거의 자루 끝부분에 복부를 가격당한 크리프가 허리를 숙이며 앞으로 고꾸라졌다.

"오래간만… 이 아니라, 처음 뵙는군요."

크루겐은 팬텀 대거를 휘리릭 돌리더니 등 뒤에 찬 검 집에 꽂아 넣었다.

"으윽, 아무도 없느냐! 침입자다!"

크리프는 아직도 통증이 가시지 않은 복부를 어루만지며 지하실 입구 쪽을 향해 외쳤다.

크루겐은 시끄럽다는 듯 손가락으로 귀를 파며 여유롭게 휘파람을 불었다. 계속 고함을 지르던 크리프는 지하실 입구 쪽에서 발소리가 들리자 일그러진 얼굴을 확 폈다.

"잘 왔다! 침입자다! 당장 저 녀석을……."

그러나 자신이 걸친 법의의 색과 정반대되는 색을 두른 그레인 일행을 보고 크리프는 말을 잃었다.

두 부부는 서로의 손을 붙잡고서 갑자기 나타난 네 명을 두려워하는 눈빛으로 올려다봤다.

"다, 당신들은 누구입니까?"

*　　　　　*　　　　　*

"다들 이쪽으로 들어가."

제단 안에서 코어를 이식 중이던 사제들과 미리 쓰러뜨린 경비병들을 포박한 그레인은 그들을 제단 안으로 집어넣었다. 반대로 그레인과 펠릭스는 먼저 이식을 받은 두 명의 사내를 부축해 제단 밖으로 끌고 나왔다.

"휴우, 우선 한 건은 해결했고."

제단의 문을 닫은 크루겐은 한숨을 내쉬며 손을 탁탁 털었다.

"그러니까 당신들도 신의 선택을 받은 사람들이라고요?"

"네."

신의 선택이라는 부분에서 베스티나는 살짝 눈을 찡그렸다.

"앞서 두 사람처럼 코어를 이식받은 자들을 하이브리드라고 부릅니다."

"하이브리드? 신의 사자라 불리는 이들이 바로 당신들인가요?"

에리스 백작 부인의 물음에 크루겐의 입에서 절로 피식하는 웃음이 새어 나왔다.

원래부터 교단의 교세가 강했던 지역이었기에 두 부부가 알고 있는 하이브리드의 이미지는 실제와는 상당히 왜곡되어 있었다.

그래서인지 둘은 그레인 일행을 이해할 수 없다는 눈초리로 바라보고 있었다.

하이브리드가 어떤 존재라는 것, 하이브리드가 되면 교단의 노예로 살아가야 한다는 것을 베스티나가 열심히 설명했지만, 역시 쉽사리 받아들이지 않았다.

'어쩔 수 없군.'

"크루겐, 잠깐만."

그레인과 귓속말을 주고받은 크루겐은 굳은 얼굴로 고개를 끄덕거렸다.

잠시 후, 크루겐은 포박했던 크리프를 도로 끌고 나왔다.

"이, 이놈들! 내가 누구인지 아느냐! 성스러운 올테스 대성당의……."

"닥쳐."

크루겐은 잽싸게 꺼낸 팬텀 대거로 밧줄을 휙 잘랐다. 손목이 베일 뻔했음에도 거리낌 없이 단검을 휘두르는 크루겐을 본 크리프는 입을 굳게 다물었다.

그레인은 크리프의 멱살을 붙잡고 잡아끌었다. 당장에라도 죽여도 시원찮은 인간이었지만, 지금은 살려둬야 했다.

왜 하이브리드가 교단의 노예로 살아가야만 하는지 증명하기 위해서.

"그 팔찌를 써라."

"팔찌? 팔찌라면 그걸? 저, 정말로?"

"미리 말해두겠지만, 그 팔찌는 우리들에게 통하지 않는다."

혹시나 싶은 마음에 기대를 품었던 크리프는 그레인 일행이 이레귤러라는 사실을 듣고 어깨를 축 늘어뜨렸다.

"빨리 해라."

쿵!

그레인은 우물쭈물하던 크리프를 벽에 밀어붙였다.

"윽… 알았어! 알았다고!"

크리프는 인상을 찌푸리면서 오른팔의 소매를 걷어 올렸다.

"으아아악!"

"으어억! 사, 살려줘!"

어두컴컴한 지하실이 빛에 휩싸이면서 두 사내의 비명이 메아리치듯 울려 퍼졌다.

코어를 이식받을 당시의 고통에 휩싸인 두 명은 차가운 바닥에 마구 나뒹굴었다. 눈물과 콧물, 그리고 침 때문에 얼굴이 엉망진창이 되었다.

다른 이들은 모두 입을 다물고 침묵을 지켰다. 그레인 일행은 같은 하이브리드에게 이런 짓을 해야 하는 자신들의 입장 자체에 죄책감을 느꼈고, 에리스와 케일런 부부는 알 수 없는 공포에 휩싸였다.

"그만, 거기까지."

그레인은 크리프의 어깨를 강하게 붙들었다. 그러나 그레인 일행에 대한 분노를 두 명의 하이브리드를 향해 발산하고 있었던 크리프의 귀에 그의 명령은 들리지 않았다.

"그만!"

결국 그레인은 아까처럼 크리프를 억지로 일으켜 세워 벽에 밀어붙였다. 그리고 오른팔에서 팔찌를 빼낸 뒤 멀리 휙 던져 버렸다.

"젠장, 하라고 시킬 때는 언제고……."

팍!

크리프의 왼쪽 뺨을 스치고 지나간 팬텀 대거가 벽에 깊숙이 박혔다.

"더 이상 입을 놀리지 못하는 몸으로 만들어주기 전에 주둥아리 닥쳐. 넌 우리들이 물어볼 때 대답만 하면 돼. 이해했어?"

크루겐의 으름장에 크리프는 양손으로 입을 틀어막고 고개를 끄덕거렸다.

"말로 할 때 알아들을 것이지……."

크루겐은 인상을 팍 쓰고서 제단의 문을 열고 안으로 들어갔다. 첼릭이 알려준 '숨겨진 장소'를 찾아내기 위해서였다.

"이, 이건 도대체 어떻게 된 일인가요?"

에리스는 돌변한 상황을 받아들지 못하고 부들부들 떨었다.

고통으로 쓰러졌던 두 명의 하이브리드가 그녀에게 손을 뻗으며 구원을 청했다. 도저히 연기라고 볼 수 없는, 진짜로 견딜 수 없는 고통에 휩싸인 얼굴이었다.

"코어를 이식받아 하이브리드가 된 이들은 교단이 원할 경우 저렇게 고통에서 벗어날 수 없게 됩니다."

"그렇다면……."

"교단의 명령에 절대 거역할 수 없는 입장이 되어버린 겁니다."

그레인의 담담한 대답에 에리스는 온몸에 소름이 확 돋았다.

만약 사제의 꼬드김에 넘어가 코어를 이식받았다면 저들과 똑같은 처지가 되었을 거라는 상상에 미치자 호흡마저 거칠어졌다.

베스티나가 급히 에리스에게 다가가 그녀의 등을 조심스레 쓰다듬었다. 겨우 진정한 에리스는 자신의 앞에 가만히 서 있는 그레인을 올려다봤다.

'아직은 전부 믿을 수는 없다는 눈빛이로군.'

역설적이게도 전생의 에리스는 카르디어스 교의 독실한 신자였다.

현생의 그녀 역시 마찬가지인지라, 바로 눈앞에서 하이브리드의 진실 중 하나를 알았음에도 망설이는 기색이 완전히 사라지지 않았다.

바로 그때, 제단에서 나온 크루겐이 여전히 인상을 쓴 채로 그레인에게 걸어왔다.

"크루겐, 찾았어?"

"아니. 혹시 다른 곳에 있는 게 아닐까?"

첼릭이 입수한 정보에 의하면 지하실 어디인가에 하이브리드의 실험 장소가 존재한다고 했다.

그러나 가장 유력한 장소로 여겨지던 제단을 샅샅이 살펴봐도 숨겨진 장소는 없었다.

"이렇게 된 이상, 이놈부터 족쳐봐야겠어."

"뭐, 뭘 물어보려는 거냐?"

"아무래도 남들에게 보여줄 장면은 아닐 테니……."

벽에 찰싹 달라붙어 움직이지 않으려던 크리프를 크루겐이 휙 잡아끌었다. 그대로 제단으로 들어가려던 크루겐의 팔을 펠릭스가 붙들었다.

"그럴 필요는 없다."

"네?"

"짙은 피 냄새가 난다."

펠릭스는 제단의 건너편에 있는 세 개의 방 중 가운데를 가리키더니 먼저 안으로 들어갔다.

책으로 가득한 책장이 벽을 완전히 뒤덮고 있는 서재.

크루겐은 재빠르게 방 이곳저곳을 수색했지만, 비밀 통로를 여는 스위치를 쉽사리 찾을 수 없었다.

"이쪽인가? 아니, 저쪽인가?"

"그럴 필요 없다."

펠릭스는 양손으로 책장을 뜯어내더니 뒤에 감춰져 있던 철문을 향해 주먹질을 했다.

쾅! 쾅!

철문이 일그러진 틈에 펠릭스가 손을 집어넣고 문이 뜯겨져 나가는 순간, 밀폐된 방 안에 감돌고 있던 악취가 사방으로 퍼져 나갔다.

"우욱!"

"이, 이건 무슨 냄새지?"

두 부부는 일그러진 얼굴로 서재 안에 얼굴을 내밀었다.

그리고 절대 봐서는 안 되는 걸 목격하고선 안색이 새파랗게 질렸다.

"보십시오."

그레인은 왼손으로 급히 입과 코를 틀어막고, 숨겨져 있던 방 안을 가리켰다.

"신의 선택을 받은 이들을 탄생시키기 위해 교단이 벌인 짓입니다."

에리스와 케일런 부부는 자신들의 눈을 믿을 수 없었다.

피로 흠뻑 젖은 제단과 그 아래 나뒹굴고 있는 시체들.

썩어 문드러진 해골의 텅 빈 눈 안에서 벌레가 우글우글 기어 나오는 걸 본 순간 케일런은 구토하기 시작했다.

"우, 우웩!"

"여보!"

"으… 우웩!"

안에 있는 걸 모두 쏟아내는 남편의 등을 에리스가 쓰다듬었다.

베스티나 역시 버티기 힘든 장면이었던지라, 급히 고개를 옆으로 돌렸다. 그러나 천천히 정면을 향해 도로 돌렸다.

애써 억누르고 있던 교단에 대한 공포가 피어올랐다.

실험체가 된 하이브리드의 처참한 몰골에 메스꺼움이 올라와 당장에라도 토하고 싶었다.

그러나 그녀는 끝끝내 고개를 돌리지 않았다. 저런 운명이 되지 않기 위해서라도, 교단의 만행이 어떤 형태로 나타났는지 두 눈으로 확인하기 위해 시선을 고정시켰다.

"교단에 의해 더 이상 가치가 없다고 판단되면 이들과 같은 운명이 될 것입니다."

"교단이… 에리스를… 내 부인을!"

계속 구역질을 하던 케일런이 주먹을 확 움켜쥐더니 충혈된 눈으로 뒤를 돌아봤다.

절대로 공개되어서는 안 되는 공간을 들켜 두려워하던 크리프의 얼굴이 케일런의 시야를 가득 메웠다.

"크리프 사제! 당신… 부인에게 무슨 짓을 하려 한 거지? 말해봐!"

분노에 휩싸인 케일런이 크리프의 멱살을 두 손으로 붙잡았다.

"저, 저는 그저 위에서 시키는 대로……."

항상 크리프의 이름 뒤에 붙여졌던 '사제님'이라는 호칭은 케일런의 머리에 완전히 사라졌다.

"이, 이건 대의를 위해 어쩔 수 없는 희생이었……."

"닥쳐!"

케일런은 밀쳐서 쓰러뜨린 크리프 위로 덤벼들더니, 마구 주먹질을 시작했다. 순식간에 그의 두 주먹에 크리프의 피가 잔뜩 묻었다.

"여, 여보!"

"날 말리지 마! 이 인간이 당신에게 무슨 짓을 하려고 했는지, 봤잖아?"

"여보……."

에리스는 남편을 말리려고 손을 뻗었다가, 말릴 이유가 없다는 걸 깨닫고 천천히 손을 거뒀다.

퍽! 퍽!

일방적인 구타가 이뤄지는 가운데 모두의 시선이 두 남자에게 집중되었다.

전생에는 배교자로 몰려 한 줌의 재가 되어버렸던 그녀의 남편 케일런.

배우자의 죽음을 가슴속에 깊게 새기고 복수심을 불태웠던 그의 부인 에리스.

현생에는 완전히 뒤바뀐 부부의 모습이 그레인의 뇌리에 각인되었다.

"퉷!"

피로 범벅된 크리프의 얼굴을 향해 케일런이 침을 뱉고서 몸을 일으켰다. 마음 같아서는 죽을 때까지 때리고 싶었지만, '이런 식'으로 죽이는 건 오히려 편안한 죽음을 선사하는 것 같아서 주먹을 거뒀다.

"으… 억!"

혼자서 몸을 일으키려던 크리프가 자신이 흘린 피에 미끄러지며 도로 쓰러졌다. 크게 벌린 입에서 박살 난 앞니들이 피와 함께 아래로 주르륵 흘러내렸다.

도망칠 기운조차 남아 있지 않은 그에게 아무도 시선을 두지 않았다. 대신 그레인에게 모두의 이목이 쏠렸다.

"에리스 님, 그리고 케일런 님."

그레인의 기억에 남아 있는 에리스의 첫 인상은 복수심에 불타는 30대 후반의 여성.

그리고 지금 재회한 그녀는 운명의 갈림길에서 아직도 갈피를 못 잡고 있는 20대 중반의 젊은 여성.

어쩔 수 없었다 하여도 그녀의 운명이 극적으로 변하는 순간을 10년 이상이나 앞당겼다는 점이 안타깝기만 했다.

"사실은 두 분이 이곳에 오기 전에 설득해 볼까도 생각해 봤습니다. 하지만 증거들이 모두 이곳에 있는 이상 어쩔 수 없었습니다."

"이해해요."

"에리스 백작 부인, 당신에게 하이브리드가 될 수 있는 자질이 있음은 부정할 수 없는 진실입니다. 안타깝게도 교단은 당신을 향해 뻗었던 마수를 쉽게 거두지는 않을 겁니다."

에리스는 나란히 서 있는 케일런의 손을 강하게 움켜쥐었다.

"만약 당신이 교단과 맞서기를 결심한다면……."

그레인은 말을 도중에 멈추고선 마른침을 꿀꺽 삼켰다.

"교단에 저항할 수 있는 힘을 원한다면 결사대에서도 당신을 하이브리드로 만들어줄 수 있다는 점을 알려 드립니다. 물론 교단과 달리 당신의 선택에 달려 있습니다. 어떻게 하시겠습니까?"

그레인은 대답을 기다리면서 눈을 감았다. 그의 뇌리에 결사대와 만난 이후 전생의 에리스가 걸어간 행보가 순서대로 떠올랐다.

인간이라는 점을 활용해 인간 사회 속에서 정보를 빼내 오던 그녀에게 시련은 단 한 번으로 멈추지 않았다. 하이브리드의 자질을 파악하는 비법이 개발된 이후, 교단에 의해 강제로 하이브리드가 되어버린 것이다.

그러나 그녀는 자신을 하이브리드로 만든 이들을 모두 죽이고, 다시 결사대를 찾아왔다. 인간이었을 때는 첩보 활동으로 결사대를 도와줬다면, 하이브리드가 된 이후에는 하이브리드의 힘으로 조력자들과 함께 전선에 나섰다.

'그때 에리스가 얻은 힘은 전생의 나처럼 불의 힘이었지.'

운명의 장난은 그녀에게 남편을 죽음으로 이끈 불을 새로운 힘으로 선사해 줬다.

그럼에도 그녀는 결사대원으로 합류할 수 없었다. 시련을 견뎌낼 수 없는 육체였기 때문이다.

'전생처럼 에리스 백작 부인이 다시 하이브리드가 된다면 결사대에 큰 도움이 되겠지. 하지만 나는⋯ 맥스와는 달라.'

전생을 절대적인 기준으로 현생의 인간들을 판단하는 건 싫었다.

그러나 맥스와 다르게 생각으로만 그치고, 스스로 결정하지 않으면 달라지는 부분은 없다.

그레인은 다른 이들에게 판단을 떠넘겼던 과거의 자신과 달라지기로 결심했다.

"어떻게 하시겠습니까?"

눈을 뜬 그레인은 에리스를 향해 다시 한번 물어봤다.

현생에도 전생처럼 결사대와 관련된 운명에서 벗어날 수 없다면, 최소한 선택권이라도 주고 싶다는 마음가짐을 포기할 수 없었다.

"저는 아직 그쪽의 말을 모두 믿을 수 없답니다."

"이해합니다."

"하지만 하이브리드의 진실을 숨긴 교단은 절대 믿을 수 없습니다. 그런 의미에서 정말로 감사합니다. 사실 이 말부터 했어야 했지요."

갑작스럽게 진실을 받아들인 까닭에 흔들렸던 에리스의 눈빛은 아까보다 훨씬 안정되었다. 그러나 의문을 여전히 담고 있는 눈이었다.

"마지막으로 이것은 반드시 물어보고 싶습니다. 왜 저희를 구해주셨나요?"

"그것은……."

대답을 망설이던 그레인의 뇌리에 전생의 기억 중 한 장면이 스쳐 지나갔다.

"교단은 남편을 이렇게 만들었어……. 그대로 돌려줄 수 있다면, 난 무슨 짓이든 하겠어!"

초라한 몰골로 결사대원 앞에 나타난 그녀는 양손으로 무언가를 담고 있었다.

남편을 태워 버린 불길 속에서 눈물을 흘리며 퍼냈던 잿더미였다.

그러나 전생에 있었던 일을 알리면서 두 부부를 또 다시 혼란에 빠뜨릴 수는 없는 노릇이었다.

"두 부부께서는 기억 못 하실지 모르지만, 저는 부인께서 과거에 했던 선행 덕분에 목숨을 구할 수 있었습니다."

"그, 그런가요?"

"역시 기억 못 하시는군요. 괜찮습니다."

거짓말로 얼버무려야 하는 전생의 기억.

진실을 알려주면서 또 다른 진실을 숨겨야 하는 지금의 입장을 그레인은 담담하게 받아들였다.

크루겐 역시 그레인과 마찬가지 심정으로 두 부부를 아련하게 바라봤다.

그레인과 크루겐은 시선을 주고받으며 말없이 고개를 끄덕거렸다.

*   *   *

지하실을 빠져나온 그레인 일행을 맞이한 것은 대성당 주위를 둘러싼 횃불의 행렬이었다.

쉬르 왕국의 병사들과 교단의 성당 기사단원들은 그들이 성당 밖으로 나오는 순간만을 기다리며 겹겹이 포위 중이었다.

성당의 입구 앞에 서 있는, 성당 기사단장으로 보이는 중년의 사내는 그레인과 눈이 마주치자마자 눈썹 사이를 찡그렸다.

"경비병들을 살해한 자들이 너희들인가!"

그의 옆에는 피에 젖은 경비병들의 투구가 놓여 있었다.

"이 신성한 곳에서 잔혹한 짓을 저지른 너희들의 죄를 간과할 수 없다! 그러나 교단의 교리에 따라 마지막 자비를 베풀어주겠다. 저항하지 않는다면 목숨만은 살려주겠다."

'그리고 종교재판에 회부시켜 버리겠지. 오직 유죄만이 선고되고 판결되는……'

그레인은 쓴웃음을 지으면서 성당 입구 쪽으로 걸음을 옮겼다. 쉬르 왕국 측과 교단의 병력을 합쳐 어림잡아 200명은 되는 인원에 둘러싸인 상황이었지만, 그레인 일행 쪽에선 긴장하는 분위기는 없었다.

"이거, 교단뿐만 아니라 쉬르 왕국까지 적으로 돌아서게 생겼는걸? 아니다, 이미 돌아선 거나 마찬가지였지?"

전생에는 왕을 하이브리드가 될 뻔했던 위기에서 구해줬음에도 결사대를 도와주지 않았던 나라.

현생에는 이미 왕이 하이브리드가 되어버린 나라인지라 도움을 구하는 것 자체가 불가능했다.

어차피 기대도 하지 않았던 나라의 병사들이 적으로 나선 상황에 불쾌함조차 느껴지지 않았다.

대신 다른 부분에서 그레인의 표정은 살짝 일그러졌다.

"불이 거슬리는군."

한때 자신이 썼던 힘이지만, 지금 이순간은 어둠을 밝히는 횃불의 행렬을 증오의 눈길로 바라볼 수밖에 없었다.

전생을 기억할 수 없는 엘리스 백작 부인을 대신해서.

"크루겐, 활약해 줄 수 있겠지?"

"어떤 식으로? 아, 이렇게?"

그레인의 의도를 파악한 크루겐은 손가락을 튕겼다.

"알았어, 맡겨만 두라고."

휘이잉!

그레인이 구현한 눈보라가 대성당을 둘러싼 병력을 순식간에 덮쳤다.

그들이 들고 있던 햇불들이 일제히 꺼졌고, 불빛 대신 어둠만이 깔린 밤 속으로 크루겐이 모습을 감췄다.

*   *   *

카르디어스 신성력 1399년 7월 25일.

결사대의 본거지인 고성의 입구를 통과한 맥스의 발걸음은 무겁기만 했다.

연이은 임무들을 마치고 3개월 만에 돌아온 본진은 변한 것 하나 없이 그대로였다. 그러나 그만이 하기로 결심한 임무로 인해 걸음처럼 마음도 무거워졌다.

그레인이 구해낸 조력자의 수만큼 맥스의 손은 배신자였던 자와 적이었던 자의 피로 물들어야 했다.

도중에 걸음을 멈춘 맥스는 오른손을 얼굴 가까이 가져갔다. 분명히 피를 닦아낸 손임에도 피 냄새가 아직도 남아 있는 기분이 들었다.

"맥스, 큰일 났어!"

정면에서 소리에 맥스는 고개를 숙인 채로 오른손을 앞으로 내밀었다.

"미안, 지금은 혼자 있고 싶다."

"그게 아니야! 듀란이 돌아왔어!"

고개를 든 맥스의 시야 한가운데에는 급하게 달려오느라 가슴을 움켜쥐고 거칠게 숨을 내쉬는 렌이 있었다.

"돌아오다니?"

"회귀 전의 기억을 되찾았어. 드디어 회귀했다고!"

*　　　*　　　*

맥스는 렌의 설명을 들으면서 빠른 걸음으로 듀란의 방을 향해 걸어갔다.

삼엄한 경비 속에서 아무 일 없었던 고성은 지금으로부터 3일 전, 갑작스레 일어난 일로 혼란에 빠졌다.

고성 한복판에 빛줄기가 하늘에서 뻗어 내려왔고, 그 빛의 중심에 듀란이 한쪽 무릎을 꿇고 앉아 있었다. 빛이 사라진 이후 듀란은 회귀자들이 반드시 거치는, 현생에서의 기억을 모두 잃고 혼란에 빠졌다.

횡설수설하는 듀란에게 급히 연락을 받고 온 렌이 도착하자,

듀란의 혼란은 더욱 커졌다. 20대로 돌아간 렌을 믿을 수 없다는 눈으로 바라보면서.

"그래서?"

"다른 결사대원들에게까지 혼란을 줄까 봐 한동안 홀로 있겠다고 했어."

회귀 직후 찾아온 혼란과 두려움 속에서 괴로워하면서도, 듀란은 '듀란답게' 대처했다. 결사대의 대장인 맥스가 돌아오기 전까지는 혼자 있겠다는 선택을 했다.

"30호!"

듀란의 방 앞에 도착한 맥스는 노크도 없이 문을 활짝 열며 그의 코드네임을 외쳤다.

"대장?"

"그래, 나다!"

렌에 이어 맥스까지 20대로 젊어진 모습을 본 듀란은 멍하니 정면을 응시하더니 눈을 깜박거렸다.

"저는… 정말로 회귀에 성공한 거로군요."

렌의 설득에도 회귀를 쉽사리 인정하지 못했던 듀란은 맥스를 보고 나서야 비로소 회귀했음을 받아들였다.

"그리고 렌과 당신 역시 마찬가지로군요."

"그렇다."

동시에 맥스 역시 듀란이 회귀했음을 알 수 있었다. 거칠었던 말투가 회귀 직전의 정중한 어조로 바뀌었기 때문이다.

"그런데 회귀 이후… 아니, 정확히 따지면 전생의 기억이 돌아오기 전까지의 제가 무엇을 했는지 기억나지 않습니다."

"걱정하지 마라. 회귀한 이들은 모두 그런 과정을 거쳤다."

"혹시 회귀 전에 제가 여러분들에게 폐를 끼치진 않았습니까? 예를 들면 적으로 만날 수밖에 없는 상황에 놓여 있었다든가……."

"한 가지 확실한 것은 회귀 전의 기억을 되찾기 전의 너를 누군가가 도와줬다는 거다."

맥스는 계속 간직하고 있던 회귀 전의 듀란이 그에게 건네줬던 쪽지를 도로 돌려줬다.

"이것은?"

30은 결사대의 가입 순서를 의미하는 숫자.

하지만 그사이에 낀 두 숫자는 이해할 수 없다.

"99? 12?"

"회귀하기 전의 넌 우리들보다 앞서 99호와 12호를 만났다는 의미다."

"그레인을? 그리고 크루겐까지 말입니까? 혹시 그 둘도?"

"크루겐까지 기억하다니 의외로군. 아니, 너이니 오히려 당연한 건가. 두 사람 모두 새로 결성된 결사대에 가입했고, 오래전에 회귀했으니 걱정하지 않아도 된다."

"아… 다행이로군요."

혹시 그레인과 크루겐도 자신처럼 회귀한 상태가 아닐까 하는 우려를 떨쳐낸 듀란은 안도의 한숨을 내쉬었다.

그러나 그것도 잠시, 전생에 비해 달라진 부분을 떠올리자 듀란은 다시 혼란에 빠졌다.

"그런데 코어가 바뀌니 적응하기 너무나 힘듭니다. 하필이면 흡혈귀의 코어라니… 어떻게 사용해야 할지 감도 잡히지 않습니다."

"지금의 네 입장에서는 단 한 번도 사용해 본 적이 없는 힘이니 당연하겠군."

맥스는 듀란의 방 안을 두리번거리더니 책상의 맨 아래에 있던 서랍을 발견하고선 품에서 열쇠를 꺼냈다.

서랍을 연 맥스는 안에서 손때가 탄 두꺼운 세 권의 책을 꺼냈다.

"하지만 잃어버린 걸 다시 메우는 시간은 그리 오래 걸리지 않을 거다. 그리고 더 빠르게 예전보다 강해질 테고. 그것이 우리 회귀자들만의 특권이라는 걸 잊지 마라."

"이것은 무엇입니까?"

"회귀 전의 네가 나에게 부탁한 것들이다. 너는 이런 일을 예측하고 준비를 다 해놨더군."

맨 처음은 노력으로 터득한, 흡혈귀의 힘을 다루는 방법들을 상세하게 작성한 책.

그리고 다른 하나는 크루겐이 악몽으로 그에게 억지로 보여 줬던 '예전 생의 기억'을 기록한 책.

마지막 한 권은 회귀하기 직전까지 듀란이 현생에 겪었던 일들을 빠짐없이 기록한 책.

맥스는 얼떨떨해하는 듀란에게 세 권의 책을 건넸다.

"아, 페트로! 페트로는 어떻게 되었습니까? 어디에 있습니까? 살아 있습니까?"

"이제까지 입수한 정보에 따르면 교단의 성직자로 살아가고 있다. 아직 하이브리드는 되진 않았다. 그리고……"

"그리고?"

"현재 유일한 성자다."

"성자? 설마 교단에서 말하는 그, 성자 말입니까?"

"그렇다."

"정말입니까?"

듀란은 믿을 수 없다는 눈으로 맥스에게 되물었지만 이내 납득했다는 얼굴로 고개를 숙였다.

"그라면 성자가 되어도 하나도 이상할 것 없겠지요. 그 누구보다 남을 생각하며 헌신하던 그였으니… 그렇군요. 그의 운명은 바뀌었군요. 정말로, 정말로 다행입니다."

전생에는 막지 못했던 페트로의 마지막을 떠올리는 듀란의 눈가에 눈물이 고였다. 결국 고조된 감정을 이기지 못한 듀란은 오른손으로 입을 가리고서 소리 죽여 흐느끼기 시작했다.

반면 맥스는 아까 렌이 설명했던 내용을 곱씹으며 생각에 잠겼다.

'이번에도 빛이라… 무엇이 원인인지 여전히 알 수 없군.'

빛과 전혀 관련이 없다시피 한 시간 회귀술.

그러나 회귀한 자들 중 몇몇이 겪은 현상을 듀란도 겪게 되자 그냥 넘어가기는 힘들었다.

'하지만 지금은 참아야겠지.'

맥스는 회귀와 함께 일어난 현상에 대해 듀란에게 물어보고 싶었지만, 그가 현생에 적응하는 것이 가장 중요했기에 나중으로 미뤄야 했다.

"듀란, 우선은 이 책들을… 흐음?"

맥스는 세 권의 책 중, 맨 위의 책 안에 껴 있는 편지를 뽑아 들었다.

"이것은……."

편지의 내용을 확인하던 맥스는 익숙한 이름을 발견하더니 말끝을 흐렸다.

말도 없이 심각한 표정으로 편지를 읽어 내려가는 맥스를 보고 렌이 슬그머니 고개를 편지 쪽으로 내밀었다.

"그건 뭐야?"

"아니, 아무것도 아니다."

렌의 질문에 맥스는 편지를 도로 접어 편지 봉투 안에 넣었다. 그리고 듀란이 보지 못하게 조심스럽게 등 뒤로 감췄다.

"아무것도……."

제5장
뒤틀린 운명

카르디어스 신성력 1399년 7월 29일.

"젠장⋯⋯."

땀으로 범벅이 된 리카르도의 입에서 욕설이 튀어나왔다.

대검을 왼손에 쥐고서 오른손으로 이마의 땀을 급히 닦아낸 리카르도는 복면을 쓴 괴한들을 빙 둘러봤다. 그가 쓰러뜨린 괴한의 수만 넷이었지만, 리카르도와 그가 호위 중인 두 소녀를 둘러싼 포위망은 굳건했다.

특히 정면에 나선 사내의 강함은 리카르도 혼자서 감당하긴 절대 무리였다. 전생에는 적이 아닌 조력자로서 느꼈지만.

'하필이면 쉐일이 직접 나서서 우리 뒤를 쫓았을 줄이

야……'

한 손에는 해머를, 반대편 손에 방패를 든 모습은 결코 낯설지 않았다.

무엇보다 해머 끝에서 뚝뚝 떨어지는 독은 전생의 쉐일이 썼던 무기 '베놈'임을 암시했다.

덕분에 괴한들의 정체를 쉽게 파악할 수 있었지만, 그들이 누구인지 알아도 위기를 타개하기엔 아무런 도움이 되지 않았다.

'어떻게든 활로를 찾아야 할 텐데, 빠져나갈 빈틈이 도통 보이지 않아.'

숲을 가로지르는 도로 근방에서 벌어진 전투는 현재 소강상태였지만, 어느 쪽이 유리하고 불리한지는 명확했다.

리카르도를 포함해 얼굴에 지친 기색이 만연한 경호원들.

그리고 그들에 둘러싸여 보호받고 있는 두 명의 소녀들의 긴장한 얼굴.

반면 복면으로 얼굴을 감춘 습격자들의 움직임에는 전투가 시작하기 전과 별로 다르지 않았다.

"에르닌, 우리… 탈출할 수 있을까?"

"모르겠어."

아딜나의 우려에 에르닌은 시선을 정면에 두고서 허리에 찬 홀더 안을 뒤져봤다.

기존에 마법을 충전해 놨던 시험관들은 텅텅 비었고, 붉은색이 감돌고 있는 시험관 단 하나만이 남았다.

'결국 이런 상황까지 오게 되었네. 어떻게 해야 하지?'

지금으로부터 반년 전, 식사 도중 일어난 '사건'을 에르닌은 그냥 지나치지 않았다.

그 사건 이후 다음 날 갑자기 하녀를 그만둔 여성을 아버지인 렌딜의 도움을 받아 추적했고, 베릴란트 성 교구 내의 성직자들의 사주를 받았음을 자백받았다.

렌딜은 즉시 왕궁으로 가서 성수의 유통을 중지시킬 것을 건의하는 동시에, 베릴란트 성 교구에 있던 성직자들을 전원 체포해서 직접 신문했다.

'이렇게 될 줄 알았다면 아빠의 고집을 꺾고, 계속 베릴란트 성에 남아 있는 쪽을 택해야 했어.'

'성수'의 정체를 알게 된 렌딜은 교단에 대한 적의를 불태우기에 앞서, 하나밖에 없는 딸의 안위를 걱정했다. 교단의 마수가 닿지 않는 곳으로 에르닌을 이동시켰고, 몇 번이나 장소를 바꾸었다.

그러나 교단에게 있어서 반년이라는 기간은 에르닌의 행방을 추적하기에 충분한 시간이었다.

'그래, 인정해야 해. 포위망을 뚫고 모두 탈출하기엔 무리야.'

에르닌은 자신과 함께 다니던 이들을 포위한 괴한들 너머에 있는 마차를 넌지시 바라봤다. 다음 은신처로 가기 위해 타고 다니던 마차는 이미 바퀴가 박살 나 무용지물이 되었다.

에르닌을 추격하던 이들이 이번은 처음이 아니었다. 그러나 쉐일이 직접 이끈 이들은 이전까지 그녀를 추격하던 이들과 차원이 다른 실력이었다.

그럼에도 서두르지 않았다. 일주일 동안 차근차근 시간을 들이면서 추격을 이어나가며 에르닌 일행이 지치기만을 기다렸다.

확실하게 에르닌과 아딜나를 사로잡기 위해서.

'저들의 목표는 분명히 나와 아딜나야.'

덕분에 에르닌은 추격자들의 의도가 자신과 아딜나를 사로잡으려는 의도임을 알아챘다.

왜 성수에 반응한 자신 말고 아딜나까지 잡으려고 하는지는 알 수 없었지만, 지금은 어찌 됐든 상관없는 이야기였다.

'내가 저들에게 잡혀가더라도 인질로 삼기 위해선 최소한 죽이지는 않을 거야. 하지만 아딜나는⋯⋯.'

친구를 희생시킬 수 없다고 결심한 에르닌은 아랫입술을 지그시 깨물었다.

"아딜나, 리카르도."

손짓으로 두 사람을 부른 에르닌은 괴한들에게 들리지 않도록 작은 목소리로 속삭였다.

"내가 시간을 끌 테니 나머지 인원들을 데리고 탈출해 줘."

"에르닌?"

"아가씨? 무슨 소리입니까?"

둘은 말도 안 된다는 눈으로 에르닌을 바라봤다.

그러나 에르닌은 둘의 반응에 아랑곳하지 않고 허리에 메고 있던 토끼 인형을 집어 들었다.

치이익.

검지의 손톱 끝에 작게 피어오른 불길이 항상 들고 다니던 토끼 인형의 팔과 몸통 부분을 연결하고 있던 실밥을 태웠다.

"아딜나, 붙잡힐 것 같으면 이걸 써. 마나를 불어넣으면 알아서 발동될 거야."

에르닌은 토끼 인형의 안에 숨겨져 있는 시험관을 슬쩍 아딜나에게 보여줬다. 그리고 조심스럽게 아딜나에게 인형을 쥐여줬다.

"에르닌……"

"쓰자마자 눈 감는 걸 절대 잊으면 안 돼, 꼭."

아딜나는 에르닌을 말리고 싶었지만, 대화를 나누는 와중에도 포위망이 조금씩 좁혀지고 있었다. 에르닌이 제안한 방법 말고 다른 방안을 궁리해 봤지만 아무것도 떠오르지 않았기에 어금니를 질끈 깨무는 수밖에 없었다.

"리카르도, 아딜나를 부탁해."

말을 마친 에르닌이 경호원들 사이를 헤치고 선두에 나섰고, 등 뒤로 내민 왼손으로 숫자를 알렸다.

'5, 4……'

손가락이 하나씩 접히면서 숫자가 줄어들었고, 다른 일행들은 앞으로 일어날 일을 예감하며 숨을 죽였다.

머릿속으로 숫자를 세면서도 에르닌의 작은 입술이 무언가를 빠르게 읊고 있었다.

'3, 2……'

검지로 '1'을 알리자마자 에르닌은 잽싸게 마지막 하나 남은 시험관을 마력총에 장전했다.

콰아앙!

폭발음과 함께 마력총에서 발사된 화염 마법이 에르닌의 정면이 아닌 우측을 향해 뻗어나갔다.

화르륵!

에르닌이 미리 읊고 있던 주문이 완성되면서 거센 불길이 이번에는 그녀의 정면에서 뿜어져 나갔다. 양손을 앞으로 향한 에르닌은 남은 마나를 모조리 쏟아부으며 불길을 유지했다.

'이대로 시간만 끌면 돼. 그러면 충분해.'

방금 전 폭발로 붕괴된 포위망 사이로 빠르게 도망치는 일행 쪽을 흘끗 바라보며 마법을 계속 구현했다.

"강하군."

"……!"

"하지만 나에게는 약간 부족한 것 같은데?"

방패로 불길을 막으며 자신을 향해 다가오는 쉐일을 보면서 에르닌은 두 눈을 질끈 감았다.

*　　　　*　　　　*

"헉헉……."

에르닌의 경호원들과 리카르도는 거칠게 숨을 내쉬면서 수풀 사이를 달렸다.

그들은 도망가는 와중에도 아딜나를 둘러싸고서 호위했다. 에르닌이 소중히 만들어준 기회를 무산시킬 수 없다는 사명감을 안고서.

그러나 시간이 흐르면서 애써 벌려놨던 추격자들과의 거리가 조금씩 좁혀졌고, 거듭된 도주로 인해 피로해진 몸은 마음처럼 앞으로 나가질 않았다.

"리카르도, 제가 시간을 끌겠어요!"

"무슨 소립니까? 아딜나 아가씨마저 이러시면 곤란합니다!"

"절 믿으세요! 제발!"

아딜나는 손에 쥔 에르닌의 토끼 인형을 꽉 움켜쥐더니 도주 방향과 반대로 몸을 틀었다.

리카르도는 그녀를 향해 손을 뻗었다가, 이내 거두었다.

"아가씨만 믿겠습니다!"

"알았어요!"

아딜나는 토끼 인형에서 시험관을 꺼내 오른손에 쥐었다. 에르닌이 했던 말을 머릿속에서 반복하며 추격자들을 향해 달려갔다.

"찾았다!"

"저 여자를 포위해라!"

추격자들이 그녀를 발견하고 포위망을 형성하려는 순간, 아딜나는 자신의 특기인 근거리 순간 이동 마법으로 추격자들과의 거리를 확 좁혔다. 추격자들은 그녀의 마법을 우려해 순간 움찔했고, 그 짧은 순간을 아딜나는 놓치지 않았다.

파아앗!

"으윽!"

"누, 눈이……."

미리 눈을 감고 고개를 반대 방향으로 돌리고 있던 아딜나는 사방에서 들려오는 신음에 눈을 가늘게 뜨며 주위를 살펴봤다.

사방으로 퍼져 나갔던 강렬한 빛에 추격자들은 눈을 감싸 쥐며 쓰러졌다.

"서… 성공했어. 정말로……."

거칠게 숨을 몰아쉬는 아딜나의 두 다리가 후들거렸다. 마음 같아서는 이대로 주저앉아 버리고 싶었다.

그러나 그녀는 뒤돌아서 뛰기 시작하더니 그들과의 거리를 다시 벌렸다. 아딜나가 돌아오기까지 멈춰 서 있던 경호원들은 그녀가 다시 합류하자마자 뛰기 시작했다.

*   *   *

"그런가, 마지막 수를 숨겨놨었군."

쉐일은 아딜나를 뒤쫓던 부하들의 보고에 담담하게 반응했다.

두 명 모두 사로잡지 못한 것에 아쉬움이 적지 않았지만, 둘 중 하나를 택해야 한다면 어디까지나 에르닌이었다.

그리고 그가 원했던 작은 소녀는 지금 땅바닥에 쓰러져 몸을 가누지 못했다.

"아파……."

전신이 흙과 먼지투성이가 된 에르닌이 땅바닥에 떨어진 마력총을 향해 손을 뻗었다.

그러나 마력총에 손끝이 닿기 직전, 쉐일의 발이 끼어들면서 가로막았다.

"과연, 대마법사 렌딜의 딸다운 실력이었어. 상황을 판단하는 능력도 뛰어나고."

쉐일은 얼굴을 가리고 있던 후드를 벗더니 땀으로 미끌거리는 안경을 고쳐 썼다.

후드 아래 드리워졌던 그림자가 사라지면서 미소를 머금은 쉐일의 얼굴이 에르닌의 시야 한쪽 구석에 자리 잡았다.

"하지만 스스로를 구하지 못했군. 인간이라는 한계를 넘지도 못했고."

콰직!

쉐일의 오른발이 마력총을 짓밟았다.

"이제 그 한계를 뛰어넘을 힘을 주도록 하지. 이딴 것 없이도 강해질 수 있는 힘을."

뛰어난 실력을 지닌 하이브리드들의 잇따른 탈주.

하이브리드에 대한 연구를 진행하기 위해 필수적이었던 펠릭스의 확보 실패.

게다가 가까스로 붙잡았던 이스트라의 행방불명까지.

잇따른 악재에 쉐일은 좌절하기도 했지만, 몇 달 전에 올라온 보고서 중 하나를 읽고 새로운 희망을 품게 되었다.

지금 눈 아래의 작은 소녀는 대마법사 렌딜에게 직접 가르침을 받았다. 거기에 하이브리드의 힘까지 추가된다면 그레인과 크루겐을 뛰어넘을지도 모른다.

"이번에는 실패하지 않겠어. 그레인과 크루겐과 같은 실패작은 나오지 않을 거다."

'그레인… 오빠……?'

쉐일의 말에 에르닌은 희미해져 가는 의식 속에서 그레인이라는 이름에 반응했다.

'보고 싶어…….'

고아원 시절, 말없이 목검을 휘두르던 그레인의 뒷모습을 떠올리며 에르닌은 천천히 눈을 감았다.

*　　　　*　　　　*

카르디어스 신성력 1399년 8월 10일.

"으아, 진짜 얼마만이냐."

"거의 반년 만이로군."

"저렇게 낡아빠진 성이 반가울 줄은 몰랐어. 이젠 긴장 좀 풀고 살아도 되겠지?"

크루겐은 깍지 낀 양손을 머리 위로 높이 들어 올리며 뻐근한 몸을 풀면서 부산스럽게 굴었다.

그레인을 포함한 나머지 일행도 마찬가지 심정이었다. 계속된 임무의 피로에 적응하긴 했지만, 그들에게는 휴식이 그 무엇보다 절실했다.

"두 분 모두 잘 버텨주었습니다. 특히 베스티나, 당신은 고생이 많았을 거라 생각됩니다."

그레인은 같이 동행한 이들 중 베스티나를 걱정하며 말했다. 그동안 강행군에 시달린 탓인지 눈 밑이 거무스름하게 그늘져 있었고, 흰 피부로 인해 더욱 눈에 띄었다.

"나는 아직 멀었다는 이야기로구나."

"아닙니다. 제 예상보다 잘 버텨줬습니다."

"다음에는 그 예상치가 더 높았으면 좋겠어."

"베스티나, 당신이 하기에 달렸습니다. 물론 기대 중입니다."

"아이고, 아직도 그 이야기야?"

여전히 일에 대해 이야기 중인 두 남녀를 향해 크루겐이 질렸다는 얼굴로 뒤돌아봤다.

"자자, 이야기는 나중에 하자. 지금 나에게 중요한 건 씻고 무조건 자는 거야. 너희들도 마찬가지고, 전하도 그렇죠?"

그의 말에 모두 어쩔 수 없다는 미소를 지었고, 크루겐은 콧노래를 부르며 앞장서 고성의 입구를 향해 걸어갔다.

"어?"

먼저 가던 크루겐이 돌연 걸음을 멈추고 제자리에 섰다.

"듀란이잖아?"

"그레인! 크루겐!"

그레인 일행 쪽으로 다급히 달려온 듀란은 허리를 숙이며 거칠게 숨을 내쉬었다.

"휴우… 모두 무사히 돌아오셨군요."

고개를 들어 올리며 보여준 표정은 이전의 듀란과는 느낌이 확연히 달랐다.

아니, 정확히는 이전이 아닌 훨씬 더 전의 표정이었다.

"정말 보고 싶었습니다."

"어? 듀란, 너 말투가……."

"예전의 제가 여러분들께 너무 무례하게 굴진 않았는지 걱정되는군요."

그는 회귀 전의 자신이 적어놓은 기록을 떠올리면서 난처한 표정을 지었다.

그것만으로도 그레인은 그가 회귀했음을 단번에 알 수 있었다.

"돌아왔군."

"네, 너무 늦었지만 정말 감사합니다. 당신들의 도움이 없다면 전 회귀 전에 이미 죽었겠지요. 특히 크루겐, 당신에게는 큰 빚을 졌더군요."

"에이, 어쩔 수 없었잖아. 지나간 일이니 너무 신경 쓰지 마."

"정말… 달라졌군요."

듀란은 회귀 전과 확연히 달라진 성격의 크루겐을 놀랍다는 눈으로 응시했다. 글로 써진 내용을 읽는 것과 직접 접하는 것과의 차이를 이렇게나 실감하기는 오래간만이었다.

"아! 혹시 포르테가에서 무슨 소식 온 거 없어?"

"포르테가라면 42호가 신세 지고 있는 가문 말입니까?"

"맞아. 별일 없겠지? 아니, 별일 없어야 하는데."

"대장에게 물어봤는데, 별다른 소식은 없었다고 합니다. 그런데… 아, 아닙니다."

옛 결사대원이 아닌 두 명의 눈치를 보던 듀란은 이내 자신이 잘못 생각했다는 걸 깨닫고 말을 이어나갔다.

"여기 새로 오신 두 분 앞에서는 해도 되는 말이로군요."

"아직도 적응 중이구나. 그런데 진짜 이전까지의 기억을 사그리 다 잊어버렸어?"

"네, 덕분에 좀 답답하긴 합니다."

*   *   *

펠릭스와 베스티나가 각자의 방으로 돌아 휴식을 취하는 사이, 그레인과 크루겐은 듀란의 집무실로 향했다.

'진짜' 듀란과 그동안 하지 못했던 이야기를 나누기 위해서.

"회귀하자마자 일복이 터진 셈이네."

크루겐은 탁자 위에 놓여 있는 세 권의 두꺼운 책을 펼치며 혀를 내둘렀다.

원래 손때가 탄 물건이긴 했지만, 회귀 이후 듀란이 반복해서 읽은 덕분에 여기저기 구겨진 페이지가 속속 등장할 정도였다.

"제가 기억하지 못하는 회귀 전의 제가 했던 일들을 다시 확인하는 것만으로도 힘에 버겁더군요."

"그 회귀 전의 너는 이런 경우까지 예측해서 이미 다 기록해 놨다면서?"

"그렇긴 했지만, 같은 사실이라도 문서로 접하는 것과 직접 머릿속에서 끄집어내는 것과는 차이가 있을 수밖에 없습니다."

"그런데 너, 많이 피곤해 보이는데 괜찮아? 더 쉬어야 하는 거 아냐?"

"아닙니다. 휴식은 이미 충분히 취했습니다."

"그래도……."

크루겐의 우려가 담긴 눈빛에 듀란은 억지로 웃음을 지었다.

"지금은 회귀 이후의 세상에 하루라도 빨리 적응하는 게 최우선 과제입니다. 회귀까지 한 이상, 다시 실패할 수는 없는 법이니까요."

"실패라… 그렇지."

실패라는 단어에 집무실 안 분위기가 숙연해졌다.

"흠흠! 그렇다고 너무 우려할 필요는 없습니다. 전생에 비하면 여러모로 유리하게 돌아가고 있으니까요."

듀란은 헛기침을 하더니 회귀한 이후 작성하기 시작한 '네 번째 책'을 펼쳐 들었다.

"뭐야? 너 회귀한 지 보름밖에 안 되었다며? 그사이에 이만큼 또 쓴 거야?"

"회귀 전의 습관이 남아서 그렇다고 하면 앞뒤가 안 맞겠죠?"

"아니, 너다워. 그런 부분에선 하나도 변하지 않았군."

그레인의 눈에는 단 보름 만에 전생 전의 모습으로 돌아온 듀란이 전혀 낯설지 않았다.

듀란은 머쓱해하며 책 위로 오른손을 내밀었고, 흘러나온 마나에 책이 빛을 발했다.

"그래도 회귀한 덕분에 전생 때 익혔던 마법을 다시 쓸 수 있게 되어서 편하긴 합니다."

페이지가 휘리릭 넘어가더니 듀란이 찾던 부분에서 멈췄다.

"현재 결사대의 상황에 대해 대충은 파악했습니다. 우선 지적하고 싶은 부분은, 결사대의 임무 분배가 두 방향으로 갈려 있다는 점입니다."

결사대와 교단과의 본격적인 대결은 아직 시작되지 않은 시점에서 듀란은 결사대 내의 분위기를 파악하는 데 주력했다.

그리고 자신의 판단에 확신을 가지기 위해선 지금 막 복귀한 그레인과의 대화가 필요했다.

"맥스와 내가 서로 다른 방향의 임무를 맡고 있다는 점?"

"그레인, 당신도 파악하고 있었군요."

"그런 임무에 질리도록 직접 참여했으니까."

담담하게 대답하는 그레인과 달리 듀란은 뭔가 착잡한 표정으로 책에 작성된 문구를 읽어 내려갔다.

"왜 대장이 당신에게만 극단적으로 다른 임무를 부여했는지에 대해 곰곰이 생각해 봤습니다. 그 결과 제 추측으로는……."

듀란은 하던 말을 멈추고 문 쪽을 바라봤다. 누군가 다투는 소리에 복도가 시끌벅적했다.

"그레인! 그레인 있어?"

"이 목소리는……."

자신을 부르는 외침에 그레인은 자리에 일어나 문을 열었다.

"리카르도?"

"그레인, 있었구나!"

다급한 표정으로 방 안으로 들어온 리카르도에게 모두의 시선이 쏠렸다.

"잉? 갑자기 여기엔 웬일이야? 무슨 일 있어?"

"리카르도, 오래간만입니다!"

리카르도를 '처음' 본 듀란은 반가운 마음에 그에게 다가갔다. 그러나 리카르도의 시야에는 오직 그레인만이 보였다.

"도대체 어떻게 된 거야? 난 분명히 네가 도와주러 올 거라 생각했는데! 아니, 그동안 임무 중이었다면 모를 수도 있겠지. 그렇다고 해도 왜 아는 사람이 아무도 없는 거지? 일이 어디서부터 꼬인 거야?"

두서없이 마구 말을 쏟아내는 리카르도의 얼굴은 땀으로 흠뻑 젖어 있었다.

그레인은 횡설수설하는 리카르도의 어깨를 꽉 붙들고선 시선을 마주했다.

"우선 진정해. 무슨 일이 있었던 거지?"

"아! 그랬지! 드리콜린에게 연락받았어?"

"드리콜린이라면, 포르테가에서 고용한 용병대의 대장?"

"그래! 그 사람을 통해 교단이 우리들을 추격 중이라는 편지를 전했는데, 받았어?"

"편지? 무슨 소리지? 게다가 교단이라니?"

"못 받았어?"

리카르도는 영문을 모르겠다는 그레인의 반응에 뒷목을 부여잡고 인상을 찌푸렸다.

"죽을 고생을 하며 겨우 여기까지 왔는데… 아무것도 모르고 있었다니, 젠장."

크루겐과 듀란도 마찬가지 반응을 보이자 리카르도는 제자리에 털썩 주저앉았다.

'교단이 추격 중이라니, 설마 아딜나에게 교단 놈들이?'

있어서는 안 되는 일이 벌어졌을지도 모른다는 생각에 그레인은 등골이 오싹해졌다.

리카르도에게 더 물어보고 싶었지만, 그는 제정신을 못 차리고 혼잣말만 중얼거리고 있었다.

'그러고 보니 임무 때문에 다른 곳의 정세가 어떻게 돌아가는지 제대로 파악하지 못했어. 그것도 꽤 오랫동안.'

원래라면 듀란이 알려줘야 하지만 회귀로 인해 현생의 기억 대부분을 잃은 그에게 기대하기란 무리였다. 결국 그레인은 맥스에게 직접 물어보기로 결정하고 문밖으로 나갔다.

그러나 벽에 붙어서 기다리고 있던 누군가를 발견하곤 더 앞으로 나서지 못하고 그 자리에서 굳어버렸다.

"그레인……."

"아딜나?"

"어? 아가씨까지 온 거야?"

그레인은 환상이 아닌, 현실의 아딜나가 눈앞에 있다는 사실에 안도했다. 최소한 그가 예상하던 최악의 상황만은 모면했다는 이야기였기에.

그러나 어떤 이유에서든 그녀는 이곳에 있어서는 안 되었기에 긴장을 완전히 거둘 수 없었다.

"무슨 일이 있어서 제대로 씻지도 못하고 왔어? 꼬마 아가씨는 같이 안 왔고?"

크루겐의 물음에 아딜나는 숙였던 고개를 천천히 들어 올렸다.

흙과 먼지가 범벅이 되어 엉망진창이 된 옷차림에, 얼굴 여기저기에 묻은 시커먼 얼룩 위로 눈물자국이 선명하게 남아 있었다.

"에르닌을… 에르닌을 구해주세요."

울먹이는 아딜나의 왼팔에는 토끼 인형이 안겨 있었다.

"부탁이에요. 제발……."

*   *   *

리카르도에게 자초지종을 들은 그레인은 탁자 아래로 내린 왼손을 강하게 움켜쥐었다.

"하필이면 우리들이 자리를 비웠을 때라니. 젠장, 운이 없어도 이렇게 없을 수 있나."

크루겐은 이마를 왼손으로 감싸 쥐면서 오른손으로는 탁자를 툭툭 두들겼다.

교단의 추격이 본격화되던 무렵, 리카르도는 경호원 중 몇 명을 구조를 요청할 목적으로 다른 곳으로 보냈다.

한 곳은 에르닌의 아버지인 렌딜이 있는 베릴란트 성.

다른 한 곳은 그레인이 적을 두고 있는 결사대의 본거지.

성수에 반응한 사람은 에르닌 한 명이었지만, 아딜나가 전생에 겪었던 운명을 무시할 수는 없었던지라 결사대에도 연락할 필요성을 느끼고 드리콜린을 통해 편지를 보냈다.

그러나 연락을 받았다면 분명히 어떤 식으로든 답을 보냈을 그레인에게서 아무런 반응이 없자 리카르도가 직접 결사대를 찾아온 것이었다.

"제 불찰입니다. 회귀 직전에 어떤 일이 있었는지 좀 더 자세히 확인하고 검토했어야 했는데……."

이야기가 진행되는 와중에 듀란은 드리콜린이 도착했을 거라 예상되는 날짜 부근의 경비병들을 만났고, 고성 안으로 들어오지 못했던 방문객이 있었다는 사실을 확인했다. 추가로 듀란이 그 방문객과 집무실에서 이야기를 나누었다는 내용까지.

"아니야. 어쩔 수 없는 상황이었잖아. 내가 오자마자 흥분한 것 때문에 미안해할 필요는 없어."

설명을 마친 리카르도는 물병째로 물을 들이켰다. 타는 듯한 갈증은 사라졌지만, 다급한 상황은 조금도 변하지 않았다.

"그러면 교단에 납치된 사람은 에르닌 한 명인가?"

"그래, 하필이면 아딜나까지 납치될 뻔했는데 에르닌 아가씨가 시선을 끌면서 막은 덕분이야."

리카르도는 고개를 돌려 복도 쪽의 창문 밖을 바라봤다.

이야기에 참여할 수 없는 입장인 아딜나는 토끼 인형을 가슴에 안고 있었다. 계속 서 있게 놔두기 미안해서 의자를 마련해 줬지만, 아딜나는 의자에 앉지 않고 서 있기를 고집했다.

그런 그녀의 모습을 보며 그레인은 몇 번이나 자리를 박차고 뛰어나가고 싶었지만, 충동을 애써 억누르며 리카르도의 설명을 끝까지 다 들었다.

"이제 더 설명할 건 없지?"

"없어."

"코어의 이식이 시도될 거라 예상되는 위치는 리카르도와 듀란이 말한 곳 외에는 없고?"

리카르도와 듀란이 동시에 고개를 끄덕이자 그레인은 자리에서 일어섰다.

"에르닌을 구하러 가겠다. 듀란, 맥스에게 대신 말해줘."

"지금 당장 말입니까?"

"조금이라도 지체하면 에르닌이 하이브리드가 될지도 몰라. 한시가 급해. 리카르도, 가자."

"아, 알았어!"

그레인이 지체 없이 방 밖으로 나서자 리카르도가 허겁지겁 뒤따라갔다. 빠른 걸음으로 복도를 지나 계단으로 내려가던 그레인은 지나치는 경비병들의 인사를 무시하고 정면만 바라봤다.

"음?"

리카르도 말고 누군가 한 명이 더 따라오는 걸 알아채고 고개를 왼쪽으로 돌렸다.

"크루겐, 너도?"

"우리들의 옛 동료를 구하다가 대신 잡혀간 꼬마 아가씨를 그냥 놔둘 수는 없잖아. 얼굴을 모르는 사이도 아니고. 안 그래?"

크루겐은 그답지 않게 웃음기 없이 진지한 표정을 지었다.

바로 그때, 세 명의 뒤를 누군가가 급히 따라왔다.

"저도 같이 가겠어요!"

*   *   *

리카르도가 말을 가지러 마구간으로 간 사이, 고성 입구에 도착한 세 명은 침묵 속에서 대기했다.

'휴우, 지금 당장에라도 출발해야 하는데…….'

그레인은 초조함을 억누르기 위해 연달아 심호흡을 했지만 긴장은 풀리지 않았다.

게다가 왠지 모르게 결사대원의 상당수가 그들을 둘러싸고 있는 상황이라, 그레인은 신경이 예민해질 수밖에 없었다.

'설마 다들 아딜나를 보러 나온 건가?'

고성에 머무르고 있던 결사대원들 중 회귀한 이들의 대다수가 성 입구에 모여 있었다. 전생의 결사대원 중 42번째 대원이었던 아딜나가 왔다는 이야기를 듣고, 그냥 지나치지 못한 것이다.

　더욱이 그레인이 아딜나를 어떤 태도로 대하고 있는지 알고 있었기에, 이곳에 있어서는 안 되는 그녀의 존재에 신경이 쓰일 수밖에 없었다.

　"저 소녀, 42호 맞지?"

　"99호 옆에 있는 걸 보니 확실하긴 한데……."

　아딜나에게 들리지 않게 서로 속삭이며 대화하는 와중에, 그들 중 맨 앞에 나온 렌은 아딜나를 뚫어지게 쳐다보더니 작게 한숨을 내쉬었다.

　"정말로… 맞네."

　렌은 아딜나를 단번에 알아봤다.

　하지만 시선이 한 번 겹쳤을 뿐, 즉시 고개를 옆으로 돌리며 일부러 외면했다. 회귀한 자와 아닌 자 사이의 불문율을 지켜야 했기에 어쩔 수 없이 취해야 하는 태도였다.

　'안타깝네.'

　'회귀한 사람과 아닌 사람으로 갈려 버렸으니… 애처로워.'

　'99호는 나름 마음을 정리한 것처럼 보이지만, 그것 때문에 더 안쓰럽게 느껴져.'

　회귀 전의 아딜나를 알고 있던 이들 대부분은 그녀를 알아봤지만, 알아보는 척을 할 수 없었기에 그저 아련하게 바라만

볼 수밖에 없었다.

그러나 아딜나는 워낙 긴장한 탓인지 그들의 눈빛에 담긴 감정을 파악하긴 무리였다. 그저 자신이 이곳에 있어서는 안 되는 자이기에 쏟아지는 시선이라고 받아들였다.

'아, 이제야 생각났군.'

그레인은 렌이나 맥스, 둘 중 한 명을 만나게 되면 물어보려고 했던 걸 뒤늦게 떠올렸다.

"렌, 물어볼 게 있다."

"나한테?"

듀란과 나눴던 이야기 중, 회귀 직후 그의 방에 들어왔던 이가 맥스와 렌 두 명이었다는 걸 기억해 냈다.

"혹시 듀란의 방에서 편지 같은 걸 본 적이 있었나?"

"편지? 편지라면… 잠깐만. 아, 맥스가 편지를 꺼내 읽었던 적이 있었어."

"어떤 내용이었지?"

"옆에서 흘낏 보려다가 못 봐서 내용은 몰라. 그런데 중요한 편지였어?"

그레인은 렌에게 더 물어보려고 했지만 굳이 그럴 필요는 없었다.

뒤늦게 고성 안에서 나오고 있는 맥스 본인에게 물어보면 해결될 일이었기에.

"그레인, 도착했었군."

그레인은 점점 다가오는 맥스에게서 눈을 떼지 않았고, 일순간 그가 보여준 변화를 놓치지 않았다.

맥스의 시선이 그레인에게서 아딜나로 옮겨지는 순간, 걸음을 멈추고 움찔했다는 것을.

"맥스."

"임무는 잘 마쳤나?"

이내 평정을 되찾은 맥스였지만, 그레인의 눈매는 더욱 날카로워졌다.

"보고에 앞서 물어볼 게 있다. 아딜나와 에르닌이 교단의 추격을 받고 있었다는 걸 알고 있었나?"

"……."

맥스의 굳게 다문 입을 본 그레인은 어금니를 꽉 깨물었다.

이 상황에서 침묵이야말로 강렬한 긍정으로밖에 해석되지 않았기에.

"난 대답을 듣고 싶다. 알고 있었나? 아니었나? 대답해라."

"나는……."

더 이상 말을 잇지 못하고 망설이는 맥스를 본 그레인은 왼손을 꽉 움켜쥐었다.

"그레인! 무슨 일이 있었는지는 나중에 풀도록 해! 우선은 그 꼬마 아가씨를 구출하는 일이 급선무잖아! 안 그래?"

분위기가 심상치 않게 흘러가자, 크루겐은 그레인과 맥스 사이에 잽싸게 끼어들었다.

그레인을 두 팔로 안고서 맥스와의 사이를 떨어뜨리려고 했지만, 그레인은 제자리에서 조금도 움직이지 않았다.

"현재 에르닌은 교단에 의해 납치되었다. 난 지금부터 그녀를 구하러 가겠다."

"결사대로서 행동할 작정인가?"

"그렇다면 네가 원하는 식의 대답을 해주도록 하겠다. 포르테가의 수장인 렌딜의 외동딸, 에르닌을 구한다면 전생에는 도움 받지 못했던 대마법사 렌딜에게 손을 내밀 수 있는 근거가 생긴다. 내 논리에 틀린 부분이 있나?"

그레인은 또박또박 흐트러짐 없이 말했지만, 맥스를 노려보는 그의 눈에는 분노가 일렁거렸다.

"그레인, 네 말대로다. 그 건에 대해 알고 있었다."

결국 맥스는 굳은 얼굴로 그레인의 말을 인정했다.

그러나 그레인의 분노는 사그라지기는커녕 오히려 더 불타올랐다.

"그렇다면 그 사실을 숨긴 이유는 뭐지? 역시 그것 때문인가? 에르닌이 하이브리드가 된 뒤에 구출하는 쪽이 포르테가의 협조를 받아내기 더 용이하다는 이유 때문에?"

"……."

"대답해라! 맥스!"

맥스가 결사대원들을 통해 진행하고 있는 두 가지 연구.

그중 하나는 하이브리드를 원래 인간으로 되돌리는 연구.

그걸 이용하기 위해선 우선 도움을 요청할 상대가 인간이 아닌 하이브리드여야 한다.

"왜 그 사실을 나에게 알리지 않은 것이지? 아니, 하다못해 결사대의 다른 대원들에게라도 알려야 하지 않았나? 나보고, 내가 구했던 소녀가 다시 운명의 장난에 휩쓸리는 걸 보고만 있으라는 의미인가?"

"그레인! 지금 말다툼할 시간도 아까워! 진정해!"

크루겐은 그레인을 계속 말리면서 렌에게 맥스를 멀리 떼어 놓으라고 손짓했다.

결국 두 사람의 거리는 벌어졌지만 동시에 분위기는 더욱 차가워졌다.

분노를 가누지 못해 거친 숨을 내쉬는 그레인.

그의 분노를 묵묵히 받아들이며 시선을 아래로 내린 맥스.

그 둘 사이를 말리는 이는 크루겐과 렌 단둘뿐이었고, 나머지 인원은 감히 끼어들 엄두도 내지 못했다.

더욱 악화되는 분위기를 감지한 경비병들이 몰려들었고, 쉬고 있던 펠릭스와 베스티나까지 고성 입구로 급히 나왔다.

*   *   *

흥분을 가라앉히지 못하고 폭언을 퍼붓고 있는 그레인.

시선을 살짝 옆으로 돌리고서 그의 폭언을 묵묵히 받아들이고 있는 맥스.

뒤늦게 도착한 펠릭스와 베스티나는 주변 사람들에게 무슨 일이 벌어지고 있는지 물어보려 했다. 그러나 대답해 주는 이는 없었고, 크루겐은 그레인을 말리느라 진땀을 흘리는 중이었다.

그사이 마구간에 다녀온 리카르도가 세 필의 말을 끌고 왔다.

"어? 말이 한 필 모자라지 않나요?"

아딜나는 에르닌을 구하러 갈 사람들인 그레인과 크루겐, 그리고 리카르도에 이어 마지막으로 자신을 가리켰다.

가까스로 흥분을 억누른 그레인은 아딜나에게 다가갔다.

아까 맥스에게 화를 낼 때와 정반대로 침착함을 유지하면서.

"아딜나, 당신은 여기에 있어야 합니다."

"네? 하지만 저도 에르닌을 구해야⋯⋯."

"그 에르닌이 구한 사람이 당신이기 때문에, 당신을 또다시 위험에 처하게 할 수는 없습니다."

이미 아딜나가 교단의 목표물이 된 이상, 섣부르게 다른 곳으로 이동시키는 건 위험하다.

교단 소속의 인간이 절대 존재할 수 없는 곳을 택해야 하고, '맥스'라는 변수만 제외한다면 이곳이야말로 현재 아딜나에게 가장 안전한 곳이라고 그레인은 판단했다.

"에르닌은 저희들에게 맡겨주십시오."

"하지만 가만히 있을 수는 없어요! 에르닌은 일부러 저 대신⋯⋯."

"믿어주십시오."

그레인은 양팔을 뻗어 아딜나의 어깨에 손을 얹었다.

아딜나가 가진 그레인의 이미지는 진중하고 실없는 말을 하지 않는 사람이었지만, 지금은 그 어느 때보다 진지했다.

"알겠어요."

결국 아딜나는 고집을 꺾고 남기로 결정했다.

그레인은 그녀에게 손을 떼고 뒤돌아서려던 중, 무언가를 발견하고 멈췄다.

"그 인형, 에르닌이 항상 들고 다니지 않았습니까?"

"맞아요."

"꼭 간직하고 계십시오. 다시 돌아왔을 때 그걸 돌려준다면 분명히 기뻐할 겁니다."

"네……."

아딜나는 고개를 숙이더니 토끼 인형을 양팔로 감싸 가슴에 품었다.

원래 주인에게 돌려주기 전까진 그 누구에게도 빼앗길 수 없다는 의지가 느껴졌다.

그레인은 크루겐과 함께 리카르도가 데려온 말 위에 올라탔다. 아딜나를 기억하는 결사대원들의 시선은 여전히 그녀에게 머물렀다.

"그레인, 왜 아딜나가 여기에 있는 거야? 결사대원들은 무슨 일로 여기에 모인 거고?"

둘의 대화가 끝나기를 기다리던 베스티나가 조심스럽게 그레인에게 다가갔다.

"설명은 나중에 드리겠습니다. 대신 부탁 하나 드려도 되겠습니까?"

"나와 전하도 같이 가야 하는 일이야?"

"그건 아닙니다. 되도록 민첩하게 움직여야 하니 인원이 더 이상 늘 필요는 없습니다. 아딜나를… 부탁드립니다."

그레인의 표정에서 비장함을 읽은 베스티나는 잠시 망설이다가 고개를 끄덕거렸다.

"전하께도 부탁드립니다."

"알았다."

"리카르도, 크루겐, 가자."

말고삐를 움켜쥔 그레인은 말 머리를 돌렸다.

그대로 말고삐를 내려치기 직전, 그레인은 팔을 거두고 뒤를 돌아봤다.

"맥스."

아무 말 없이 서 있는 맥스를 향해 천천히 말을 몬 그레인은 그를 말 위에서 내려다봤다. 만약의 불상사가 일어나지 않도록 확답을 받을 필요가 있었다.

"내가 다시 돌아왔을 때, 아딜나에게 무슨 일이라도 생긴다면……."

그레인은 현재 이곳이 아딜나에게 가장 안전하면서, 동시에 원치 않은 변수를 창출할 수 있는 '인물'이 있음을 잊지 않았다.

"그때 어떤 일이 벌어질지는 나도 모른다. 무슨 의미인지 알겠지?"

분노 대신 살을 에는 차가움이 느껴지는 그레인의 말에 맥스는 머뭇거리다가 천천히 입을 벌렸다.

"알았다."

"물론 에르닌에게 무슨 일이 생긴다 해도 마찬가지다."

조건을 하나 더 덧붙인 그레인이 말 머리를 돌리더니 강하게 말고삐를 내려쳤다.

가장 빠르게, 가장 앞서 달리는 그레인의 말 양옆으로 크루겐과 리카르도의 말이 뒤따라갔다.

그들이 떠난 후에도 고성 앞에는 침묵이 감돌았고, 빠르게 멀어져 가는 세 명의 뒷모습을 맥스가 말없이 바라봤다.

"이해를 바라는 건… 불가능하겠지."

결사대원 간의 충돌을 예상하고 내린 판단이었기에 맥스는 그레인의 격렬한 반응에 그럴 수 있다고 납득했다.

그럼에도 타인의 분노를 온몸으로 받아내야 하는 일은 절대 녹록하지 않았다.

특히 에르닌뿐만 아니라 전생의 동료였던 아딜나까지 휘말릴 뻔했다는 이야기가 모여든 이들 사이에 퍼져 나가면서, 그를 보는 시선들이 결코 곱지 않았다.

"그러니 이 정도는 당연히 감안해야겠지."

그레인 개인의 격렬한 분노가 아닌, 다수의 차가운 비난을 온몸으로 받아내며 맥스는 아랫입술을 질끈 깨물었다.

＊　　　　＊　　　　＊

카르디어스 신성력 1399년 8월 25일.

"이랴! 이랴!"

드리콜린이 말고삐를 거세게 내려치며 마차의 속도를 올렸
다.

마차의 짐칸에 탄 그레인과 크루겐, 그리고 리카르도는 각자
시선을 마차 밖으로 두고서 침묵을 지켰다.

피곤함 이전에 점점 커져가는 초조함으로 인해 입을 여는
것조차 망설여졌기 때문이다. 에르닌을 찾기 위한 기약 없는
여정이 시작된 이후 그들의 분위기는 항상 이러했다.

이식이 진행될 거라 예상된 곳을 돌아다닌 지도 벌써 보름
째.

이미 여섯 번이나 허탕을 친 터라 마음은 다급해졌고, 모두
의 인상은 점점 차가워졌다.

비밀 연구소를 수색하던 도중 뒤늦게 합류한 용병대장 드리
콜린은 짐칸 쪽을 쓱 훑어본 뒤 묵묵히 마차를 몰았다.

"내가……."

"응?"

"내가 너무 이기적인 걸까?"

그레인이 입을 열자 크루겐과 리카르도는 눈을 동그랗게 떴
다.

"이전에 맥스가 말했어. 이번 생에는 하이브리드가 될 뻔했
던 이들을 구하지 않겠다고."

"확실히 그랬었지. 그런데 왜?"

크루겐의 물음에 그레인은 다시 입을 다물고 생각에 잠겼다.

다들 민감한 상태라 하려던 말을 몇 번이나 번복하던 그레인의 얼굴에는 고뇌가 가득했다.

"그런 맥스를 나는 적극적으로 막지 않았고, 설득하지도 않았어. 그런 내가, 아딜나만은 그런 이들에 포함되지 않기를 바라는 건 너무 이기적일까?"

"아니야. 너와 아딜나가 어떤 사이였는지 잊은 거야? 다른 사람들은 몰라도 너라면 그녀만은 챙겨도 문제없어. 적이 아닌 이상 모두 공평하게 대하는 게 가장 좋지만, 누구나 가장 아끼는 사람은 있게 마련이잖아? 그 정도도 못 하면 어떻게 살라고?"

"그렇겠지."

대답과 달리 여전히 마음속 앙금을 털어내지 못한 그레인에게 크루겐이 어깨에 손을 턱 하니 올렸다.

"그리고 그런 고민은 우선 꼬마 아가씨를 무사히 구출한 뒤에 하는 게 어때?"

"그래, 그게 우선이지. 아, 그러고 보니……."

그레인은 워낙 급박하게 돌아가는 상황 때문에 잊고 있었던, 반드시 해야 하는 말을 뒤늦게 기억해 냈다.

"너무 늦긴 했지만, 미안했다."

"잉? 우리 사이에 미안해야 할 일이 있기는 했나? 리카르도, 나 모르게 그레인과 다투기라도 했어?"

"아닌데?"

"그게 아니라 맥스와 말다툼할 시간 따위 아무런 의미도 없었는데… 내가 너무 흥분해서 무엇이 더 중요한지를 망각했어."

그레인은 맥스에게 폭언을 쏟아내던 그때를 떠올리며 씁쓸한 표정을 지었다. 단둘이 아닌, 결사대원이 보는 앞에서 둘 사이의 균열을 드러낸 것은 그답지 않은 실수이긴 했다.

"맥스의 태도에 나라고 화가 안 난 건 아니야. 그냥 네가 미리 화를 내서 타이밍을 놓친 것뿐이지."

"그리고 그런 상황에서 화를 내야 정상인 게 맞고."

크루겐과 리카르도는 서로를 마주 보며 고개를 끄덕였다.

짐칸에서 어색한 웃음이 오고 갔지만 크루겐과 리카르도에게만 해당되는 일일 뿐, 그레인은 억지로라도 웃을 수 없었다.

결국 다시 침묵이 감돌았고, 해가 지평선 너머로 모습을 감출 즈음 질주하던 마차의 속도가 천천히 느려지기 시작했다.

"도착했습니다!"

"휴, 이번에야말로 꼬마 아가씨를 찾아야 할 텐데 말이야."

말이 멈춰서기 무섭게 마차에서 내린 세 명은 길 바로 옆 수풀로 들어가 빠르게 이동했다.

그렇게 10여 분 동안 수풀을 헤치고 이동한 세 명은 숲 안 공터에 자리 잡은 낡은 건물들을 바라봤다.

크루겐은 꼬깃꼬깃 접힌 지도를 펼쳐 들고 지도상에 표시된 위치와 건물을 번갈아가며 쳐다봤다.

"저기 맞는 거 같은데 경비병이… 하나도 없잖아?"

"벌써 철수해 버렸나?"

에르닌을 찾기 위해 습격했던 비밀 연구소들이 하나같이 엄중한 경계 속에 있던 것과 달리, 두 눈을 씻고 찾아봐도 경비병은커녕 건물 사이를 오가는 사람 한 명 보이지 않았다.

"아니, 오히려 아무도 없다고 위장하기 위해 그런 거일 수도 있잖아."

"우선 들어가 보자."

"그래도 혹시 모르니 내가 먼저 갈게."

함정이나 마법으로 위장된 곳이 없는지 확인하기 위해 크루겐이 먼저 건물 근처로 다가갔다.

잠시 후, 아무 이상이 없다는 걸 확인한 크루겐이 손짓으로 나머지 둘을 불렀다.

"그 꼬마 아가씨, 무사해야 할 텐데……."

*　　　　　*　　　　　*

"서, 성공입니다!"

"휴우, 혹시나 해서 우려했는데… 역시 성수의 효과는 확실하군."

어두컴컴한 지하실에 자리 잡은 넓은 강당.

강당 중앙에는 교단의 법의를 걸친 사제들이 모여서 그들의 '성공'을 자축하고 있었다.

그들 가운데 자리 잡은 제단 위에는 로브 차림의 에르닌이 누워 있었다.

"아파……."

이식은 끝났지만, 이식 과정에서 피할 수 없는 고통에 몸부림쳤던 흔적이 제단 위에 여실히 남아 있었다. 에르닌의 전신은 땀으로 흠뻑 젖어 있었고, 피가 섞인 눈물이 귀 옆을 지나 제단 위로 퍼져 나갔다.

전신에 힘은 거의 남아 있지 않았지만, 그거라도 짜내서 일어서려고 했던 에르닌은 눈썹 사이를 찡그렸다. 그녀의 양손과 발을 붙들고 있는 사슬이 일어서는 걸 허용하지 않았기에.

"이제 남은 건 '그분'께 보고하는 거로군요."

"하마터면 쉐일 추기경의 공으로 넘어갈 뻔했지. 그분께 감사해야겠어."

"누군가에게 들키더라도 문제없겠죠. 어차피 그 결사대인지 뭔지 하는 놈들의 소행으로 알 겁니다."

코어의 이식을 지휘한 사제와 그의 부하들은 앞으로 자신들에게 제공될 높은 지위와 포상을 기대하며 음흉한 미소를 지었다.

그러면서도 자신들의 배후를 에르닌에게 들키지 않기 위해, 이번 일을 지휘한 이의 이름을 직접 언급하지 않았다.

"그런데 지하라서 그런지 한여름인데도 으슬으슬하군요."

부하 중 한 명이 몸을 움츠리자, 그제야 다른 이들도 서늘한 강당 안의 공기에 옷깃을 여몄다.

코어의 이식 과정 중 혹시라도 다른 성직자들이 들이닥칠지 모른다는 긴장감이 풀린 탓이었다.

"그러면 너에게 현실을 가르쳐 줘야겠지?"

사제는 팔소매를 걷어 올리더니 오른쪽 손목에 찬 황금색 팔찌를 앞으로 내밀었다.

힘에 겨워하면서도 자신들을 매섭게 노려보는 에르닌의 시선에 그들은 사악한 미소를 지었다.

아무리 반항한다 한들, 이레귤러가 아닌 이상 '시련'을 이겨 낼 수 없다는 인식을 에르닌의 뇌리 깊숙한 곳에 각인시킬 필요가 있었다.

여태까지 그들의 손을 거쳐 갔던 실험체들처럼.

"어?"

환한 빛이 강당을 메웠다가 사라지고 난 뒤, 사제의 얼굴에 당혹함이 자리 잡았다.

"어떻게 된 일이지? 이럴 리가 없는데?"

몇 번이나 황금색 팔찌로부터 빛이 나타났다 사라졌지만, 제단 위에 누워 있는 에르닌의 표정에는 아무런 변화가 없었다.

그들이 기대했던, 이식을 받을 때처럼 고통으로 에르닌이 울부짖는 장면은 나오지 않았다.

"설마 이레귤러?"

"뭐야? 보고서의 내용과는 다르잖아!"

그들은 베릴란트 성 교구에 올라온 두 명의 소녀에게 모두 하이브리드의 자질이 있으며 이레귤러는 아니라는 '어긋난' 보고를 탓했다.

"이거, 어떻게 하죠? 원칙대로라면 실험체로 써야 하지만 워낙 의외의 사례이니······."

"하지만 이 소녀는 대마법사 렌딜의 딸입니다. 그만한 실력도 보유하고 있고요. 자칫 잘못하면 이송 과정에서 탈주할 수도 있습니다. 어차피 실험체로 쓸 거라면 죽이는 쪽이 안전하지 않습니까?"

"코어의 이식 과정에서 불의의 사고가 있었다고 보고하고 사망 처리 하는 건 어떻습니까?"

이식에 참여했던 자들은 난색을 표하며 각자 의견을 제시했다.

웅성거림 속에서 턱을 매만지며 고심하던 사제는 마음속으로 결정을 내리고 고개를 가로저었다.

"실험체로 쓰기엔 너무 아까워."

"그러면 어떻게 하시겠습니까?"

"그냥 데리고만 있어도 인질로서의 가치가 넘쳐나니 실험체로 쓰거나 죽여서 성지로 보내는 건 보류다. 무엇보다 우리들 선에서 함부로 결정할 일이 아니다."

"일이 정말 귀찮게 꼬였군요, 그런데··· 으으, 너무 추운데요?"

훨씬 싸늘해진 주변 공기에 사제의 부하들은 더욱 몸을 움츠렸다. 말할 때마다 입김이 나왔고, 등골이 오싹해질 정도로 추위를 느꼈다.

그러나 차가움의 근원인 원인을 알 수 없는 냉기가 강당 입구 쪽에서 흘러 들어오고 있다는 걸 그들은 알아채지 못했다.

"자, 눈을 가려라. 코어의 능력을 발휘하기 전에."

사제의 지시에 부하 중 한 명이 품에서 안대를 꺼냈다. 에르닌의 오른쪽 눈에 이식된 코어의 능력을 봉인하기 위한 수단이었다.

휘이익!

검은색 안대가 에르닌의 눈을 덮기 직전, 강당 입구 쪽에서 무언가가 그들을 향해 날아갔다.

"뭐, 뭐냐!"

사제는 무언가에 감긴 자신의 양팔을 보고 당황했다.

"으아악!"

비명 소리와 함께 사제의 발 주변이 피로 흥건해졌다.

그레인의 기술, '프로스트 엣지'로 팔꿈치 아래가 잘려 나간 사제가 비틀거리더니 강당 바닥에 풀썩 쓰러졌다.

눈앞에 벌어진 끔찍한 광경에 다른 이들은 부들부들 떨면서 뒤를 돌아봤다.

강당 안으로 홀로 들어오는 그레인을 본 그들은 본능적으로 뒷걸음질을 쳤다.

아니, 치려고 했다.

하지만 냉기가 그들의 발을 강당 바닥과 함께 얼려 버렸기에 이제는 그레인에게 달려들 수도, 도망칠 수도 없었다.

그레인은 트윈 엣지가 아닌 장검을 꺼내 에르닌의 주위에 모여 있는 이들을 향해 내밀었다. 검 끝이 향하는 방향에는 방금 전 에르닌의 눈에 안대를 씌우려던 이가 서 있었다.

"그 더러운 손을… 당장 치워라."

*　　　　　*　　　　　*

크루겐과 리카르도는 햇불을 들고서 강당 안으로 들어갔다.

햇불로 어두컴컴한 안을 비추자, 어둠에 가려져 있던 성직자들의 참혹한 모습이 그들의 시야에 들어왔다.

그러나 둘의 표정은 결코 통쾌하다는 얼굴이 아니었다.

그보다 앞서 벌어진, 결국 에르닌이 하이브리드가 되는 걸 막지 못했음에 안타까워할 뿐이었다.

"으… 으윽."

"사, 살려줘……."

이식에 참여했던 성직자들의 신음이 사방에서 흘러나왔다.

그레인의 분노가 담긴 냉기는 그들에게 용서를 구할 기회조차 주지 않았다. 그들은 가슴을 관통한 얼음 창과 함께 벽에 꽂힌 채로 서서히 죽음에 다가가는 중이었다.

예전처럼 일부는 체포해서 정보를 얻어내겠다는 생각 따위, 그레인의 머릿속에는 없었다.

모조리 죽여야 한다는 일념뿐이었다.

그렇다고 편안한 죽음을 선사할 생각 역시 없었다. 일부러 일격에 죽이지 않고, 서서히 죽어가게 놔두었다.

에르닌을 하이브리드로 만든 죄의 대가로서.

그러나 제단 위에 누워 있는 에르닌을 보는 순간, 그레인의 분노는 안타까움으로 바뀌었다.

"아……."

허망함이 담긴 탄식이 그레인의 입에서 터졌다.

"하필이면 왜……."

전생의 아딜나에게 이식되었던 메두사의 눈.

그레인은 더 이상 인간의 것이 아니게 된 에르닌의 오른쪽 눈을 향해 천천히 손을 뻗었다.

그레인을 제외하고는 대다수의 결사대원들을 두 눈으로 바라볼 수 없게 되었던 아딜나의 잔혹한 운명이, 현생에는 에르닌의 것이 되어버렸다.

"메두사의 눈이 너에게……."

그레인은 그동안 여러 임무를 맡으면서 전생의 조력자였던 이들을 구하고 운명을 바꾸었다. 그중에는 에리스 백작 부인처럼 전생에는 하이브리드였던 이를 인간으로 남도록 구해주기도 했다.

그러나 정작 절대 하이브리드가 되어서는 안 되었던 에르닌은 메두사의 눈을 이식받고 하이브리드가 되어버렸다.

에르닌이 전생에 어떤 운명으로 살았는지 그레인은 알 수 없었다.

그러나 하이브리드라는 가혹한 운명을 이번 생에는 분명 한 번 벗어났다. 그랬기에 그 운명을 따라 계속 인간으로 남아 있어야 했다.

회귀로 인해 벌어진 운명의 장난은 그레인에게 그 어느 때보다 가혹하게 다가왔다.

"그레인 오빠……?"

"미안해."

그레인은 아직도 이식의 고통에서 완전히 벗어나지 못한 에르닌을 차마 정면으로 바라볼 수 없었다.

"좀 더 일찍 알았다면, 네가 하이브리드가 되기 전에 구출했을 텐데……."

아딜나에게서 에르닌으로 이어진 잔인한 운명.

그레인은 회귀로 인해 에르닌에게 옮겨간 운명이 자신의 탓이라며 자책했다.

그러나 에르닌은 그를 조금도 원망하지 않았다. 자신을 두 번이나 구해준 그레인을 올려다보는 눈빛에는 그저 고마움만이 담겨 있었다.

"예전에 오빠가… 말했지? 오빠하고 같은 운명이 되면 안 된다고."

"그래."

"이제 나도… 오빠와 같은 운명이 된 거지?"

"에르닌……."

"그러니 앞으로도 계속 오빠와 같이 있을 수 있게 된 거야, 나는……."

에르닌은 힘겹게 그레인의 왼손을 붙들더니, 메두사의 눈을 이식받은 자신의 오른쪽 눈에 가져갔다.

그레인은 에르닌의 눈꺼풀을 천천히 쓰다듬으며 고개를 들어 올렸다. 그리고 에르닌을 두 팔로 안아 올렸다.

"그래, 우리들은 이제 같은 운명이다."

교단과 반드시 맞서 싸워야만 하는 운명으로.

그레인은 힘겹게 미소를 짓는 에르닌을 슬픈 눈으로 내려다보며 이를 악물었다.

제6장

각자 다른 길로

카르디어스 신성력 1399년 9월 3일.

휘이잉.

유달리 바람이 심하게 부는 탓에 그레인은 소매로 코와 입을 막았다.

그의 옆에서 마차를 모는 리카르도는 눈을 질끈 감았다가 모래바람이 지나간 이후에 조심스럽게 눈을 떴다.

"그레인, 어디까지 왔는지 확인 좀 해줘."

리카르도가 한 손으로 눈을 비비면서 말했고, 그레인은 아직도 거센 바람 속에서 지도를 펼쳐 들었다.

"이제 거의 다 왔어."

"옷이고 머리고 완전 먼지투성이가 되어버렸잖아. 마음 같아서는 도착하자마자 씻고 싶지만 그럴 여유는 없겠지?"

에르닌을 구출한 이후 처음에는 조용히 있었던 그레인이었지만, 맥스와의 만남이 다가올수록 억눌러 왔던 분노가 점점 타오르는 걸 옆에 있는 리카르도도 느낄 정도였다.

그들이 향하고 있는 곳은 결사대의 본거지인 고성이 아닌 베릴란트 왕국 내에 있는 아지트였다. 맥스가 모든 결사대원을 아지트로 긴급 소집 했다는 소식을 전달받고 급히 말 머리를 돌려야 했다.

"그나저나… 너, 정말 한바탕할 작정이냐?"

"……."

리카르도가 툭 내뱉은 말에 그레인은 침묵으로 대응했다.

에르닌을 구출했지만 안타깝게도 하이브리드가 되는 것까진 막을 수는 없었다. 누군가의 운명을 송두리째 바꾼 일을 없던 일로 간주하기엔 무리였다.

"나 같아도 대장, 그 인간의 멱살을 붙들고 있는 말 없는 말 다 쏟아내고 싶지만 막상 만나러 가게 되니 망설여져."

감정에 따라 행동했다간 결사대의 균열을 일으킬 수 있었기에 리카르도는 신중하게 대처해야 하는 현실이 답답할 따름이었다.

결국 맥스가 저지른 일에 대한 분노는 그레인의 몫이 되어버린 듯한 분위기였다.

반면 짐칸에 앉은 크루겐은 에르닌에게 변해 버린 현실에 적응하도록 조언 중이었다. 하이브리드가 되었다는 현실 자체를 부정할 수 없기에, 하이브리드에 대해서 찬찬히 설명해 주고 있었다.

"그 시련이라는 걸 받지 않는 하이브리드가 그레인 오빠와 크루겐이란 말이야?"

"맞아. 운이 좋았지. 덕분에 교단과 맞서 싸울 수 있게 되었지만. 참, 그리고 이레귤러라는 표현은 결사대원 앞에선 되도록 쓰지 말아줘. 비하하는 이미지가 강하거든."

"아직 이해가 잘 안 되지만, 안 쓰도록 할게."

"원래는 이런 것 따위, 알려주고 싶지 않았어. 그레인도, 리카르도도 마찬가지 심정일 거야."

하이브리드가 될 운명에서 한 번 벗어났지만, 또다시 찾아온 운명의 갈림길에서 결국에는 인간이 아닌 몸이 되어버린 소녀, 에르닌.

그녀를 바라보는 크루겐의 눈빛은 애처롭기만 했다.

"그런데 리카르도 아저씨는 시련을 받지 않는 몸도 아니고, 하이브리드도 아닌데 어떻게 결사대에 들어가게 된 거야?"

"그건 나중에 설명할게."

둘의 대화를 듣고 있던 그레인과 마부석 쪽으로 시선을 돌린 크루겐이 서로 마주 보며 고개를 끄덕거렸다.

원래는 그레인이 하이브리드에 대해 설명하려고 했지만, 크루겐이 자청하면서 그를 만류했다.

"꼬마 아가씨에게 이식된 코어, 원래 아딜나의 코어였잖아. 그 애에게 너보고 설명하라는 건 너에게 너무나 잔인한 짓이야."

실제로 그레인은 에르닌을 볼 때마다 전생의 자신을 구하려다가 숨을 거둔 아딜나의 마지막 모습을 떠올릴 수밖에 없었다. 아물어서는 안 되는 상처라 여기면서도, 현생에서 바삐 흘러간 시간으로 인해 점차 아물던 상처가 다시 찢겨 나가는 기분을 지울 수 없었다.

"아무튼 메두사의 눈은 너의 의지와 상관없이 타인을 석화시켜 버려. 그러니 절대 남에게 보여서는 안 돼."

"모두에게?"

"상위 코어를 이식받은 하이브리드나, 강력한 마나를 지닌 사람들에게는 괜찮을지도 몰라. 그래도 항상 안대로 오른쪽 눈을 가리는 걸 잊지 마. 반대로 위급할 때엔 적들 앞에서 안대를 푸는 것만으로도 위기에서 벗어날 수 있을 거야."

"응, 알았어."

에르닌은 두르고 있던 검은색 안대 위로 손을 가져갔다. 한쪽 눈으로만 봐야 하는 시야가 여전히 그녀에게는 낯설게만 느껴졌다.

"에휴, 왜 너까지 우리들과 같은 운명이 되어버렸는지 모르겠다."

크루겐의 탄식에 에르닌은 마치 자신이 잘못한 것처럼 고개를 숙이며 기가 죽었다.

에르닌의 머리를 쓰다듬은 크루겐의 입에서 한숨이 길게 새어 나왔다.

그사이 마차는 결사대의 아지트 입구에 도착했다.

임시로 설치한 막사들이 그레인의 시야에 들어왔다.

"여기서 세워주십시오."

"알겠습니다."

"어쩌면 쉬지 못하고 다시 출발할지도 모릅니다. 죄송하군요."

"죄송하다니, 무슨 말씀입니까? 아딜나 아가씨의 부탁을 받아 에르닌 아가씨를 구해주신 분은 바로 그레인 님입니다. 오히려 고맙다는 말을 들으셔야죠."

"그렇습니까……."

고맙다는 말을 받아들일 수 없는 그레인은 그저 씁쓸하게 웃을 따름이었다.

"리카르도, 에르닌과 함께 여기서 기다려 줘."

"너, 진짜 대장하고?"

"나도 잘 모르겠어. 하지만 여기까지 온 이상, 맥스를 봐야겠어. 반드시."

마차에서 내린 그레인은 허리에 찬 트윈 엣지의 검 자루를 매만지며 걸음을 내디뎠다.

앞을 가로막으려던 경비병들은 순간 주춤하며 더 이상 다가갈 수 없었다. 그레인의 얼굴을 알아보기 이전에 그에게서 뿜어져 나오는 살기에 위축되었기 때문이다.

"맥스는 어디 있지?"

"대, 대장 말이십니까? 저쪽의 지휘 막사에 계십니다!"

당장에라도 누군가 한 명 죽일 듯한 기세에 눌린 경비병은 다급히 막사 중 한 곳을 가리켰다.

이를 악물고 걸어가는 그레인은 도중에 결사대원들과 경비병들을 만났지만, 그 누구도 그레인의 시야에 들어오지 않았다.

"맥스!"

막사 안으로 들어간 그레인은 맥스의 이름을 힘껏 외쳤다.

그동안 분출하지 못하고 쌓아두었던 분노를 담아서.

"그레인, 잠깐 제 이야기부터……."

"비켜!"

그레인은 앞을 가로막은 듀란을 거칠게 밀쳐내더니 책상에 앉아 있는 맥스에게 다가갔다.

맥스는 바로 눈앞에 그레인이 있음에도 아무런 반응을 보이지 않았고, 그레인은 양손으로 맥스의 멱살을 움켜쥐었다.

맥스는 그레인의 태도만으로도 에르닌에게 어떤 일이 벌어졌는지 알아챌 수 있었다.

그러나 그가 예상한 최악의 경우인지 아닌지를 확인할 필요는 있었다.

"그녀는 무사한가?"

"그렇다. 하지만 하이브리드가 되어버렸다. 네가 의도한 대로."

멱살을 움켜쥔 그레인의 양손에서 흘러나온 냉기가 맥스의 검은색 법의 위로 퍼져 나갔다.

"네가 제때 알려주기만 했다면 에르닌은 하이브리드가 되지 않았을 거다! 포르테가의 지원을 얻기 위한 너의 그릇된 욕망이 그 아이의 운명을 나락으로 떨어뜨렸어!"

"하지만 앞으로 포르테가는 교단과 맞서 싸울 수밖에 없을 거다."

가만히 있던 맥스가 그레인의 양팔을 붙들었다. 그의 양손에서 발산되는 열기가 그레인의 냉기와 서로 뒤엉켰다.

"전생과 달리."

맥스의 대답에 잠시 밀렸던 그레인의 냉기가 주위에 휘몰아쳤다. 화룡의 어금니가 이식된 맥스의 오른팔 위로 서릿발이 섰다.

"전생에 우리들과 관련이 없던 이들을 제멋대로 교단과 맞서 싸워야 하는 운명으로 끌어들인다면, 우리와 교단이 뭐가 다르지? 맥스, 대답해 봐라!"

"전생과 똑같이 결사대를 이끈다면, 전생처럼 실패할 따름이다."

"그렇다고 교단과 똑같은 길을 걸어가겠다고? 네 의도대로라면 결사대는 제2의 교단이 될 뿐이야!"

그레인의 목소리가 높아지자, 막사 안으로 다른 결사대원들이 하나둘씩 들어왔다.

심상치 않은 분위기를 감지한 그들은 둘을 말리기 위해 다가

가려고 했다. 그러나 그레인의 냉기와 맥스의 화염이 좁은 막사 안에서 격돌하는 모습에 함부로 다가설 수 없었다.

"이러다간 끝이 안 나겠네."

둘의 대치를 계속 지켜보고만 있던 렌이 전격의 힘이 담긴 오른손을 그레인의 목 뒤로 가져갔다.

"99호, 그만하지 그래? 행동이 지나쳐."

일부러 이름이 아닌 코드네임으로 그레인을 지칭한 렌은 왼손으로 맥스에게 떨어지라고 손짓했다.

그런 렌의 뒤에 나타난 크루겐은 팬텀 대거를 그녀의 목에 갖다 댔다.

"어이쿠, 왜 이러십니까? 누님."

"99호의 개가 된 너에게 그런 소리는 듣고 싶지 않은데?"

렌의 비아냥거림에 크루겐은 날 부분이 그녀의 목에 닿도록 팬텀 대거를 반 바퀴 돌렸다.

"그 개한테 물려 뒈지는 것만큼 치욕적인 죽음은 없겠죠?"

크루겐이 밀리지 않고 맞받아치자 렌은 인상을 찌푸렸다.

그러자 이번에는 맥스의 경호원인 파르티온이 크루겐의 목을 향해 검을 겨눴다.

"이런, 이런, 너까지 끼어들 작정이야? 파르티온, 너야말로 대장의 개가 되었구나."

"……."

렌이 했던 말을 따라 하는 크루겐에게 파르티온은 평상시와 다를 바 없이 침묵으로 대응했다.

서로 급소를 노리고 대치 상황이 펼쳐지자 분위기는 걷잡을 수 없이 흘러갔다.

　모두의 침묵 속에서 어느 한쪽이 먼저 물러서기를 기다리는 상황이 지속되었다. 그레인과 맥스의 힘은 여전히 격돌 중이었고, 밀리고 미는 대립이 지속되었다.

　바로 그때, 고요함을 깨뜨리고 구경꾼이었던 이들 중 한 명이 앞으로 나섰다. 22호, 발터의 검이 파르티온의 등을 겨누었다.

　"어? 발터, 너까지 끼어들게?"

　"나 역시 대장의 방침이 예전부터 맘에 들지 않았거든."

　별다른 의사 표현 없이 묵묵히 임무에 충실히 임하던 발터.

　그는 에르닌이 아닌, 전생의 동료였던 아딜나에 대해 맥스가 취한 태도를 용납할 수 없었다.

　"대장, 이번 건은 정도를 넘어섰다. 42호와 그레인이 어떤 사이였는지 잊은 건 아닌가? 게다가 42호는 배신자도 아니다. 그런데도 그녀의 위험을 방치하려고 했다니, 결사대가 이렇게 피도 눈물도 없는 곳이었나?"

　"발터……."

　크루겐은 자신과 뜻을 함께해 준 발터를 멍하니 바라봤다.

　발터의 발언을 시작으로 하나둘씩 각자의 신념에 따라 행동하기 시작했다.

　아쉽게도 모두 그레인의 의견에 동참한 건 아니었다. 그들의 무기는 자신과 의견이 다른 이들을 향해 내밀어졌다.

급기야 막사 안은 두 부류로 갈렸다. 중간에 선 듀란은 이러지도 저러지도 못하고 난감해할 뿐이었다.

"무, 무슨 일이죠?"

뒤늦게 맥스의 막사로 들어온 베스티나는 모두 무기를 꺼내 들고 같은 결사대원을 겨누고 있는 상황에 적지 않게 당황했다.

"예상은 했지만……."

그녀와 함께 유독 덩치가 큰 결사대원이 막사 안으로 들어왔다.

"결국 이렇게 되어버리다니."

그레인이 에르닌을 구하러 간 이후, 펠릭스는 결사대 내부에서 시작된 보이지 않는 균열을 감지한 지 오래였다. 그래서 지금의 상황을 이해하는 데 누군가의 설명은 필요하지 않았다.

펠릭스는 상체와 양팔에 두르고 있던 영겁의 사슬을 천천히 풀었다.

"정리가 필요할 시간이로군."

휘잉!

펠릭스가 머리 높이 들어 올린 영겁의 사슬이 그레인과 맥스 사이를 노리고 뻗어나갔다.

사슬에 찢겨 밀려 나간 막사의 잔해가 저 멀리 날아났고, 한 걸음씩 뒤로 물러선 그레인과 맥스 사이에 긴 직선이 그어졌다.

"모두 무기를 집어넣어라. 서로 의미 없이 피를 흘리기보단,

각자 어느 쪽을 택할지를 결정해야 할 때가 아닌가?"

영겁의 사슬을 회수한 펠릭스는 선 왼쪽으로 한 걸음 이동하며 그레인과 같은 공간에 섰다.

그것을 시작으로 막사에 모여든 결사대원들이 두 부류로 나뉘었다.

"무슨 일이야? 왜 서로 죽일 듯한 눈빛으로 노려보… 아, 그런 거야?"

뒤늦게 허겁지겁 달려온 드레이크는 분위기를 파악하자마자 조금의 망설임 없이 그레인 쪽으로 걸음을 옮겼다.

"그레인."

펠릭스는 여전히 맥스를 노려보고 있는 그레인에게 다가가, 그의 어깨에 손을 얹었다.

"진정해라."

"…죄송합니다."

"사과는 나중이다. 우선은 이 상황을 수습해야 한다. 그건 너에게 맡기겠다."

그레인은 왼손으로 움켜쥐었던 검 자루에 손을 떼었다. 그리고 뒤를 돌아보았다.

펠릭스가 그은 선을 기준으로 자신과 뜻을 함께하기로 한 이들의 시선에 그레인은 고개를 끄덕이며 응답했다.

"맥스."

흥분을 가라앉힌 그레인은 차가운 눈으로 맥스를 응시했다.

"나는 너와 달라. 나는 너처럼 전생만을 기준으로 타인을 판단할 수 없어."

그레인과 맥스와의 근본적인 차이.

회귀로 인해 그들 앞에 제시된 선택지를 고르는 데 있어서 둘은 극과 극을 달렸다.

그레인은 그 차이가 결사대의 균열을 야기할지도 모른다고 우려했다. 그럼에도 그레인은 맥스의 사고방식에 반발하지 않고, 그가 내려준 임무를 묵묵히 수행했다.

언젠가는 맥스가 마음을 바꾸리라 막연히 기대하면서.

그러나 맥스의 말대로 사람은 쉽게 바뀌지 않았다.

"네가 변하지 않는 이상, 목적지는 같을지 몰라도 너와 같은 길을 걸어갈 수 없다."

"결사대를 떠날 작정인가?"

맥스의 물음에 그레인은 대답 대신 뒤돌아서며 등을 보이는 걸로 응했다.

'이런 일이 벌어지기 전에 뭔가 했어야 했는데.'

결국 맥스와의 결별로 끝나 버리자, 그레인은 분노와 별개로 아쉬움을 감출 수 없었다.

좀 더 적극적으로 맥스의 의견에 반박했으면 어땠을까 하는 안타까움으로 이어졌지만, 한번 떠나기로 결심한 이상 미련을 둬봤자 아무런 의미는 없었다.

*   *   *

그레인은 거칠 것 없는 걸음으로 아지트 안을 가로질렀다. 그의 뒤를 맥스와 함께하기를 거부한 이들이 따라갔다.

아지트의 입구 부근에서 멈춰선 그레인은 자신과 함께 온 이들의 얼굴을 한 명씩 찬찬히 뜯어봤다.

이미 그와 함께하던 크루겐, 펠릭스, 베스티나.

그리고 발터와 이전에 만났던 다섯 명의 옛 동료들, 거기에 해적단을 이끌고 있는 드레이크와 그 부하들까지.

모두를 죽 둘러보던 그레인의 시선이 베스티나에게 머물렀다.

"베스티나, 정말 저를 따라와도 괜찮겠습니까?"

워낙 중요한 결정을 내린 터라, 혹시라도 타의로 자신과 함께한 이가 있다면 다시 한번 선택지를 제시하고 싶었다.

"잘 들어. 나는 결사대원이기 이전에 너에게 목숨을 구원받았어. 그런 내가 널 저버리는 선택을 할 거라 생각했어?"

그레인이 조심스럽게 말을 꺼낸 것과 반대로 베스티나의 대답은 단호했다.

"그걸 빌미로 당신의 선택을 강제하고 싶지 않습니다."

"그래, 강요하지 않았기에 나는 자의로 너와 함께하기를 택한 거야. 널 택한 다른 사람들도 마찬가지고."

"하지만 크로드는……."

그레인은 말끝을 흐리면서 베스티나와 정반대의 선택을 한 동료를 떠올렸다.

크로드는 베스티나처럼 그레인에게 구조받았지만, 결사대에 남는 쪽을 택했다.

"미안하다. 이 말밖에는 할 말이 없다."

막사 안에서 벌어진 일촉즉발의 상황에서 크로드는 맥스의 편을 들지는 않았다.

그러나 결사대원 이전에 스코트의 부하인 이상, 결사대에 남는 쪽을 선택한 스코트의 결정을 거스를 수는 없었다.

"그는 그고, 나는 나야."

"결사대에 남는 쪽이 앞으로 교단과의 투쟁에 훨씬 유리할 수 있습니다."

"그래봤자 앞으로 내 앞에 펼쳐질 건 지옥이잖아. 네가 한 말이라는 거, 잊어버렸어?"

"그랬… 죠."

"어차피 지옥을 걸어가야 한다면, 난 너와 함께하고 싶어."

멋쩍게 대답하는 그레인을 향해 베스티나는 미소를 지었다.

"아, 나는 잠시 어디 좀 들렀다가 올게. 알아서 마차로 돌아갈 테니 미리 가 있어."

크루겐은 왔던 길로 되돌아가더니 막사 사이를 바삐 움직이기 시작했다.

다시 마차 쪽으로 걸음을 옮기려던 그레인은 도중에 멈춰 섰다. 누군가 급히 그레인 쪽으로 달려오고 있었기 때문이다.

"기다려 주십시오!"

붉은 머리칼을 날리며 달려온 그는 그레인의 앞에 멈춰 서자마자 허리를 숙이며 거칠게 숨을 몰아쉬었다.

그레인과 맥스의 대치 상황에서 그 어느 쪽도 택하지 않았던 듀란이었다.

"정말… 결사대를 떠날 작정입니까?"

"어쩔 수 없어. 나와 맥스는 한배를 타기엔 너무 멀어졌어."

혹시나 품었던 기대가 완전히 무너지자 듀란은 어깨를 축 늘어뜨렸다.

땅바닥을 내려다보며 생각에 잠긴 듀란은 마음속으로 결심을 굳히고 고개를 들어 올렸다.

"그렇다면……."

"듀란, 너는 맥스 곁에 남아야 해."

그레인은 듀란의 말을 도중에 끊으면서 고개를 저었다.

"절 믿지 못해서입니까?"

"그런 의미가 아니야. 지금의 맥스를 그냥 놔둔다면 돌이킬 수 없는 길로 들어설지 몰라. 그를 옆에서 보좌해 주면서, 너무 먼 길로 가지 않도록 제어해 줄 사람이 필요해. 무슨 의미인지 알겠지?"

그레인의 부탁에 듀란은 하려던 말을 도로 삼키며 머뭇거렸다.

우두머리의 고집으로 인해 한 집단이 둘로 나뉘는 걸 허망하게 보고 있어야 하는 자신이 너무나 원망스럽기만 했다.

"영영 다시 만나지 못하는 건 아니겠죠?"

"비록 나는 결사대를 떠나지만, 교단의 섬멸이라는 목표만은 변함없어. 목표가 같은 이상, 언젠가 다시 만나게 되겠지. 서로 다른 길로 걸어가더라도."

"알겠습니다. 대신 결사대와 연락을 취할 일이 있다면 저를 통해서 해주십시오. 그 정도는 가능하지 않겠습니까?"

"알겠어."

끝내 그레인이 떠나는 걸 막지 못한 듀란은 그레인과 뜻을 함께하는 이들이 아지트 밖으로 걸어 나가는 광경을 지켜봐야만 했다.

여전히 미련이 남는지 제자리에서 선 채로, 멀어져 가는 그레인의 뒷모습에서 눈을 떼지 못했다.

*　　　　*　　　　*

"에르닌… 다시는 못 만나는 줄 알았어."

"나도 그랬어."

"정말 다행이야. 정말로… 흑흑."

두 소녀는 재회를 기뻐하며 서로 부둥켜안았다.

자신 대신 교단에 끌려간 에르닌이 안쓰러운지, 아딜나는 눈물을 멈추지 못했다. 그런 아딜나의 등을 에르닌의 작은 손이 부드럽게 쓰다듬었다.

"미안합니다. 좀 더 일찍 에르닌을 구할 수 있었다면……."

그레인은 아직까지도 에르닌을 '무사히' 구출하지 못했음에 미안함을 감추지 못했다. 메두사의 눈을 가리고 있는 검은색 안대를 볼 때마다 가슴이 쓰라렸다.

"아니에요. 에르닌을 구해줘서 진심으로… 정말로 고마워요."

목이 메어 제대로 말을 잇지 못했던 아딜나는 결국 에르닌의 품에 얼굴을 묻었다.

"괜찮아, 나는."

에르닌은 아딜나의 머리카락을 쓰다듬으며 애써 침착함을 유지했지만, 그러면 그럴수록 아딜나는 울음을 참느라 어깨가 들썩거렸다.

"어떻게 되었어?"

팔짱을 끼고서 마차에 기대고 있던 리카르도가 그레인에게 다가왔다.

"떠나기로 했어."

"결국 그렇게 되었구나. 휴우……."

"리카르도, 너는 어떻게 할 생각이지?"

"굳이 물어볼 필요 있어? 당연히 너와 함께해야지."

그레인의 어깨를 툭 건드린 리카르도는 아무 일도 없었다는 듯 마부석 옆으로 올라갔다.

"그레인 오빠, 나 때문에 결사대를 떠난 거야?"

에르닌이 눈을 동그랗게 뜨며 그레인을 올려다봤다. 대답을 기다리며 큰 눈을 깜박이는 에르닌을 향해 그레인은 고개를 가로저었다.

"맥스와 나는 목적은 같을지 몰라도, 발을 디딘 길은 서로 달랐어. 언젠간 벌어졌을 일이야. 너의 일이 계기가 되어 일찍 헤어졌을 뿐이니 너무 마음 쓰지 마."

"그래도……."

"그러니 자책할 이유는 없어. 에르닌, 너는 어디까지나 피해자야. 그 점을 잊지 마."

그레인은 에르닌의 머리를 쓰다듬었다. 평소라면 웃음을 지었을 에르닌의 얼굴에 그림자가 드리워졌다.

"부끄러운 모습을 보였군요."

가까스로 감정을 가라앉힌 아딜나가 손가락으로 눈물자국을 지웠다.

"괜찮습니다. 그런데 아딜나, 결사대에 지내는 동안 별다른 일은 없었습니까?"

'아딜나가 결사대에 지내는 동안 전생에 대해 말했는지도 몰라. 너무 급하게 떠나느라 그럴 가능성을 미처 염두에 두지 못했어.'

다행히 그레인을 대하는 아딜나의 태도에는 이전과 별 차이가 없었지만, 그래도 혹시나 하는 생각을 거두기 힘들었기에 돌려서 물어봤다.

"처음에는 절 경계하는 것 같았지만, 나중에는 모두 잘 대해줬어요. 특히 결사대의 대장이… 맥스라는 사람이었죠? 그 사람 옆에 있던 분이 절 많이 신경 써줬어요."

"렌, 말입니까?"

"네. 마치 친동생처럼 절 대해주서서 불편 없이 잘 지냈어요."

"혹시 저에 대해서는 아무런 말도 없었습니까?"

"렌과 이야기를 거의 매일 나눴지만, 당신에 대한 이야기는 들어본 적이 없었네요. 아, 지금 생각해 보니 제가 물어봐도 대답해 주지 않았어요."

그레인이 우려하던 일은 벌어지지 않았지만, 대신 아딜나에 대한 렌의 태도에 의아함을 거둘 수 없었다.

아딜나가 설명하는 렌은 그레인이 알고 있는 그녀와는 거리가 멀었다.

전생의 아딜나와 렌은 결사대에 소속되어 있었지만 그것 외에 특별한 접점은 없었다. 서로 어울리지 않았고, 각자 연인끼리만 주로 지냈다.

"뭔가를 암시하는 말도 없었습니까?"

"암시라면… 그런 말을 한 적이 있었어요. 슬픈 표정으로 말해서 유독 기억에 남았어요."

"나도 운이 없었다면, 너처럼 되었을지도 몰라. 아니다, 형태는 다르지만 이미 그렇게 되었을지도 모르고."

"그랬군요."

"무슨 의미인지 물어보려고 했지만, 워낙 슬픈 얼굴이라 더 이상 파고들 수는 없었어요. 결사대원도 아닌 절 잘 대해준 이유도 여전히 모르겠고요. 아마 에르닌을 걱정하는 제 모습이 안쓰럽게 보여서가 아니었을까요?"

아딜나의 물음에 그레인은 대답할 수 없었다.

아니, 절대로 대답해서는 안 되는 질문이었다.

굳은 표정으로 가만히 있는 그레인에게 아딜나는 더 물어보지 못하고 에르닌에게 다가갔다. 그의 고심하는 표정에 리카르도는 말고삐를 붙들고만 있었다.

'잠깐, 그러고 보니…….'

분노에 휩싸일 당시에는 느끼지 못했던 이질감을 그레인은 뒤늦게 알아챘다.

모든 결사대원이 아지트에 모여 있었다. 해적단을 이끌며 반쯤 독립적으로 움직이던 드레이크마저도.

"드레이크, 결사대원 전원이 이곳에 소집된 게 맞나?"

"맞아."

"혹시 특별한 지시라도 내렸었나?"

"그건 아닌데? 그냥 급히 모이라는 통보를 받고 왔고, 와서도 딱히 명령을 내리거나 하진 않았어."

"무슨 의도였지?"

"글쎄? 나도 모르겠어."

맥스 본인에게 물어보지 않는 이상, 풀기 어려운 의문.

그러나 그레인이 맥스와 이야기를 나눌 기회는 더 이상 없었다. 적어도 현시점에서는.

"늦어서 미안!"

크루겐이 헐레벌떡 마차에 도착하면서 무언가를 품에서 꺼냈다.

"그건 뭐지?"

"결사대를 떠나기로 한 이상, 우리들이 가져온 건 챙겨가야지. 안 그래?"

검은색 보자기에 싸인 물건을 짐칸에 실은 크루겐은 한 명씩 인원을 세며 숫자를 확인한 뒤 모두 짐칸에 올라타라고 손짓했다.

자신을 뺀 전원이 탑승한 걸 확인한 크루겐이 맨 마지막으로 짐칸에 올라탔다.

"사실 일이 무난히 해결되길 바랐지만, 아무래도 무리였지?"

"크루겐, 역시 내가 참았다면……."

"아냐. 지금이 아니면 돌이킬 수 없을 지경까지 치달았을 거야. 어차피 여기엔 너와 같은 뜻을 가진 사람들만 모였어. 스스로 내린 결정을 후회하지 마."

"알고는 있지만……."

현생에 다시 결성된 결사대에 그들이 합류한 이후, 흘러간 시간은 고작 1년 정도.

이렇게 짧은 시간 만에 벌어진, 전생에는 없었던 결사대의 분열에 둘의 마음은 착잡하기만 했다.

"그래도 아무도 피를 보지 않아서 다행이야. 솔직히 나는 한두 명 정도는 죽을 거라 예상했거든. 뭐, 그랬다면 듀란과 연락을 취하기엔 무리겠지."

"듀란과 따로 이야기를 했어?"

"그런 건 아니고, 아까 나와 스쳐 지나갔잖아? 너희들에게 그런 부탁을 했을 거라 추측한 거야. 우리들이 알고 있던 듀란이라면 그렇게 할 거라 생각했거든."

맥스의 방침을 받아들일 수 없어 떠나는 쪽을 택했지만, 그레인과 크루겐은 결사대에 대한 미련을 완전히 떨쳐내지는 못했다.

그래서였을까, 막상 그 누구도 출발하자는 말을 꺼내지 않았다. 그렇게 10여 분이 지난 후에야 그레인은 마부석 쪽으로 몸을 내밀면서 손짓했다.

"리카르도, 출발하자."

"알았… 잠깐, 누군가 또 오는데?"

리카르도가 말고삐를 내려치기 직전, 아지트에서 누군가가 급히 뛰어왔다.

"당신은?"

전혀 예상 밖의 인물이 나타나자, 그레인은 믿을 수 없다는 눈으로 그녀를 내려다봤다.

"저도 같이 갈 수 있을까요?"

"진심입니까?"

"네."

그 어떤 일이 있어도 맥스 곁에 남을 거라 생각했던, 맥스와 전생에 연인 사이였던 델리아.

그런 그녀가 지금 그레인과의 합류를 원하고 있었다.

＊　　　＊　　　＊

지휘 막사가 있던 자리에 홀로 남겨진 책상.

여전히 책상에 팔을 대고 앉아 있는 맥스는 고뇌에 가득한 얼굴로 입을 다물었다.

그레인을 따라 떠난 이들이 있는 반면, 여전히 결사대에 남기를 선택한 자들도 있었다.

그러나 지금 맥스의 곁에 있는 이들은 렌과 파르티온, 단둘뿐이었다. 나머지 인원은 멀어져 가는 그레인의 마차를 보면서 침묵을 지킬 뿐이었다.

"맥스, 나는 널 떠나진 않겠지만… 솔직히 말하면 네가 내린 결정이 예전부터 탐탁지 않았어."

그레인이 떠난 방향을 바라보는 렌의 얼굴은 착잡함 그 자체였다.

맥스는 팔꿈치를 책상 위에 대고 깍지 낀 두 손을 이마에 가져갔다. 다른 이들과 달리 그의 시선은 아래를 향하고 있었다.

"그래, 에르닌이라는 애는 전생에 우리들과 관련 없으니 그렇다고 쳐도, 42호는 아니잖아? 다행히 하이브리드가 되기 전에 탈출해서 망정이지, 42호까지 하이브리드가 되었다면 아까처럼 끝나진 않았을 거야."

맥스와 그레인이라는 두 선택지.

결사대원들에게 선택이 강요되었던 그 상황에서 만약 한 방울의 피라도 흘렸다면 그레인은 절대 조용히 물러서지 않았을 것이다.

당시에는 여유롭게 대처하는 척했지만, 긴장이 풀린 렌의 로브 안쪽은 완전히 땀투성이였다.

"미안, 지금은 아무 말도 하고 싶지 않다."

"맥스!"

"미안."

맥스는 같은 대답을 반복하며 렌과의 대화를 거부했다.

"그 여자가 왜 널 떠났는지 모르겠어? 모르겠냐고! 바로 그런 부분 때문이야!"

화가 단단히 난 렌은 인상을 찌푸리며 자리를 떠났고, 맥스의 옆에는 파르티온만이 서 있었다.

'그 손을… 놓지 않았어야 했나.'

맥스는 깍지를 풀고선 오른손을 얼굴 가까이 가져갔다. 델리아가 그의 손을 거두면서 했던 말이 뇌리에 맴돌았다.

"맥스, 당신은 저에게 있어서 생명의 은인이 분명해요. 그 점에 대해서는 지금도 고마울 따름이에요. 하지만 목적을 위해서라면 동료의 옛 연인마저 이용할 생각을 하는 당신이 무서워요. 그런 식으로 저도 버릴 수 있을지 모른다는 생각까지 미치니… 너무나 두려워서 도저히 견딜 수가 없었어요. 저는 전생의 당신이 어떤 사람인지 알지 못해요. 그러나 현생의… 아니, 지금의 당신은 벤트 섬에서 만났던 그때의 맥스가 아니에요. 당신은 변했어요."

그레인이 떠난 이후, 막사에 남아 있던 델리아는 자신의 심정을 솔직히 토로했다.

맥스는 그 어떤 변명도 하지 못하고 그저 침묵했고, 지금도 마찬가지였다.

"그러나 당신이 이 손을 놓지 않는다면 당신을 떠나지 않겠어요."

델리아의 마지막 말에 맥스는 그녀의 왼손을 붙들고 있던 오른손에 힘을 주었다.

그러나 그것도 잠시, 힘이 빠진 맥스의 손가락 사이로 델리아의 손이 빠져나왔다.

그리고 델리아는 맥스를 떠났다.

평소 같으면 은혜를 모르고 떠날 거냐며 델리아를 욕했을 렌조차도 그때만은 침묵을 지켰다.

"교단의 섬멸을 위해서라면, 나는 그 어떤 선택도 마다하지 않겠어."

맥스는 고든의 숨을 자신의 손으로 끊은 이후부터 '그'만의 길을 걷기 시작했다.

그리고 오늘, 그만의 길을 걸어간 대가를 처음 치르게 되었다.

"하지만 내가 치러야 할 것들은… 아직도 많이 남아 있겠지."

제7장
아버지의 분노

카르디어스 신성력 1399년 9월 12일.

그레인 일행을 태운 마차가 허허벌판을 질주했다.

이전 결사대의 임무를 수행 중일 때나, 에르닌을 구하러 갔을 때와 달리 긴장감은 덜했지만 침체된 분위기가 이어졌다.

유혈 사태는 벌어지지 않았지만, 서로를 향해 무기를 겨눌 만큼 의견 차이를 확인한 이상 우울한 기분을 쉽사리 떨쳐내기엔 무리였다.

결사대를 떠난 그들에겐 더 이상의 연고지는 없었다. 한참을 고민한 결과 에르닌을 무사히 포르테가에 데려다준 뒤에 생각하기로 모두가 합의했다.

그러나 그들은 바로 베릴란트 성을 향하진 않았다. 대신 포르테 가문이 베릴란트 왕국에 정착하기 전, 렌딜이 머물렀던 마탑으로 가는 중이었다.

다들 생각이 많아서인지 서로 별다른 이야기를 주고받지는 않았지만, 그들의 시선은 한 명에게 집중되었다. 그레인이 실과 바늘로 토끼 인형의 뜯어진 부분을 꿰매는 장면은 절대 쉽게 볼 수 없었기에.

"다 되었어."

그레인은 토끼 인형의 팔 부분을 가볍게 잡아당기며 잘 꿰매졌는지 확인한 후 에르닌에게 건네줬다.

에르닌은 인형을 가슴에 품더니 양팔로 꼭 안았다. 몇 년 전, 고아원에서 그레인이 토끼 인형을 고쳐줬을 때를 떠올리며 작게 미소 지었다.

"정말 이걸로 충분해?"

"오빠는 나를 구해줬잖아. 뭔가 해줘야 하는 쪽은 사실 오빠가 아니라 나야. 하지만 계속 미안해하는 눈치다 보니……."

맥스가 델리아를 통해 추진하던 연구 중 하나는 하이브리드를 다시 인간으로 되돌리는 비법.

그러나 어디까지나 진행 중이었고, 완성된 것이 아니다.

어쩌면 영원히 하이브리드로 살아야 할지 모르는 에르닌을 보며 그레인은 지금 자신이 해줄 수 있는 게 있다면 뭐든지 해주겠다고 말했다.

하지만 돌아온 대답은 전혀 예상 밖이었다.

"이걸 고쳐줘. 예전처럼."

에르닌은 소중히 안고 있던 토끼 인형을 그레인에게 건네면서 부탁했다.

다소 조잡하게 꿰매긴 했지만, 참으로 오래간만에 에르닌의 미소를 보고 있다니 무거웠던 마음이 다소 가벼워진 듯했다.

'그랬지, 저 인형은 너에겐 각별한 의미겠지.'

고아원을 떠난 이후, 다시는 이어지지 않을 거라 여겼던 에르닌과의 인연은 다시 이어졌다.

뜯어졌다가 다시 이어진 인형의 실밥처럼.

그러나 그레인은 에르닌이 자신과 똑같은 운명이 되기를 바라진 않았다.

'너를 이 운명에서 벗어나게 할 날이 빨리 왔으면 좋겠지만… 지금 당장은 무리겠지.'

애써 떨쳐냈던 부담감은 다시 그레인을 덮쳤고, 그의 시선은 토끼 인형에 머문 채로 고정되었다.

"잉? 여기 맞아? 아무것도 없잖아?"

크루겐은 지도를 펼쳐 들더니 그동안 이동한 경로를 손가락 끝으로 죽 그었다.

에르닌이 그려준 지도에 큼지막하게 'X' 표시가 된 곳은 분명 마차가 멈춰선 이곳이 맞았다. 그러나 당연히 있어야 할, 하늘을 향해 높이 솟아오른 마탑은 그 어디에도 보이지 않았다.

"꼬마 아가씨, 여기 진짜 맞아?"

"잠깐만."

마차에서 내린 에르닌은 왼쪽 눈을 감고 주위를 둘러봤다. 어둠으로 점철된 그녀의 시야에 자그마한 빛들이 왼쪽 구석에 몰려 있었다.

에르닌은 눈을 감았다 뜨기를 반복하며 빛이 모인 곳으로 걸음을 옮겼다.

"여기네."

지면에 양손을 갖다 댄 에르닌이 주문을 읊기 시작했다.

처음에는 천천히 움직이던 입술이 시간이 흐를수록 빨라졌다. 에르닌을 중심으로 떠오른 마법진이 점점 커지면서 지면 위에서 회전하기 시작했다.

"저, 저거였어?"

마부석에 앉아 있던 크루겐이 휘둥그레 눈을 뜨고는 에르닌 앞에서 솟아오른 건물을 올려다봤다.

거센 소용돌이가 몰아치더니, 그 중심에서 마법으로 감춰져 있던 거대한 마탑이 모습을 드러냈다.

그레인 일행은 전원 마차에서 내리더니 감쪽같이 숨겨져 있던 마탑을 응시했다. 고개를 거의 지면과 수직이 될 정도로 들어 올려도 마탑의 꼭대기 층이 보이지 않을 정도였다.

"베릴란트 성에 있는 것과는 비교조차 안 될 정도로 크군."

"저 구름 너머까지 뻗어 있다는 게 믿기질 않아. 베릴란트 성에서 본 것보다 큰 마탑은 없을 거라 여겼는데, 오래 살고 볼 일이야. 정말."

전생에는 결사대와 교단, 그 어느 쪽의 손도 들어주지 않았던 대마법사 렌딜.

뒤늦게 포르테가의 숨겨진 진면모를 접하게 된 그레인과 크루겐의 표정은 미묘했다.

"그레인 오빠, 이곳이 아빠의 진짜 마탑이야. 여길 방문하는 건 세 번째고."

"언제부터 있던 거지?"

"포르테 가문이 대륙으로 넘어올 때 지었던 거래. 몇백 년은 되었을 거야."

"몇백 년이라……"

그레인은 손바닥을 펼쳐 숫자를 세다가 이내 포기했다.

회귀하기 이전과 이후의 나이를 합해도 100년이 되지 않는다. 수십 번 회귀하지 않는 이상 거쳐 갈 수 없는 기나긴 시간의 유산이 바로 가까이 있음에 모두들 혀를 찼다.

"에, 에르닌 아가씨? 아가씨 맞죠?"

마탑의 입구에서 누군가가 급히 뛰어나오며 에르닌의 이름을 외쳤다.

오래간만에 만나는 얼굴에 에르닌은 입가에 미소를 머금었다.

"트리아나……"

*   *   *

"아가씨! 정말, 정말로 돌아오셨군요!"

에르닌의 직속 하녀 트리아나는 에르닌을 가슴에 껴안았다.

뒤이어 집사 플로이드가 허겁지겁 달려오더니 트리아나에게 안긴 에르닌을 보고 안도의 한숨을 내쉬었다.

그는 외눈 안경을 고쳐 쓰면서 에르닌을, 그리고 그녀의 뒤에 모인 이들의 얼굴을 하나씩 찬찬히 뜯어봤다. 처음 보는 이들이 대다수였지만, 절대 잊을 수 없는 얼굴이 하나 있었다.

"전하, 오래간만에 뵙습니다."

"나야말로, 플로이드 경."

"행방불명된 이후, 전하에 대해 많이 걱정했습니다."

"나에 대해 여러 이야기가 떠돌아다녔겠군."

"입에 담기조차 꺼려지는 소문까지 돌았습니다. 물론 저는 직접 보고 겪은 것만을 믿습니다. 그나저나 미리 연락을 주셨다면 마중을 나갔을 텐데……."

"사정이 있어서 그랬다. 그리고 지금은 내가 아니라 저 아가씨의 문제부터 해결해야 할 거다."

"문제… 말입니까?"

펠릭스의 말에 플로이드는 에르닌의 얼굴을 유심히 살펴봤다.

전에 없던, 정상적인 몸이라면 있을 필요가 없는 무언가가 눈에 띄었다.

"트리아나, 몸은 이제 괜찮아?"

"네, 하지만 그때 억지로라도 아가씨 옆에 있었어야 했어요. 그랬다면 아가씨가 험한 일도 겪지 않으셨을 테고⋯ 잠깐? 오른쪽 눈에⋯ 설마!"

에르닌의 안대를 이제야 알아챈 트리아나가 소스라치게 놀라며 양손으로 입을 가렸다.

"다친 건 아냐. 대신 남들 앞에선 안대를 벗을 수 없게 되었어."

"무슨 의미예요?"

"아빠는 안에 계시지? 아빠를 만나면 모두 설명할게."

*　　　　*　　　　*

"에르닌!"

마탑 1층에서 기다리고 있던 렌딜이 딸의 이름을 부르짖었다.

영영 다시 볼 수 없을지도 몰랐던 딸.

딸이 교단에 납치되었다는 소식을 들은 그날부터 매일 밤잠을 설치며 다시 만날 날만을 학수고대했다.

처음에는 다친 곳 하나 없이 무사히 돌아가기를 바랐다. 그다음 날에는 어딘가 다치더라도 자신에게 다시 돌아올 거라고 믿었다.

시간이 흘러갈수록 초조함은 깊어져만 갔고, 급기야는 어디에 있든 간에 살아 있기만 바란다며 기대치를 낮췄다.

"정말로… 돌아왔구나."

맨 처음 기대했던 그 모습으로 돌아온 딸을 보며 눈물을 글썽거렸다.

렌딜은 평상시처럼 자신에게 쪼르르 달려와 안길 거라 생각하고 양팔을 벌렸다. 그러나 에르닌은 다가가지 않고 한 걸음 뒤로 물러섰다.

"아빠, 미안해."

에르닌은 원래 있어야 할 물건이 없는 텅 빈 홀더를 매만졌다.

"마력총이 박살 났어."

"지금 그따위 물건이 뭐가 중요하냐! 네가 무사히……."

에르닌의 앞머리를 뒤로 넘기던 렌딜의 손이 멈췄다.

앞머리에 가려져 있던 검은색 안대를 본 렌딜은 더 이상 말을 잇지 못했다.

'돌아온 것만으로도 충분하단다'라는 말이 입안에서만 맴돌 뿐이었다.

"무사히……."

렌딜은 손을 천천히 아래로 오른쪽 눈에 씌워진 검은색 안대를 더듬었다.

"에르닌, 어찌 된 일이냐? 이 안대는?"

"아빠……."

"혹시 오른쪽 눈에 부상이라도……."

"제가 설명하겠습니다."

에르닌 옆으로 다가온 그레인은 심호흡을 크게 했다. 애써 침착함을 유지하려고 애쓰는 렌딜의 얼굴이 반대로 두려움을 안겨주었다.

마른침을 삼킨 그레인은 담담한 어조로 에르닌이 어떤 일을 겪었는지 이야기했다.

왜 교단이 에르닌을 노렸는지.

성수가 구체적으로 어떤 효력을 지녔는지.

하이브리드가 교단에서 어떤 존재로 인식되는지에 대해서 등등.

그레인이 에르닌을 찾았을 당시에는 이미 하이브리드가 된 이후였다는 설명으로 이어지자, 슬픔과 분노에 이어 안타까움이 렌딜을 지배했다.

"그리고……."

그레인은 알리지 말까 여러 번 고심했던 내용을 털어놨다. 드리콜린을 통해 두 소녀가 위험하다는 보고를 받았지만, 결사대의 수장 맥스는 다른 이들에게 알리지 않았다는 사실을.

설명을 듣는 내내 렌딜은 아래로 내린 두 손을 꽉 주먹 쥐고 있었다. 전신을 부들부들 떨면서도 그의 귀는 그레인의 이야기를 듣고 있었고, 눈은 에르닌의 안대를 응시했다.

"메두사의 눈을… 이식했다고?"

"네."

"교단이? 내 딸에게?"

렌딜은 도무지 믿을 수 없다는 눈으로 그레인을 바라봤다.

그러나 그의 표정은 절대 거짓이 아니라고 말하고 있었고, 렌딜은 사실인지 아닌지 직접 확인하기로 결심했다.

"아, 아빠?"

에르닌은 다급히 렌딜의 팔을 붙들었지만, 그는 심하게 경련하는 손으로 안대를 벗겨냈다.

"나를 보렴, 딸아."

에르닌은 옆으로 고개를 돌리려고 했지만, 렌딜은 그런 에르닌의 얼굴을 붙잡고 정면을 바라보게 했다.

"날 보면 안 돼. 안 돼……."

에르닌의 의지와 상관없이 발휘되는 능력, 사안(邪眼)이 렌딜을 덮쳤다.

그녀는 눈을 감으려고 했지만, 아직 코어의 힘을 제대로 다룰 수 없는 에르닌에게는 불가능한 일이었다.

"아빠……."

"나는 괜찮단다. 보렴."

보통 사람이라면 순식간에 돌로 변해 버렸을 코어의 힘을, 렌딜은 전신을 마나로 감싸 견뎌내는 중이었다.

억지로 미소를 짓는 아빠의 표정에 에르닌의 오른쪽 눈 아래로 눈물이 흘러내렸다.

"하지만 너는 이제 앞으로 다른 이들을 두 눈으로 볼 수 없게 되었구나."

렌딜은 다시 안대를 씌운 뒤, 두 팔로 에르닌을 안아서 들어올렸다.

그 누구도 입을 열 수 없는 무거운 분위기가 1층 안에 감돌았다. 렌딜의 표정은 그 어느 때보다 인자했지만, 몸 안의 마나가 감정에 이끌려 걷잡을 수 없이 요동치고 있었다.

"렌딜 님! 아가씨를 보호하지 못한 저의 죄 때문입니다! 그때 제가 몸 관리만 잘했다면……."

에르닌과 동행하지 못한 일에 내내 마음에 걸렸던 트리아나가 무릎을 꿇었다.

"트리아나! 너는 하나도 잘못한 게 없어! 오히려 잘못한 건 내 쪽이지! 아가씨를 놔두고 도망쳤잖아!"

리카르도는 트리아나를 억지로 일으켜 세우더니 렌딜을 향해 바짝 몸을 숙였다.

급기야는 집사인 플로이드마저 허리를 지면과 거의 수평이 되도록 굽혔다.

"어, 이거 분위기가……."

크루겐은 주위를 두리번거리며 자신도 무릎을 꿇어야 하나 갈등했다. 그러나 갈등하기에 앞서 이미 행동으로 옮기는 이도 있었다.

"렌딜 님, 이번 일을 제가 제때 알았다면……."

"그럴 필요 없네."

그레인이 한쪽 무릎을 꿇으려는 순간, 렌딜은 오른손을 내밀며 제지했다.

"알고… 있다네."

렌딜은 감정을 억누르며 안대 아래로 흘러내린 에르닌의 눈물을 닦아냈다.

"이 자리에 있는 누구에게도 책임이 없다는 것을. 오히려 자네들은 내 딸을 구해준 이들이지. 하지만, 하지만! 눈에 넣어도 하나도 아프지 않을 내 딸이… 에르닌이… 이렇게 되어버렸다네. 이 분노를 누구를 향해 풀어야 하는가? 알려주게!"

"그것은……."

대답을 망설이던 그레인에게 렌딜은 오른손을 내밀었다.

"그래, 그랬지. 나는 비겁한 아버지라네. 이미 나온 답을, 아무 잘못도 없는 그대들에게 물어보려고 했으니."

렌딜의 손이 그레인의 어깨를 토닥거렸다.

"딸을 구해줘서 고맙네. 그리고 미안하네. 우선 자네들에게 감사부터 표했어야 했는데, 나도 어쩔 수 없는 한 아이의 아버지인가 보네."

분노, 슬픔, 안타까움, 그리고 고마움.

여러 감정이 가슴속에서 뒤엉켰음에도 렌딜은 딸을 구해준 은인에 대한 감사를 잊지 않았다.

'그래, 이제는 말해야 할 때야.'

그레인과 다른 동료들처럼 하이브리드가, 그리고 시련을 받지 않는 몸이 되어버린 에르닌.

교단은 에르닌을 절대 쉽게 포기하지 않을 것이다. 그렇다면 교단이 어떤 존재이며, 하이브리드가 진정으로 어떤 존재인지 알려줘야 한다.

본의 아니게 운명의 소용돌이에 휘말려 든 부녀의 미래를 위해서라도.

"렌딜 님, 이번 일에 대해 아직 알려 드리지 못한 것이 있습니다."

"그게 무언가?"

"되도록 아는 사람이 적어야만 하는 이야기입니다. 그래서 전 렌딜 님을 포함해 에르넌에게도 아직 알리지 않았습니다. 영영 알릴 필요가 없기를 바라기도 했습니다."

"하지만 이젠 알려야만 하는 상황이 되었다, 이거로군."

"네, 자리를 따로 마련해 주셨으면 합니다. 그리고……."

그레인은 도중에 말을 멈추며 뒤돌아섰다.

같이 온 일행 중, 아딜나에 그의 시선이 머물렀다.

"역시 제가 들으면 안 되는 이야기인가요?"

아딜나는 안타까워하며 그레인의 대답을 기다렸다.

그러나 이미 반쯤 포기한 상태였다. 예전에 몇 번 겪었던, 자신만 대화에서 제외되던 느낌을 그레인의 표정에서 읽었기 때문이었다.

"네. 죄송합니다."

*　　　　*　　　　*

순간 이동용 마법진을 통해 그레인 일행이 도착한 마탑의 최상층.

이전에 봤던 렌딜의 연구실과는 규모부터가 달랐다. 책장에는 수천여 권의 서적이 촘촘히 꽂혀 있었고, 찬장의 유리창 안쪽에 온갖 시약들이 진열되어 있었다.

그러나 넓은 공간을 연구실로 썼던 흔적이 남아 있을 뿐, 최근에 사용된 것 같지는 않았다. 제멋대로 방치된 플라스크와 시험관 안에는 정체를 알 수 없는 액체가 말라붙어 있었고, 대부분의 가구에는 먼지가 두껍게 쌓여 있었다.

"이곳은 수십 년 전만 하더라도……."

렌딜은 낡은 종이 몇 장이 놓인 실험대 위를 더듬었다.

"수많은 제자가 모여 마법을 연구하던 곳이었지."

손끝으로 먼지를 훑어낸 렌딜의 말에는 착잡함이 묻어나왔다.

"지금은 렌딜 님 말고 아무도 없는 것 같습니다만."

"내가 연구에만 몰두한 사이, 제자들끼리 제멋대로 파벌을 만드는 것으로도 모자라 지식을 빌미로 많은 이에게 거금을 챙겼더군. 제자들을 믿고 연구에 몰두하는 사이, 이곳은 더 이상 연구를 위한 곳은 아니게 되었네. 그래서 모조리 파문시켰지."

한때 열정을 가지고 마법에 대해 심도 깊게 토의하던 렌딜의 수제자들은 현재 단 한 명도 그의 곁에 남지 않았다.

세상에 대해 환멸을 느끼고 단독으로 마법 연구에 몰두하던 렌딜.

그러던 그에게 수양딸 에르닌과 딸의 친구 아딜나는 각별한 존재였다. 이미 한번 제자들에게 배신당했던 그였지만, 이번에야말로 자신이 터득한 모든 것을 두 소녀에게 맘껏 베풀어주리라고 결심했었다.

그런 두 소녀를 위험에 빠뜨린 교단을 렌딜은 절대 용서할 수 없었다.

"이런, 나도 모르게 회상에 빠져 버렸구먼. 사정을 모르는 사람들에겐 그저 노인네의 푸념밖에 되지 않을 텐데 말이야."

"저희들에게 과거의 회상은 일상이나 마찬가지입니다."

그레인의 대답에 렌딜은 눈을 빤히 뜨더니, 자신을 바라보는 이들의 얼굴 모두를 한 명씩 뜯어봤다.

"그 나이에? 그러고 보니 자네뿐만 아니라, 새로이 온 젊은이들도 뭔가 사연이 깊어 보이는 얼굴들이로군. 다들 자네 나이 또래라는 건 분명한데, 알 수 없는 그림자가 드리워진 느낌이야."

"앞으로 제가 할 말로 모두 설명될 겁니다."

그레인은 뒤를 돌아보더니 다시 한번 인원을 확인했다.

다들 회귀를 겪었거나 전생에 대해 알게 된 이들이었다. 예외는 렌딜과 에르닌 단둘뿐이었고, 아딜나는 다른 방에서 홀로 기다리는 중이었다.

렌딜을 만나기에 앞서, 그레인은 자신을 따라온 옛 결사대원들과 이야기를 나눴다.

이젠 자신들과 같은 운명이 된 에르닌과 그녀의 아버지 렌딜에게 현생의 진실만을 밝힐 것인가.

아니면 진실 안쪽에 감춰져 있는 전생의 이야기까지 고백할 것인가에 대해.

아딜나와 에르닌이 잠든 이후 시작된 이야기는 다음 날 동이 틀 때까지 계속되었고, 수많은 이야기가 오고 간 끝에 결론이 나왔다.

어떤 선택을 할지는 그들을 이끌고 있는 그레인에게 맡긴다는 쪽으로.

'아마 쉽게 받아들이지는 않겠지.'

펠릭스와 베스티나의 경우 같이 오랫동안 시간을 보낸 덕분에 예상보다 말이 잘 통했다.

그러나 에르닌과 렌딜은 그 둘과 경우가 다르다. 어쩌면 얼토당토않은 거짓말로 치부될 가능성이 다분했다.

'힘들긴 하겠지만, 결정을 내린 이상 망설여서는 안 돼.'

그레인은 머릿속에서 어떤 식으로 설명할 것인지 잠시 정리하고 마음을 굳혔다.

'그러면 시작해 볼까. 그 전에……'

이야기를 시작하기에 앞서 그레인은 이 방에 있는 자들 말고는 그 누구도 알아서는 안 되는 내용이라며 신신당부했다. 방 안의 이야기가 밖으로 새어 나가지 못하는 마법을 렌딜에게 구현해 달라고 부탁했다.

"자, 됐네. 할 이야기는 뭔가?"

기다란 실험대를 사이에 두고 한쪽에는 렌딜과 에르닌이, 반대편에는 그레인과 뜻을 함께하는 전 결사대원들이 앉아 있었다.

"렌딜 님."

그레인은 마른침을 꿀꺽 삼킨 뒤 말을 이어나갔다.

"저와 크루겐, 그리고 저를 따라 이 방에 있는 이들 모두 는……."

*   *   *

이야기를 마친 그레인은 물 컵을 들어 올려 단숨에 비웠다.

실험대 위에 놓인 텅 빈 물병들만 셋. 이야기하면서 그레인 이 틈틈이 물을 마셔 비워진 숫자였다.

"휴우……."

마른 목을 축인 그레인은 렌딜을 바라봤다.

전생과 현생으로 이어지는 기나긴 이야기가 끝난 이상, 남은 것은 렌딜이 어떤 반응을 보이느냐의 문제다.

'그런데 묘하군.'

팔짱을 끼고서 생각에 잠긴 렌딜은 의외로 담담한 얼굴이었 다.

놀라거나, 화를 내거나, 어이없는 표정을 짓는 등의 일반적인 반응과는 거리가 멀었다.

"흐음……."

입을 연 렌딜은 고개를 옆으로 돌리더니 책장을 바라봤다.

"그 마법이 실존했을 줄이야."

"네?"

"이미 알고 계셨어요? 시간 회귀술의 존재를?"

오히려 당황하는 쪽은 이야기를 꺼낸 그레인과 크루겐이었다.

"설명보다는 이걸 보여주는 쪽이 더 빠르겠군."

자리에서 일어난 렌딜은 아까 바라보던 쪽의 책장으로 걸어갔다. 두꺼운 책을 서너 권 꺼낸 뒤 드러난 빈 공간에 손바닥을 가져갔다.

그러자 빛이 피어오르더니 책장이 양옆으로 갈라지면서 안쪽에 숨겨져 있던 공간이 모습을 드러냈다.

그 안에서 렌딜이 꺼낸 건 한 권의 낡은 책이었다. 특이하게도 쇠사슬에 둘둘 감겨 있었고, 표지 가운데 자물쇠가 달려 있었다.

"포르테 가문이 다른 대륙에서 온 가문이라는 걸 자네들도 알고 있나?"

"네."

"내 가문이 프라디나스 대륙에 있었을 때부터 대대로 내려온 책이라네. '베이그란트의 서'라 불렸지."

렌딜은 품에서 열쇠를 꺼내 자물쇠를 열었다.

딸깍.

모두의 침묵 속에서 책장을 넘기는 소리만이 들려왔다.

"원래는 다른 용도로 쓰였던 것 같은데, 언제부터인가 가문의 역대 가주들이 겪어왔던 역사적 사실을 기록하는 걸로 사용되었지. 이곳이 아닌 타 대륙의 역사가 대부분이겠지만."

혹시라도 찢어질까 페이지를 조심스럽게 넘기던 렌딜의 손이 순간 멈췄다.

"이 부분을 읽어보게."

렌딜은 그레인이 읽을 수 있도록 베이그란트의 서를 반 바퀴 돌렸다.

렌딜의 손가락이 가리킨 부분을 찬찬히 읽던 그레인의 눈이 깜박거렸다.

"이 내용, 사실입니까?"

"자네가 말한 내용 역시 마찬가지 아닌가?"

"그래도 이 정도일 줄은 몰랐습니다."

"그레인, 도대체 무슨 내용이기에 그래?"

크루겐의 독촉에 그레인은 아까 렌딜이 손가락으로 가리켰던 부분을 읽기 시작했다.

"…미래에서 과거로 돌아오는 회귀, 타인의 육체로 영혼을 전이, 이계에서 생명체를 소환……."

"어? 뭐야? 회귀 말고도 이런 마법들도 있었나?"

"영혼 전이? 이계 소환? 진짜야?"

"나, 나도 보자고!"

순간 그레인 일행 전원이 실험대에 바짝 붙더니, 믿기지 않는 내용이 적힌 페이지를 뚫어져라 살펴봤다. 시간 회귀술 말고도 세상을 크게 바꿀 수 있는 방법이 두 가지나 더 있다는 문구에 모두 놀라지 않을 수 없었다.

"하지만 이런 방법들이 있다는 언급만 있을 뿐, 정작 어떤 식으로 그 방법들을 구현하는지는 적혀 있지 않네."

베이그란트의 서를 자신 쪽으로 도로 돌린 렌딜은 다시 페이지를 하나씩 넘기기 시작했다.

"아마도 그런 방법에 함부로 손을 대지 말라는 의미를 담아, 일부러 누락시켰다고 생각하네. 그리고 그 방법을 써야 할 정도로 절실한 입장이라면 직접 찾으라는 의미이기도 하겠고. 절실하지 않은 상황에서 쓰이기엔 너무 위험한 수단들이니."

지금 렌딜이 읽고 있는 부분은 앞서 말한 세 가지 방법이 어떤 식으로 구현되는지에 대한 설명이었다. 그러나 시도하는 방식이나 과정에 대해서는 단 한 줄도 설명되지 않았다.

"하지만 내가 알고 있는 회귀 마법은 자네들이 말한 것처럼 다수에게 적용되는 식이 아니었네. 아마도 마법의 발전 때문이겠지. 뭔가… 이런 식의 발전은 너무나 가혹하구먼."

가혹하다는 렌딜의 표현에 그레인은 고개를 끄덕거렸다.

단 한 명이 회귀함으로서 수많은 이의 운명이 뒤틀리고 예정된 미래에서 벗어나게 된다.

만약 회귀한 이들이 수십 명에 달한다면, 회귀로 인해 벌어지는 변화는 더욱 커지게 되고 급기야 혼돈으로 치닫게 된다.

실제로 결사단의 회귀로 인해 벌어진 변화는 전생에 비하면 충분히 혼돈에 가까웠다.

"물론 나는 아직도 자네들이 말한 걸 모두 믿을 수는 없다네. 쉽게 받아들일 이야기가 아니니 더더욱."

"회귀에 대해 이미 알고 계신대도 말입니까?"

"어떤 사실을 알고 있는 것과 그걸 믿는 건 서로 다른 이야기이니까. 나는 조상님들이 적은 내용이라고 무조건 받아들이는 사람은 아니네."

아무것도 적혀 있지 않은, 현 가주가 작성해야 하는 빈 페이지에 도달하자 렌딜은 베이그란트의 서를 덮었다.

"그럼에도 회귀라는 수단 자체가 이 책 말고 다른 이들의 입에서 거론될 정도라면 신빙성은 높아지지. 무엇보다, 자네 둘을 오랫동안 봐온 건 아니지만 이런 상황에서 얼토당토않은 말을 꺼낼 정도로 생각 없는 인간이라고 보지는 않네."

"잉? 저희들요? 뭐, 그렇게 봐주시면 좋지만······."

크루겐은 손가락으로 자신을 가리키며 눈을 깜박거렸고, 그레인은 평상시처럼 무뚝뚝한 얼굴을 할 뿐이었다.

"그리고 자네들이 회귀했다는 사실을 받아들이면 그동안 내가 품고 있던 의심들이 풀리기도 하니까. 하이브리드라 해도 자네 둘의 실력은 나이에 비해 너무 높아."

"그렇게 생각하십니까?"

"딸에게 들은 것도 있지만, 나도 명색이 마법사라네. 자네 둘뿐만 아니라, 같이 온 자네들의 일행들에게 느껴지는 마나의 흐름은 결코 어설프지 않거든. 그 나이 때엔 쉽게 도달할 수 없는 영역이야."

렌딜은 고개를 옆으로 돌려 에르닌을 바라봤다.

그러나 에르닌은 자신을 향한 아버지의 시선을 알아채지 못했다. 그레인에게 들은 말들을 이해하느라 머릿속이 복잡했기 때문이다.

"무엇보다 그 결사대라는 거 말일세, 대다수가 20대 초중반으로 결성되어 있다지? 교단이라는 거대한 집단과 맞서는 이들 치고는 연령대가 너무 어려. 하지만 회귀라는 과정이 개입되니 쉽게 납득되더군. 자네들이 전생과 현생에서 보낸 시간을 합친다면 대충… 40대는 넘었겠군."

말을 마친 렌딜은 에르닌을 머리를 쓰다듬어 줬다.

"에르닌, 너는 어떠냐?"

"나는……."

에르닌은 물끄러미 그레인을 응시했다.

"나는 아직도 잘 모르겠어. 하지만 왜 오빠가 자신과 같은 운명이 안 된다고 말했는지 이젠 이해가 돼."

하이브리드이면서, 시련을 받지 않는 육체이기에 교단과 맞서 싸워야만 하는 운명.

그런 운명의 가혹함을 이미 절실히 느낀 자만이 할 수 있는 충고였고, 지금의 에르닌은 그 의미를 온전히 받아들일 수 있게 되었다.

"그런데 말일세, 왜 숨겨진 진실을 나에게 밝힌 건가? 내 입장에서는 전생의 이야기까지 듣지 않아도 자네들을 충분히 도울 수 있는데 말일세."

"저는 에르닌이 하이브리드가 되는 걸 막지 못했습니다. 에르닌을… 구하지 못했습니다."

그레인은 에르닌의 오른쪽 눈에 감긴 안대를 넌지시 내려다봤다.

"그 결과 에르닌은 교단이 쓰러질 때까지 교단의 추적을 받아야 하는 입장입니다. 이런 상황을 설명하고 이해시키기 위해선, 현생의 이야기만으로는 부족합니다. 앞서 렌딜 님이 말씀하신 것처럼 회귀라는 과정이 있어야 품고 있던 의심들을 쉽게 해소할 수 있기 때문이기도 합니다."

교단과 맞서 싸워야만 하는 공통된 입장이라 해도 믿음을 얻어내지 못하면 분열하기 쉽다.

같은 결사대였음에도 믿음을 주지 못했던 맥스와 결국 결별해야 했던 경우를 그레인은 잊지 않았다.

"아닐세. 자네는 내 딸을 구했어. 죄책감 때문에 사실을 왜곡하진 말게나. 사실 죄책감을 가져야 할 쪽은 자네가 아니라, 교단 측과 결사대의 대장이라는 사람이야. 그리고 자네가 그럴수록 내 딸은 자네에게 미안해할 수밖에 없어."

"명심하겠습니다."

"어떤 의도 때문인지는 나도 아네. 반드시 교단과 맞서 싸워야 하는 운명, 전생을 겪고 온 자네들이라면 얼마나 치열한지 알고 있을 테니까. 그래서 아딜나를 대화에서 제외시킨 건가?"

"…네."

"많이 답답하겠군."

그레인의 짧은 대답 속에 내포된 복잡한 감정을 렌딜은 단번에 이해했다.

"자네나… 흐음, 아닐세."

렌딜은 고개를 돌리지 않고 곁눈질로 에르닌을 슬쩍 바라봤다.

"그래도 자네에겐 너무 가혹한 처사 아닌가?"

"저는 더 이상 후회하는 걸 원치 않습니다."

"후회, 후회라……."

렌딜은 후회라는 단어를 곱씹으며 턱수염을 쓸어 내렸다.

"생각해 보면 나의 옛 제자들 중에선 억울하게 파면된 이들도 있었을 거야. 하지만 나는 그저 분노에 휩싸여 내키는 대로 행동했지. 좀 더 신중했어야 했는데."

"제가 아는 한 전생의 렌딜 님은 마지막까지 신중했습니다."

"그러나 그 신중함은 오직 나나 가문의 안위만을 생각해서였을지도 모르네. 때로는 과감하게 굴어야 할 때도 있는 법이라네. 물론 이전처럼 너무 과감해서는 안 되겠지만."

렌딜은 자신이 모르는, 전생의 '렌딜'에 대해 알고 있는 그레인에게 넌지시 미소 지었다.

"자, 앞으로의 일을 진행해야겠군. 자네들, 결사대를 나왔다고 했지?"

"네."

"따로 지낼 곳은 없어 보이는데, 여기에 머무르겠나?"

"저희 쪽에서 먼저 부탁드리고 싶었습니다. 그래주신다면 감사할 따름입니다."

"감사는 무슨… 감사는 오히려 내 쪽에서 해야 하네. 에르닌을 구해주지 않았는가."

렌딜은 실험대 위에 있는 종이를 한 장 집어 들더니 그레인 쪽으로 쓱 내밀었다.

"자네가 구해준 이들은 은인의 요청을 거부할 사람들은 아니겠지?"

"아마도 그럴 겁니다."

"이런 상황에서는 한 명의 조력자라도 더 필요한 법이지. 결사대 쪽에서 먼저 손쓰기 전에 우리 쪽에서 먼저 포섭해야 해. 여기에 도움이 될 만한 자들의 목록을 작성해 주게. 최대한 많이."

'최대한 많이'라는 표현에 그레인의 머릿속에 여러 얼굴들이 떠올랐다.

그레인은 자신이 구해준 이들, 그리고 뜻을 함께할 가능성이 높은 자들의 이름을 써 내려갔다.

적힌 인물들의 목록을 훑어보던 렌딜의 눈이 누군가의 이름 위에 멈췄다.

"이 녀석도 있군. 나 말고도 대마법사라 불리는 노인네라, 많이 컸구먼."

"혹시 제스테일 님을 말하시는 겁니까?"

"한때 내 제자였으니 모를 수가 없지."

"잉? 제자였어요? 그분이?"

"이래 봬도 내가 그 녀석보다 20살은 더 많다네. 뭐, 젊은이들의 눈에는 둘 다 노인네에 불과하겠지만 말일세."

초로의 마법사 제스테일.

렌딜의 수제자 중 한 명이었던 그는 두 달 전쯤, 그레인 일행의 도움을 받고 교단의 마수에서 무사히 벗어난 터였다.

"서글프구먼. 제자나 나나 이젠 노인네로 불리는 입장이라니. 세월이란 참 무심해."

렌딜은 오른손을 머리 위로 들어 올리더니 손바닥을 휙 돌렸다. 그러자 소리가 밖으로 새어 나가지 않게 쳐져 있던 투명한 마나의 벽이 순식간에 사라졌다.

"플로이드!"

렌딜의 외침에 문 밖에서 대기 중이던 플로이드가 급하게 안으로 들어왔다.

"이야기는 끝나셨습니까?"

"방금 전 끝났지. 플로이드, 급히 할 일이 있네. 여기에 적힌 이들을 알아봐 주게. 가급적 빨리 이곳으로 올 수 있도록 부탁하네."

"알겠습니다."

"그리고 내 소유의 재산 중 현재 필요하지 않은 것들을 모두 급매해 주게. 보석 같은 쓸잘머리 없는 것부터 최우선으로."

"네?"

"비공정(飛空艇)은 앞으로 교단과 싸우기 위해선 필요할 테니 그건 제외하고… 마법에 관련된 것들을 제외하고 죄다 파는 게 좋겠어."

"무, 무슨 말씀이십니까?"

"그래, 이왕 파는 김에 다른 마탑들도 교단을 제외한 누구에게든 처분하도록."

"그, 그것만은 참아주십시오!"

"돈이 필요해서 그러네. 그것도 엄청나게 많은 돈이……."

"하다못해 베릴란트 성의 마탑만은 남겨두십시오!"

플로이드는 너무나 과감해진 렌딜을 설득하느라 진땀을 흘렸다.

반면 그레인은 전혀 의외의 단어에 고개를 갸웃거렸다.

'비공정?'

한 번도 들어본 적이 없는 '비공정'이라는 단어에 주목했지만, 렌딜에게 물어볼 분위기가 절대 아니었다.

"날 말리지 말게나. 하나밖에 없는 내 딸을 이렇게 만든 교단과 싸우기 위해선, 아주… 아주 많은 돈이 필요할 테니까!"

렌딜이 결단을 내리는 데에 있어서 회귀가 실제로 있었는지 아닌지는 사실 중요하지 않았다.

"오늘부터 포르테가의 가훈을 바꾸겠네."

교단이 에르닌을 납치하고 하이브리드로 만든 시점부터 교단은 더 이상 존재해서는 안 되는 집단이 되어버렸다.

단지 그레인의 고백으로 인해 렌딜 단독으로 진행할 일이 협력으로 바뀐 것에 불과했다.

"교단이라는 존재를 믿지 말라는 것이 아니라, 교단은 없애야만 하는 존재라고!"

전생에는 교단과 결사대, 그 어느 쪽의 손도 들어주지 않았던 렌딜의 운명이 바뀌었다.

바로 이 순간부터.

*　　　　*　　　　*

오랫동안 방치되었던 포르테가의 '진짜' 마탑.

주인인 렌딜마저 거의 들르지 않았던 마탑 안의 분위기는 그레인 일행이 에르닌을 데리고 온 이후부터 급속도로 변하기 시작했다.

먼지만이 가라앉아 있던 실험대 위에는 무언가의 설계도가 펼쳐져 있었다. 렌딜과 에르닌, 그리고 아딜나와 트리아나는 서로 머리를 맞대고 설계도대로 그 무언가를 복구할 방식에 대해 논의했다.

한편 그레인이 선정한, 조력자가 될 수 있는 이들의 답장이 전령을 통해 속속들이 도착했다.

하루라도 속히 마탑으로 오겠다는 내용들이 대부분이었고, 특히 렌딜의 옛 제자였던 제스테일은 감격에 겨운 내용으로 편지지를 빼곡히 채웠다.

조력자가 될 이들이 도착하기로 예정된 날짜는 10월 30일.

그때까지 그레인과 함께 온 이들은 휴식보다는 스스로를 단련하기로 결정했다. 마탑 안에 있는 자들 중 헛되이 시간을 보내는 이들은 아무도 없었다.

카르디어스 신성력 1399년 10월 28일.

마탑의 최상층 바로 아래에 위치한, 예전에는 렌딜의 수제자들이 마법 대련 장소로 쓰던 강당.

벽과 바닥, 천장까지 마나의 장벽으로 겹겹이 보호되어 있기에 웬만한 마법으로는 주변에 흠집조차 내기 힘들었다.

그러나 한 달 넘게 진행된 그레인 일행의 수련에 강당 곳곳에는 긁히고, 베이고, 잘려 나가고, 움푹 파인 자리가 넘쳐 났다.

휘이익!

총 여섯 개의 얼음 창이 서로 다른 높이로 떠오르더니 렌딜을 향해 빠르게 날아갔다.

그레인이 구현한 얼음 창들이 그리는 형상은 정밀한 육각형. 냉기의 효율을 최대한 발휘하도록 구현된 그레인의 공격은 렌딜이 구현한 마나의 장벽에 막혀 더 이상 뻗지 못했다.

"좀 더 해보게."

"알겠습니다."

콰아앙!

폭발과 함께 산산조각 난 얼음 창의 파편이 사방팔방으로 튕겼다. 날카로운 얼음 파편들이 바닥에 둘러진 마나의 장벽을 뚫고 깊숙이 박혔다.

그럼에도 렌딜이 직접 구현한 마나의 장벽을 통과하지는 못했다.

"다시."

"네."

휘이잉.

그레인을 중심으로 차가운 냉기가 소용돌이쳤다.

이번에는 냉기를 작은 얼음덩어리로 만들어 마나의 장벽을 쉴 사이 없이 두들겼고, 연이어 얼음 창을 쐈다.

"음, 아슬아슬했군."

그러나 렌딜은 마나의 장벽이 무너지는 타이밍을 정확히 포착해, 다시 새롭게 마나의 장벽으로 주변을 둘러쌌다. 아까처럼 그레인의 공격은 렌딜의 몸에 상처 하나 입히지 못했다.

"또다시. 이번에는 툰드라를 써서."

"너무 넓게 펼치지 않고 말입니까?"

"그래, 이젠 굳이 설명 안 해도 잘 아는구면."

빙룡의 어금니로 구현할 수 있는, 냉기에 특화된 지역을 형성하는 잠재 기술 툰드라.

극심한 마나 소모를 동반하기에 넓게 펼칠 필요가 없을 때에는 범위를 한정시키는 쪽이 효율적이다.

마탑에 온 이후 그레인은 렌딜의 가르침을 받아, 툰드라의 범위를 필요 이상으로 넓히지 않도록 제어하는 데 중점을 뒀다.

휘이잉.

눈보라와 함께 강당 바닥이 냉기에 얼어붙었다. 그레인은 자신과 렌딜을 둘러쌀 정도로 제한시켜 툰드라를 구현했다.

'이번에야말로!'

렌딜을 중심으로 바닥에서 솟아오른 얼음 창들이 렌딜을 노리고 뻗어나갔다.

총 여섯 개의 얼음 창이 그린 모양은 한 치의 오차도 없는 육각형.

날카로운 얼음 창의 끝부분이 마나의 장벽에 꽂혔고, 견고한 마나의 장벽에 균열이 가기 시작했다.

"이런!"

렌딜은 근거리 순간 이동 마법으로 그레인의 뒤로 급히 몸을 피했고, 동시에 그레인은 급히 공격을 중단했다.

'세 명?'

렌딜이 순간 이동 마법으로 자신의 등 뒤로 피한 것까지는 본능적으로 알아챘다. 그러나 등 뒤에서 느껴지는 인기척은 하나가 아니었다.

그 누구라도 망설일 타이밍이었지만, 그레인이 판단을 내리는 데 걸리는 시간은 길지 않았다.

"허허, 단번에 알아채다니. 게다가 뒤돌아서 확인하지도 않고서."

그레인이 등 뒤로 내민 손에서 뿜어져 나온 냉기가 세 명 중 맨 왼쪽의 렌딜을 휘감았다.

"실전이었으면 위태로웠겠는걸."

렌딜의 몸에서 뜨거운 열기가 뿜어져 나오며 발목 위로 올라온 얼음을 순식간에 녹여 버렸다. 동시에 나머지 두 개의 허상이 투명해지며 허공 속으로 사라졌다.

"어떻게 진짜 나를 찾아냈나?"

"예전에 이런 식으로 다수의 허상을 구현해 싸우는 적과 여러 번 상대해 본 적이 있었습니다."

"그랬나? 그렇다 해도 너무나 쉽게 들킨 것 같은데."

"일종의 감인지라 말로 설명하기는 힘들군요."

"감이라, 그것만큼 애매하면서도 무서운 건 없지."

렌딜은 자신 쪽으로 몸을 돌린 그레인을 놀란 눈으로 응시했다.

"그러면 오늘의 수련은 여기까지네."

"네."

그레인은 양손을 움켜쥐며 사방으로 퍼뜨렸던 냉기를 거뒀다. 주변을 뒤덮었던 툰드라가 사라지며 바닥이 원래대로 되돌아갔다.

"휴우, 역시 만만치 않구먼. 방심을 하려야 할 수가 없어."

렌딜은 그레인의 공격에 맞서 마나의 장벽을 연거푸 구현해 막아냈지만, 세 번째 공격에는 결국 몸을 피해야 했다.

그리고 허상까지 만들어 그레인의 눈을 속이려고 했으나, 정작 그레인은 보지도 않고 허상 속에서 실체를 즉각 발견했다.

"전에는 어렴풋이 느꼈지만……."

렌딜은 정면으로 내밀었던 양손을 거두며 손가락을 쥐었다

펴기를 반복했다. 손바닥에 아직도 남아 있는 찌릿찌릿한 감각에 절로 웃음이 나왔다.

반면 그레인은 천천히 숨을 몰아쉬며 흐트러진 마나의 흐름을 정상으로 되돌리는 데 집중했다.

"이렇게 여러 번 상대해 보니 확실히 알겠군. 자네는 강해."

"그렇습니까? 매번 제 공격이 렌딜 님에게 막히는데도 말입니까?"

그레인은 쓴웃음을 지으며 고개를 절레절레 저었다. 상대를 살짝 당황시킨 정도로 듣기에는 어색한 말이었다.

"애초에 무기를 사용하지 않고 순수하게 냉기의 힘만으로 겨룬 거 아니었나? 공격과 방어의 역할도 정해져 있었고. 만약 실전이었다면 내가 이렇게 여유롭게 대처할 수는 없었을 걸세."

"그렇다 해도……."

"자신의 실력을 과대평가하는 건 확실히 나쁘지만, 반대로 과소평가하는 것 역시 좋은 태도는 아니네. 정확하게 실력을 평가해야 뭘 보충해야 할지 냉철하게 판단할 수 있지 않은가? 칭찬을 좀 더 순수하게 받아들이도록 하게나."

사실 마법사인 렌딜은 그레인에게 많은 걸 가르칠 수는 없었다. 회귀로 인해 빠른 성장을 거두긴 했어도, 하이브리드라는 특성상 냉기를 제외한 다른 계열의 마법을 가르치는 건 불가능에 가깝기도 했다.

대신 마나를 다루는 데 있어서 마법과 하이브리드의 힘은 어느 정도 공통점을 지녔다. 그 점에 렌딜은 주목했다.

"무엇보다 실전 감각은 자네 말고도 대부분이 나보다 위더군. 그야 전생에 교단과 처절하게 싸워온 자들이니… 확실히 회귀한 자들은 강할 수밖에 없겠구먼."

결국 렌딜은 그레인과 최대한의 전력으로 맞붙기보다는, 이론적인 부분에서의 약점을 발견하고 모자란 부분을 보강하는 쪽을 택했다. 냉기를 더욱 정교하고 빈틈없이 구현하도록 그레인을 이끄는 것이 현재 그가 추구하는 방침이었다.

쿵!

강당 전체를 흔드는 충격에 수련 중이던 이들의 시선이 모두 한곳으로 몰렸다.

마법으로 특별히 강화된 두꺼운 철판을 향해 연달아 주먹을 내려치는 펠릭스였다.

쾅! 쿵! 쾅!

철판 한가운데에 주먹 모양으로 푹 파인 자국이 연달아 겹쳤다.

아래로 내린 펠릭스의 주먹 아래로 핏방울이 뚝뚝 떨어졌지만, 언제 다쳤냐는 듯 상처가 순식간에 아물어 버렸다.

"아, 물론 전하는 예외로 치고 말일세. 회귀하고는 상관없이 하이브리드로서 얼마나 강해질 수 있는지를 보여주는 분이니까. 저거 만드느라 돈이 꽤 들어갔는데 다시 새로 만들어야겠구먼. 하긴, 지금 중요한 게 돈이겠나! 껄껄껄!"

렌딜은 돈 따위는 개의치 않는다는 표정으로 너털웃음을 터뜨렸다. 교단과 맞서 싸우기로 결심한 이상, 한 푼 한 푼 아낄 상황은 절대 아니었다.

덕분에 그레인 일행은 다른 것에 신경 쓰지 않고 실력을 키울 수 있었다.

그러면서도 강해져야 한다는 강박관념 때문인지, 대부분은 묵묵히 수련에 몰두했지만 유달리 시끄러운 자들도 있긴 했다.

"헉헉… 아우, 지친다. 지쳐."

"도대체가… 우리들, 이렇게 약했냐?"

드레이크와 리카르도, 그리고 그 둘을 혼자 상대 중인 플로이드였다.

"너무 실망하지는 마십시오. 그럭저럭 쓸 만한 실력입니다. 리카르도, 자네도 마찬가지고."

평소 호신용으로 쓰던 지팡이 검이 아닌, 진짜 검을 든 플로이드 앞에 둘은 허리를 굽히며 거칠어진 호흡을 고르는 데 여념이 없었다.

"집사님이 전생에도 이렇게 강했었냐?"

"검술로 치면 그때도 따라올 자가 거의 없긴 했었지. 그런데 좀 억울하다. 완전히 우리 둘을 아래로 놓고 보는 눈빛이잖아."

"뭐, 검술에 한해서는 우리들이 집사님보다 한 수 아래는 맞잖아. 그래서 배우려고 수련 중인 거고."

"그건 그거고, 승부에서 이기고 지는 건 다른 문제야. 아무래도 안 되겠어. 전력을 다해 상대해 보고 싶다고!"

"설마 너, 여기에서 크라켄을 불러낼 작정이야?"

물론 그 와중에도 둘은 플로이드에게 들리지 않도록 전생과 관련된 이야기를 속삭였다.

"자, 아직 휴식 시간은 멀었습니다. 일어서십시오."

"아, 진짜… 저는 물이 있어야 강해진다니까요! 물, 물을 주세요!"

"물? 여기 있습니다."

플로이드는 땀을 씻기 위해 놔뒀던, 물이 가득 든 나무통을 들고 드레이크 앞에 턱 하니 내놓았다.

"더 필요합니까? 아, 혹시 마실 물 말하는 거였습니까?"

"……."

하이브리드로서의 드레이크가 어떤 힘을 지녔는지 '아직' 모르는 플로이드는 이걸로 뭘 어떻게 하겠냐는 얼굴로 그를 바라봤다.

결국 드레이크는 꿀 먹은 벙어리처럼 입을 다물 수밖에 없었고, 침묵 속에서 다시 수련을 시작했다.

"저쪽은 유달리 시끄럽구먼."

"예전의 리카르도는 안 그렇지만, 드레이크는 원래 저런 성격이었지요."

"아, 저쪽은 크라켄을 소환시킬 수 있다고 했었지?"

"바다에서는 그 누구보다 강할 겁니다."

"하지만 육지에서는 그 누구보다 약할지도 모르겠군. 각자 장단점이 뚜렷하니 상황에 맞춰 인원을 잘 조합해야겠어."

렌딜과 그레인은 플로이드의 검 앞에서 쩔쩔매는 드레이크를 넌지시 바라봤다.

"결사대에선 이미 그런 점은 감안했겠지?"

"네."

"아무래도 두 번의 생에 걸쳐 하이브리드가 주축이 된 병력으로 교단과 싸워야 했으니 당연하다면 당연하겠군."

"그렇죠."

렌딜이 결사대에 대해 언급하자 그레인의 대답은 자연스럽게 짧아졌다.

"그러고 보니 자네, 결사대의 대장이라는 인간의 멱살을 붙들면서까지 에르닌이 납치된 일을 질책했다면서? 그래서 결사대를 나왔고."

"네?"

"크루겐이 말해주더구먼."

그레인은 강당 동쪽 구석에서 베스티나와 대련 중인 크루겐을 멍하니 바라봤다.

크루겐은 예전 벤트 섬 시절의 수료 당시 순위를 뒤집기 위해, 베스티나는 유지시키기 위해 둘 다 거친 숨을 몰아쉬고 있었다.

'일부러 말하지 않았는데, 크루겐이 어느새……'

"사실 전생에 대해 말해주지 않아도 그때 있었던 일만 늘어놨어도 날 설득하기엔 충분했을 걸세. 나와 에르닌에게만 말한 건 현명했지만, 굳이 그걸 밝히지 않아도 되는 방법을 망각했나 보군."

"그렇긴… 하군요."

"앞으로는 가능한 한 전생을 밝히지 않고 해결하는 쪽으로 움직이게나. 베이그란트의 서에 회귀에 대해 기록되었기 망정이지, 아니었다면 내 분노가 교단이 아닌 자네에게 향했을지도 모르네. 어디까지나 운이 좋았다는 걸 잊지 말게나."

"명심하겠습니다."

우울함이 묻어나오는 그레인의 대답에 렌딜은 그의 어깨를 토닥거렸다.

"질책하는 건 아닐세. 다른 방향으로 생각해 보니, 자네가 왜 그렇게나 에르닌에게 죄책감을 느끼는지도 짐작 갔으니까."

"네?"

"내가 자네 입장이라면, 아마도⋯ 미래를 내 맘대로 주무를 수 있다는 착각에 빠졌을 것 같다네. 그런 상황에서 한 번 구한 상대가 다시 위험에 처했고, 기어이 운명에 다다르는 걸 막지 못했다면 크게 좌절하지 않겠나? 미래를 자신이 원하는 대로 이끌 수 있다는 자신감과 정반대의 결과가 나와 버렸으니까."

"아⋯ 그렇군요."

"그런 상황에서 이성적인 판단을 내리라는 건 솔직히 가혹한 잣대야. 세상을 살아가는 거 자체가 때때로 인간에게 가혹한 길을 요구하더라도 말이네."

렌딜의 말이 이어지면서 그레인은 자신도 모르게 고개를 천천히 아래로 숙였다.

가혹한 길을 처음부터 걷기로 결심했지만, 남까지 끌어들이고 싶지는 않았기에. 자신이 한 번 구했던 이라면 더더욱.

"아무튼 지난 일을 계기로 요즈음 딸과 대화를 많이 나누었네. 덕분에 자네가 더 강해질 수 있는 방법에 대해 실마리를 찾은 것 같네."

"네? 정말입니까?"

강해질 수 있다는 말에 그레인은 숙였던 고개를 확 들어 올렸다.

"내 딸이 말하길, 자네는 가끔 냉기를 화염처럼 구사한다는 이미지를 받았다고 했다네. 하이브리드의 힘은 특정한 방향으로 고정된다는 이야기를 익히 들었기에 꽤나 특이하다고 생각했지만, 사실 특이한 게 아니라 당연한 거였어."

"전생의 제가 화염의 힘을 다뤘던 영향 때문이겠군요."

"그렇지. 그래서 내가 결국 도달하지 못했던 영역을 자네라면 이룰 수 있을지 모른다는 기대를 걸고 있다네."

렌딜은 팔소매를 걷어 올리더니 두 손을 가까이 가져갔다.

"냉기를 열기처럼 혹은 열기를 냉기처럼 다루는 영역. 나는 그것에 '서리불꽃'이라는 이름을 붙였다네."

"서리불꽃?"

난생처음 들어보는 단어라는 건 둘째치더라도, 절대 공존할 수 없는 두 단어의 결합인지라 그레인에게는 낯설게만 느껴졌다.

"아, 불꽃서리라고도 불릴 수 있겠군. 이름은 중요한 게 아니고, 우선은 이걸 보게나."

렌딜의 두 손 사이에 모인 마나가 푸른색으로 변하면서 냉기를 띠었다.

특이하게도 렌딜이 구현한 냉기는 불길처럼 울렁이고 있었다.

"보다시피 냉기를 띠고 있음에도 형태는 불길과 흡사하지. 고정된 형태가 아니라네."

"전 이 정도 냉기에는 차가움을 느끼지 못합니다."

"아차! 그, 그러면 반대로……."

렌딜은 당황하면서 방금 전 구현했던 마법을 취소하고 다시 양손을 가까이 가져갔다.

붉게 변한 마나가 이번에는 정육면체의 형상을 띠고서 허공에 떠 있었다.

"뜨거움은 느낄 수 있겠지?"

그레인은 조심스럽게 오른손을 내밀더니 손가락 끝으로 콕콕 정육면체의 열기 덩어리를 건드렸다.

"확실히 뜨겁기는 한데… 냉기의 결정처럼 딱딱하군요. 신기합니다."

"그저 신기한 정도로만 머무르지 않고, 여러 방면으로의 응용이 가능할 걸세. 예를 들면 자네가 주로 구현하는 얼음 창을 열기로 구현한다고 가정해 보세. 그러면 상대의 방패를 뚫고 들어간 다음, 안쪽에서 열기를 발산해 상대를 제압할 수 있을 거야."

"아, 그런 방법으로도 쓸 수 있겠군요?"

"혹은 열기와 냉기를 하나의 형상에 모두 집어넣을 수도 있지. 그러면 평범한 마나의 장벽으로는 막아내기 어려워지지.

마나의 장벽의 구조가 어떠한지는 알고 있지?"

"네. 날아오는 공격의 성질이나 속성에 맞춰, 자동적으로 가장 효율적인 방어 체계로 막는 방식입니다."

"그러나 앞서 말한 대로 한 번의 공격에 두 개 이상의 속성을 사용해 공격한다면 마나의 장벽이 지닌 효율을 낮출 수 있다네. 여러 속성의 공격이 동시에 들어올 경우, 방어하는 과정에서 마나를 더 소모할 수밖에 없으니까."

렌딜은 그레인을 앞에 두고 열성적으로 '서리불꽃'에 대해 설명하기 시작했다.

그레인은 전에는 떠올리지 못한 발상에 고개를 연신 끄덕이며 납득했지만, 동시에 의구심도 함께 피어올랐다.

'이런 방법이 있었다면 왜 진작 널리 퍼지지 않았을까?'

"사실 이런 식으로 속성이나 성질이 다른 마법을 조합하는 생각은 오래전부터 있어왔네. 하지만 실제로 쓰인 경우는 드물었지. 왜 그런지 아나?"

그리고 그 의구심은 그레인 혼자만 가진 게 아니었다.

속마음을 들킨 그레인은 순간 움찔거렸고, 답을 내지 못했다.

"이유는 간단하네. 마법을 수십 년 간 갈고닦은 나라 해도, 그런 식으로 마법을 구현하다 보면 효율이 너무 떨어져. 마나 소모량이 배 이상으로 늘어나고, 덤으로 시전하기까지 과정이 더 길어지지. 기존의 방식을 대신할 수 있다고 보기엔 여러모로 미흡하네."

"대마법사인 렌딜 님마저 그렇게 말할 정도라면, 저에게는 무리 아닙니까?"

"아니야. 자네는 두 번의 인생을 살아가는 동안 각각 한 가지 속성의 힘만을 사용하는 길을 걸어갔어. 나는 여러 속성과 성질을 지닌 힘들을 마법으로 사용했기에, 각각의 숙련도는 골고루 높을지 몰라도, 화염이나 냉기를 다루는 데 있어서는 자네하고 비교도 안 되네."

하이브리드의 힘이 지닌 단점.

그것은 마법처럼 다양한 성질과 속성의 힘을 다루지 못하고, 하나로 제한된다는 점이다.

그러나 반대로 말하면, 그 제한 덕분에 숙련도는 인간들에 비해 극도로 높아지게 마련이다.

"무엇보다 서리불꽃을 마법으로 구현할 때의 단점들이 하이브리드에 한해서는 적용되지 않을 걸세. 하이브리드의 힘은 직관적이니까."

"그 부분은 미처 생각하지 못했군요."

예전 벤트 섬 시절 멜란다에게 들었던 마법과 하이브리드의 힘과의 차이점.

곡선과 직선을 예로 들었던 설명을 떠올리면서 그레인은 서리불꽃에 대한 회의적인 판단을 보류했다.

"델리아라는 처자가 그러더군. 만약 자네가 화염의 힘과 관련된 코어를 추가로 이식받게 된다면, 지금보다 훨씬 더 높은 힘을 소유하게 될 거라고."

"이야기를 나누셨습니까?"

"아무래도 그녀의 연구가 마법과 밀접한 관계가 있다 보니, 종종 나에게 물어보긴 하더구먼."

"그렇습니까……."

현재 그녀는 마탑의 층 하나를 통째로 빌려 하이브리드에 관련된 비법을 홀로 연구 중이었다.

비록 맥스의 곁을 떠나긴 했지만, 하이브리드가 아니면서 회귀자는 더더욱 아닌 그녀는 다른 이들과 쉽게 어울릴 수 없었다.

공유할 수 있는 기쁨이나 슬픔이 있는 것이 아니고, 균열을 가져다준 '맥스의 연인'이라는 꼬리표가 붙은 이상 그녀 쪽에서 먼저 나서기도 힘든 처지였다.

남들과 잘 어울리는 편인 크루겐마저도 델리아에게는 접근하지 않았다. 의식하지 않으려고 해도 그녀의 존재 자체가 이미 등을 돌린 맥스를 연상케 했기 때문이다.

그래도 그나마 렌딜하고는 이야기를 나눈다는 말에 그레인은 다소 안심이 되었다.

"그래서 어떻게든 코어를 입수해 볼까 나름 노력을 해봤는데, 아쉽게도 그 부분에서만은 내 힘이 닿지 못하더군. 교단에서 독점적으로 다루고 있는 부분이다 보니 어쩔 수 없었다네."

"급하게 서두를 필요는 없습니다. 솔직히 지금은 냉기의 힘을 더욱 완벽히 다루는 데 전념해도 시간이 모자란 게 사실입니다. 그런데 굳이 냉기와 화염, 두 가지 속성에 관해서 그런 시도를 하신 이유가 궁금하군요."

그레인의 질문에 렌딜은 즉각 대답하지 않고 수염을 쓰다듬었다.

"그야 여러 정반대되는 속성 중 쉽게 떠오르는 게 빛과 어둠, 그리고 또 뭐가 있겠나?"

"불과 얼음이겠군요."

"사실 이 발상은 가문의 빌… 흐흠! 아무튼 전통과 관련된 이야기에서 영감을 얻은 거긴 하네만, 그건 말하고 싶지 않네!"

이야기를 줄줄 늘어놓던 렌딜이 돌연 더 이상 같은 주제로 이야기하기 싫다는 자세를 취했다.

그러면서 정작 렌딜 본인은 푸념을 멈추지 않고 혼자서 투덜거리기 시작했다.

"왜 그런 쓸데없는 전통이 생겨나서리… 조상이라고 항상 본받아야 하는 건 아니지만… 쯧쯧."

'나중에 에르닌에게 따로 알아봐야겠군.'

혀까지 차면서 탄식하는 렌딜에게 도저히 물어볼 분위기가 아니었다.

혼잣말을 계속 중얼거리는 렌딜을 놔두고 그레인은 손짓으로 한창 수련에 몰두 중인 크루겐을 불렀다.

"세 명이서 수련해 보는 건 어떨까?"

"다음 순서는 저 집사 영감님이지만, 그 사이라면 괜찮겠네. 베스티나와의 승부는 나중으로 미루… 응?"

수련실 안에 있는 모든 이의 시선이 입구로 쏠렸다. 벌컥 열린 문을 통해 트리아나가 급히 뛰어 들어왔기 때문이다.

"가, 가주님!"

"음? 무슨 일인가?"

"그, 그게… 숨 좀 돌리고요."

트리아나는 오른손을 가슴 위에 얹고서 숨을 가쁘게 몰아쉬었다.

"모레 도착하기로 예정된 분들이 벌써 오셨어요!"

"그래? 예정보다 일찍 도착했구면."

"그런데 그분들만 오신 게 아니에요!"

*   *   *

마탑 밖으로 나온 그레인은 말을 잇지 못했다.

수많은 병력이 진을 치고 있었고, 그들 앞에 낯익은 여섯 명이 말을 타고 천천히 다가오고 있었다.

"도와달라고 하긴 했지만 이렇게나 많은 병력을 이끌고 올 줄이야……."

렌딜은 벅차오르는 감정에 휩싸이며 말끝을 흐렸다.

앞으로의 일정을 계획하기 위해 그레인 일행이 교단으로부터 구출해 줬던 이들과 만나는 정도로 예정을 잡았지만, '그들'은 이미 교단과 맞서 싸울 만반의 준비를 끝마친 상태였다.

그레인은 조력자가 되기 위해 이곳으로 온 이들을 향해 한 발짝 앞으로 내디뎠다.

그러나 이내 걸음을 멈추더니, 뒤돌아서며 펠릭스를 바라봤다.

이곳에 온 이들 모두 나름 신망과 지위를 갖춘 자들.

당연히 그들을 맞이하는 데에 있어서 자신보다는 펠릭스가 어울린다는 판단을 내렸다.

"전하, 부탁드립니다."

"내가 나서도 괜찮나?"

"전하의 마중이야말로 저분들에게 있어서 크나큰 환대일 것입니다."

"알겠다."

멀리서 봐도 거구인 펠릭스가 다가오자 여섯 명의 조력자는 긴장했다.

그러나 펠릭스는 왼팔을 허리에 대고 허리를 굽히며 예를 표하자, 분위기는 즉각 변했다.

험악하고 우직한 겉모습과는 상반된, 예전 그에게 구조받을 당시 느꼈던 그의 속마음을 뒤늦게 떠올렸기 때문이다.

말에서 내린 조력자들 역시 정중하게 인사하는 모습을 그레인과 렌딜은 지켜보고 있었다.

"그레인."

렌딜은 그레인의 어깨에 넌지시 손을 올리며 미소를 지었다.

"자네, 그동안 많이 힘들었을 걸세."

위로가 담긴 렌딜의 말에 그레인은 침묵으로 긍정했다.

다시 전생과 똑같이 저들을 교단과의 투쟁에 끌어들여야 하는지에 대해 적지 않게 갈등했던 적도 있었다.

그러나 그들은 현생에서도 전생처럼 위기를 맞이했고, 지켜

볼 수만은 없었기에 전력을 다해 구출했다. 그러한 과정은 매 번 시간과의 싸움이었기에 초조함을 떨쳐낼 수 없었다.

"하지만 자네가 걸어온 길은 틀리지 않았네. 저기 보이는 광경이 그 증거일세."

"그렇지만, 제가 저들을 구해준 건 어디까지나 협조를 바라고 한 것뿐입니다."

"그 정도 마음속 계산은 누구나 할 수 있다네. 반대로 그런 것도 없이 그저 바라만 보고 있는 것보다는 훨씬 낫네. 게다가 내가 본 자네는 그렇게 계산적인 인물이 아니야."

"잘 모르겠습니다."

그레인은 여섯 명의 조력자가 이끌고 온 많은 병력을 쓱 둘러봤다. 아무리 반복해서 봐도 이렇게 많은 병사가 자신들과 뜻을 함께하러 왔다는 사실이 좀처럼 실감되지 않았다.

"스승님!"

펠릭스와 인사를 마친 초로의 마법사 제스테일이 스승이었던 렌딜을 향해 달려오고 있었다.

"렌딜 님이야말로 그동안 걸어온 길이 틀리지 않으신 것 같군요."

그레인이 똑같이 맞받아치자, 렌딜은 자신도 모르게 눈시울을 붉혔다.

"꽤 오래간만에 재회하시는 것 아닙니까?"

"벌써 20년… 이상 흐른 것 같군."

렌딜은 점점 좁혀지는 옛 제자와 자신과의 거리에 가슴이

뭉클했다.

"자네가 저 녀석을 구해주지 않았다면 이렇게 재회도 못 했겠지. 그동안 정신없이 하루하루를 보내느라 말하지 못했지만, 이젠 말할 수 있겠군. 내 제자를 구해줘서 정말 고맙네."

렌딜은 두 눈에 힘을 주면서 당장에라도 터질 듯한 눈물을 애써 참았다.

자신처럼 인생의 황혼을 향해 다가가는 제자의 모습이 더 이상 남 같지가 않았다.

"스승니임! 접니다! 제스테일입니다!"

그러나 스승과 달리, 저 멀리서 달려오고 있는 제자의 눈가는 이미 흘러내린 눈물로 범벅이 되어 있었다.

"나이 탓인가… 왜 이렇게 눈물이 잦아지는지 원……. 주책맞게 말이네."

*   *   *

그날 저녁, 오래간만에 맞이한 화기애애한 분위기의 식사로 마탑 안은 시끌벅적했다.

여섯 명의 조력자는 각각 처음 만난 사이였지만, 그레인 일행에게 구원받았다는 공통점 하나만으로도 대화가 끊기지 않고 계속 이어졌다.

물론 기뻐하는 분위기만 지속된 건 아니었다. 제자 시절, 동료들과 함께 저녁 식사를 나누던 시절이 그립다며 제스테일은 눈물을 글썽거렸고, 렌딜은 또다시 나이 탓을 하며 손수건으로 눈가를 닦아냈다.

한편 조력자들이 이끌고 온 병사들은 막사를 설치해 마탑 주위에 주둔했다. 해가 저물자 더욱 거친 모래바람에 병사들은 난감해했지만, 렌딜이 직접 나서서 일대를 마나의 장벽으로 감싼 뒤에는 순조롭게 막사 설치를 완료할 수 있었다.

수많은 병력의 식사를 위해 마탑 주위에는 하얀 연기가 마구 피어올랐고, 렌딜의 고용인들은 창고 안의 식재료를 바삐 날랐다. 그레인은 창문 밖으로 끊임없이 피어오르는 연기를 바라보며 묵묵히 식사했다.

그렇게 다사다난했던 저녁 식사가 끝나자, 그들은 자리를 이동하지 않고 그 자리에서 회의를 시작했다.

앞으로 있을 교단과의 본격적인 투쟁을 계획하기 위해서.

*　　　　*　　　　*

"…그렇다면 그 부분은 에리스 백작 부인께 맡기겠소. 참, 미처 이 말을 못 했구려. 모두들 편지 하나만 믿고 먼 길을 오느라 고생이 많았소."

"별말씀을요. 저와 함께 오신 분들 모두 렌딜 님과 함께하신 분들에게 목숨을 구원받았습니다. 이 정도는 아무것도 아니랍니다."

부드럽게 미소 짓는 에리스의 시선이 그레인에게 머물렀다.

'전생과는 확실히 달라진 모습이로군.'

복수에 불타던 예전의 그녀는 아니었지만, 지금 모습이 그레인의 눈에는 훨씬 좋아 보였다.

"그리고 제스테일."

"네, 스승님!"

60대의 노인의 대답은 갓 마탑에 들어온 새내기 마법사처럼 기합이 잔뜩 들어가 있었다.

"여기에 와준 것만으로도 고맙네만, 너무 무리한 건 아닌가?"

다른 조력자들과 달리 제스테일은 병사만 이끌고 온 게 아니었다. 같이 동행한 수십여 대의 마차에는 마법에 관련된 시약과 서적들, 기타 재료들이 가득 실려 있었다.

"얼핏 봐도 그것들을 구하느라 꽤 많은 돈이 들어갔을 텐데……."

"저 젊은이들에게 구조받은 이후, 교단의 눈을 피해 가지고 있던 재산을 죄다 처분했습니다. 아들이란 놈이 절 교단에 판 이상, 물려줘야 할 유산도 없으니 전혀 문제없습니다."

제스테일은 아무렇지 않다는 눈빛으로 렌딜의 오른편에 줄지어 앉아 있는 그레인 일행을 쓱 훑어봤다.

그의 눈에는 그레인 일행이 새로 얻은 '진정한' 자식들처럼 비춰졌다.

"그렇다면 기꺼이 받도록 하겠네. 그런데 말이야, 저렇게 많은 병력을 이끌고 올지는 예상하지 못했네. 계속 저렇게밖에 머무르게 할 수도 없고… 염려되는군."

그러나 막상 염려된다는 말과 달리 렌딜의 태도에는 여유가 넘쳤다.

렌딜은 깍지 낀 양손을 허벅지 위에 올려놓고선 주위를 훑어봤다. 막상 우려를 나타낸 렌딜은 아무렇지 않다는 표정이었고, 답을 찾아내야 하는 다른 이들의 표정에 근심이 어렸다.

"아, 그렇지! 제 해적단이 본거지로 쓰고 있는 섬으로 이동하는 건 어떨까요?"

바로 그때, 드레이크가 자리에서 벌떡 일어서며 제안했다.

"그러려면 배가 필요하지 않겠나?"

"배라면 제가 알아보겠습니다. 이래 봬도 제가 대륙 남부 해역을 주름잡던 몸 아닙니까?"

드레이크는 비로소 자신의 역할을 찾은 듯 어깨를 으쓱거렸다.

"그럴 필요는 없네. 이미 있으니."

"네?"

렌딜은 입꼬리를 살짝 들어 올리며 의미심장한 미소를 지었다.

"다들 모였으니 슬슬 공개할 때가 되긴 했구먼. 모두들 날 따라오게나."

*　　　　　*　　　　　*

순간 이동용 마법진을 통해 마탑의 지하로 이동한 그들을 맞이한 것은 한치 앞도 보이지 않는 어두컴컴한 공간이었다.

"렌딜 님, 여기는 어디입니까?"

"잠시만 기다리게."

딱.

렌딜이 손가락을 튕기자, 벽에 설치되어 있던 횃불들이 그의 마나에 반응해 동시에 빛을 발했다.

"마탑의 지하 깊숙한 곳에 마련한 공간이지. 남들의 눈을 피해 이걸 숨겨둘 공간은 여기밖에 없어서 말일세."

렌딜의 설명이 이어졌지만, 이곳에 처음 온 이들의 귀에는 아무것도 들리지 않았다.

이렇게 넓은 공간이 숨겨져 있다는 사실에 주목하는 이는 아무도 없었다. 그들은 넓은 공간을 거의 꽉 채우다시피 한, 거대한 무언가에 주목했다.

"이, 이, 이건 도대체 뭐죠?"

"놀랐나?"

크루겐이 놀란 눈으로 그 '무언가'를 가리키자 렌딜은 여유롭게 수염을 쓰다듬었다.

"포르테 가문이 사실은 타 대륙에서 건너온 가문이라는 건 자네들도 잘 알고 있겠지? 그때 이 비공정을 타고 왔다고 하는군. 마나의 힘으로 하늘을 날 수 있는 고대 문명의 유산이지."

"네?"

크루겐은 눈을 비비며 눈을 깜박거렸다.

"헛것을 보고 있는 건 아닌데……."

분명히 다시 보니 거대한 배의 형상임은 분명했다. 그러나 하늘을 날 수 있다는 설명을 곧이곧대로 받아들일 수는 없었다.

"하지만 아쉽게도 더 이상은 날 수 없다네. 정확히는 날 수 있었다고 해야겠지."

'설마 그때 말했던 비공정이 이걸 의미하는 거였나?'

그레인은 에르닌을 데리고 왔던 날, 렌딜이 스쳐 지나가듯 말했던 단어를 기억해 냈다.

그 역시 크루겐처럼 하늘을 날 수 '있었다'는 이야기를 믿기 힘들었지만, 거대한 규모의 배에 눈을 뗄 수가 없었다.

다른 이들도 마찬가지였지만, 유독 한 명만 신나서 배의 선미가 있는 끝부분까지 달려가더니 이번에는 선수를 향해 달음박질쳤다.

"헉헉, 최고야……."

드레이크는 거친 숨을 몰아쉬면서도 반짝이는 눈으로 비공정을 올려다봤다.

바다를 누비고 다니는 드레이크의 눈에는 웅장한 자태를 자랑하는 배, 비공정이 그 어떤 것보다 아름다운 존재로 비춰졌다.

"제가 가진 배들과는 비교조차 안 될 정도로 큰 거 같습니다! 이 정도라면 밖에 있는 병력을 다 태우지는 못해도 상당수는 수용 가능 하겠는데요?"

"허허, 그렇게 대단해 보이나?"

"우와! 이건 또 뭐죠?"

렌딜은 선수 아래에 원통 형태로 툭 튀어나온 무언가를 가리켰다.

"오러 캐논이라는 무기일세. 막대한 양의 마나를 두껍고 거대한 직선 형태의 오러로 변환시켜서 발사시키는 구조지."

"우와… 상상만 해도 짜릿합니다! 저걸로 교단 놈들을!"

"아쉽게도 수리에는 실패해서 더 이상 사용할 수는 없다네."

"저런……."

기세등등했던 드레이크는 고개를 푹 숙이더니 어깨를 축 늘
어뜨렸다.

"설계도만 봐서는 이렇게 클 줄은 몰랐는데……."

"아딜나도 그랬구나. 나도 안 믿겨."

"제, 제가 아가씨들과 함께 고대의 유산을 수복하게 될 줄은
몰랐어요."

다른 이들에게 비밀로 하고 비공정의 수복 과정을 준비하던
에르닌, 트리아나, 그리고 아딜나 역시 비공정의 웅장한 자태에
감탄하긴 마찬가지였다.

"아빠, 혹시 이걸 본따서 마력총을 만든 거야?"

그러나 오러 캐넌은 그녀들 역시 처음 보았다. 수리할 필요
가 없었기에 설계도에 누락되었기 때문이다.

"오오, 에르닌. 단번에 알아챘구나. 그래, 네 말대로란다. 앞
서 말한 대로 오러 캐넌은 더 이상 사용할 수는 없지만, 재료
로서는 충분히 가치가 있었지."

렌딜은 손을 들더니 오러 캐넌의 끝부분을 가리켰다. 마력총
의 재료로 사용하기 위해 잘려 나간 부분이었다.

"아쉽게도 하늘을 날 수 있는 기능과 오러 캐논은 사용할
수 없게 되었지만, 그 외 다른 기능들은 상당 부분이 복구가

가능한 상태란다. 수리만 제대로 된다면 최소한 배로 사용할
수는 있지."

렌딜의 설명이 이어졌지만, 여전히 다른 이들은 멍하니 비공
정을 올려다보고 있었다.

그러나 그레인은 유달리 착잡한 표정으로 비공정을 응시했다.

"뭔가 부족해 보이는 표정이로구먼."

"렌딜 님의 눈을 속이기엔 역시 무리로군요."

"말만 비공정일 뿐, 막상 하늘을 날지 못해서 실망스럽나?"

"아닙니다."

"아니면 전생에 나를 끌어들이지 못한 걸 후회 중인가?"

"그런 면도 없지 않지만, 그것 때문이 아닙니다."

렌딜이 공개한 비공정이 앞으로 있을, 결사대를 떠난 이후
시작될 교단과의 투쟁에 큰 힘이 될 것은 분명했다.

그러나 그레인은 이런 기쁨을 더 많은 자들과 함께 나누고
싶었다.

수배 중인 던컨.

지금은 어디로 배속되었는지 알 수 없는 주임 사제 발렌.

조력자가 되기로 기대했던 모든 이가 이 자리에 모인 건 아
니었다.

'그분들의 행방이라도 알고 싶었는데……'

영향력은 적을지라도, 하이브리드를 인간답게 대해준 그 둘
은 이제까지 그레인이 봐온 교단 소속의 성직자 중에서도 남다
른 자들이었다. 그렇기에 가능하면 함께하고 싶었지만, 아쉽게

도 연락 자체가 안 된다는 대답만이 돌아왔다.

'안타깝지만 어쩔 수 없군.'

적으로 만나지 않기 위해서는 동료로 끌어들이는 것이 최선의 방법이라 여겼기에, 그들을 생각하면 할수록 아쉬움은 커져만 갔다.

그리고 또 한 명, 조력자들의 명단에 차마 이름조차 적을 수 없었던 이가 있었다.

"함께하고 싶지만, 동시에 함께해서는 안 되는 동료가 있습니다."

"전생의 동료 말인가? 누구인데?"

절대 잊을 수 없는 전생의 결사대원 중 한 명의 이름.

그레인은 동료를 구하기 위해 희생한 그의 이름을 뇌리에 떠올렸다.

"지금이라도 나에게 말하면 연락해 보도록 하겠네."

"아닙니다."

그레인은 대답과 함께 고개를 가로저었다.

"그저 모든 이가 우러러볼 수 있는 위치에 계속 있기만을 바랄 뿐입니다."

*　　　　　*　　　　　*

카르디어스 신성력 1399년 11월 3일.

연인, 가족, 친구…….

심지어 신에게도 버림받은 자만이 모여든다고 알려진 환자촌.

그러나 페트로가 성자가 되었다는 소문이 퍼지면서 환자촌의 분위기는 급속도로 바뀌었다.

성자라는 이름 하나만을 믿고 대륙 곳곳에서 환자들이 몰려왔고, 익명으로 크고 작은 기부금과 물품들이 쏟아져 들어왔다.

환자촌은 이제 절망만이 감도는 곳이 더 이상 아니었다. 허름한 막사가 빽빽이 들어찼던 자리에는 제대로 된 건물들이 들어섰고, 완치된 환자들 중 일부는 계속 환자촌에 남아 자신과 같은 처지였던 이들을 도와주는 데 여념이 없었다.

그럼에도 불구하고 교단의 지원은 이전처럼 전혀 없었다. 추가 인원을 보내주지도 않았고, 금전적 지원 역시 없었다.

그러던 오늘, 페트로가 아닌 교단의 성직자들이 환자촌에 발을 디뎠다. 그러나 환자들의 입장에선 오지 않았어야 하는 이들이었다.

"자, 결정을 내리시오, 페트로 사제."

성지에서 직접 파견한 고위 사제는 방금 전 다 읽은, 교황의 명이 적힌 두루마리를 돌돌 감아 갈무리했다.

페트로에게 정식으로 성자라는 명칭을 하사하고 추기경이라는 지위를 내려주겠다는 내용을 고위 사제가 말했을 때, 페트로와 함께 나온 이들은 환호성을 질렀다.

그러나 성지로의 발령을 명한다는 문구에서는 모두 입을 다물고 침묵했다.

"성자님, 어떻게 하시겠습니까?"

페트로의 왼편에 선 던컨은 근심 어린 눈초리로 어린 성자를 바라봤다.

던컨과 그의 부하들은 페트로가 성자가 된 이후, 자청해 계속 환자촌에 남았다. 단순히 페트로를 도와주는 것을 넘어서, 경호원 역할을 담당했다.

혹시라도 정체를 들킬까 봐 얼굴을 가린 복면을 만지작거리는 던컨의 마음은 착잡하기만 했다.

'차라리 이전처럼 성자님을 납치하려는 인간이라면 편했겠지만, 교단의 명령이라니… 언젠간 이런 날이 올 줄은 알았지만, 안타까워.'

던컨은 페트로가 교단의 지시를 당연히 받아들일 거라는 예상을 했다. 그럼에도 내심 페트로가 여기에 계속 머물러 주길 바라는 마음을 거둘 수 없었다.

"……."

페트로는 두 눈을 지그시 감았다.

본가에 잠시 들렀을 때, 아버지인 죠르제 백작이 한 말을 떠올리면서.

"이제까지의 모든 걸 뒤바꿀 운명과 마주하게 된다면 그 운명을 피하라고 하더구나."

페트로는 자신에게 성자의 힘이 주어진 것은 피할 수 없는 운명이라 받아들였다.

그러나 교단에게서 정식으로 성자로 인정받고 교황 바로 아래인 추기경이 되어 성지로 발령받는 일은 피할 수 있는 운명이라 여겨졌다.

"저는……."

"그래, 언제 떠날 작정이오? 가급적이면 빨리……."

"저를 필요로 하는 이들이 있는 이곳에 머무르겠습니다."

"응? 무슨 소리요? 내가 잘못 들은 것 같은데, 다시 말해보시오!"

전혀 예상하지 못한 페트로의 대답에 고위 사제의 표정이 확 일그러졌다.

"저는 여전히 저에게 성자라는 칭호가 어울리지 않는다고 생각합니다."

"그래서 교단의 명을 거부하겠다는 거요?"

"그건 아닙니다. 하지만 제가 부여받은 힘은 분명히 많은 이를 구할 수 있습니다. 아쉽게도 저는 환자들을 직접 찾아갈 상황은 아닙니다. 그래서 차선책으로 이곳에 계속 머무르면서 환자분들을 받아들일 작정입니다."

페트로는 단지 아버지에게 들은 이야기 때문에 이런 결정을 내린 건 아니었다.

성자라는 이름 하나만을 믿고 자신을 찾아올 이들을 버리고 명예를 좇을 수는 없었기에.

"그깟 환자 몇 명 더 치료하기 위해서 교단의 명을 거부한단 말이요? 이해할 수 없소! 정식으로 성자로 서임받는 것뿐만 아니라 성지로의 발령은 성직자에게 있어서 가장 큰 명예요!"

"명예?"

잠자코 둘의 대화를 듣고만 있던 던컨은 기가 차다는 반응을 보였다.

"명예롭게 행동하되, 명예 그 자체에 매달리지 마라. 이는 가장 명예로운 자만이 걸어갈 수 있는 길이니라."

뒤이어 던컨이 읊은 말에 분위기가 엄숙해졌다.

그가 읊은 말은 다름 아닌, 카르디어스 교단의 성서에 적힌 구절 중 하나.

교단의 지시와 명령을 거부하고 있는 페트로의 결정이 역설적이게도 교단의 가르침을 가장 충실히 따르고 있었다.

"정말 교단의 명령을 따르지 않을 작정이오?"

"그렇습니다. 저는 성자라는 칭호도, 추기경이라는 지위도 필요하지 않습니다."

고위 사제는 페트로와 던컨을 죽일 듯한 눈초리로 노려봤다.

그러나 더 많은 눈이 고위 사제를 당장에라도 때려잡을 듯한 시선으로 바라보고 있었다.

"두, 두고 보시오! 교단을 거역한 죄를 반드시 치를 것이오!"

결국 고위 사제는 호위병들과 함께 급히 환자촌을 떠났다. 심상치 않은 분위기 때문인지 주위를 두리번거리면서 급하게 걸음을 옮겼다.

그러나 단 한 명, 떠나지 않고 제자리를 지킨 성당 기사가 있었다.

그는 눈썹 아래로 내려온 금발을 위로 쓸어 올리며 던컨 쪽으로 고개를 돌렸다.

"던컨 선배, 맞으시죠?"

"……!"

던컨은 자신의 이름에 즉각 반응하며 허리에 찬 검에 손을 가져갔다.

그러나 이름 뒤에 붙은 '선배'라는 단어 때문에 검 자루를 쥔 손에 힘을 뺐다.

"접니다, 저요. 설마 그사이 후배 얼굴을 까먹은 건 아니겠죠? 예전 그대로잖아요."

"후배?"

후배라는 말에 던컨의 뇌리에 떠오른 얼굴과 지금 그의 앞에 서 있는 사내의 얼굴이 거의 일치했다.

마치 조각상을 깎아놓은 듯한, 잘생긴 외모는 잊으려고 해도 잊을 수 없었다.

'그 녀석 같긴 한데, 내가 알기로는 살이 엄청 쪘을 텐데?'

던컨은 그레인과 크루겐이 보낸 편지 내용을 떠올리며 고개를 갸웃거렸다.

"혹시 너, 발렌?"

"네, 맞습니다."

'정말 발렌이었군. 그러면… 아차, 내가 방금 뭔 짓을 하려고 했지? 나 살겠다고 후배에게 검을 들이밀 생각을 하다니, 미쳤지.'

던컨은 검 자루에 가져간 손을 허리 뒤로 거두었다.

그리고 같이 따라온 로이와 조르쉬에게 페트로를 데리고 멀찌감치 물러서라고 손짓했다.

'그래, 언젠가는 붙잡힐 수밖에 없었잖아?'

자신 혼자만 끌려가면 될 일.

던컨은 한숨을 길게 내쉬며 시선을 아래로 내렸다.

"날 끌고 갈 작정이냐?"

"네?"

"아니었어?"

"선배가 수배 중이라는 건 알고 있지만, 그럴 작정이었다면 아까 그 사제가 있을 때 했겠죠."

발렌은 실망한 표정을 짓더니 발끝으로 자갈을 툭 걷어찼다.

"많이 섭섭합니다. 전 교단에서 시키는 대로 무조건 할 만큼 융통성이 없는 놈은 아닙니다."

"그러긴 했지."

"저, 한동안 방황하긴 했지만 선배를 팔아 출세할 정도로 변하진 않았습니다."

"변했다, 라……."

던컨은 과거와는 완전히 달라져 버린 옛 친구를 떠올렸다.

"그런데 나라는 걸 어떻게 알았냐? 설마 목소리만 듣고 알아챈 거냐?"

"아까 말한 구절, 선배님께 교육받을 때 질리게 들은 말입니다."

"아, 그랬나? 이런, 정체를 숨겨야 하는 상황에서 내가 무슨 짓을 한 거야?"

"무엇보다 선배, 결국 금연은 실패하셨군요. 항상 피우던 것과 똑같은 냄새가 미세하게 남아 있었습니다."

"뭐, 그렇게 되었다."

던컨은 복면을 벗더니 멋쩍은 미소를 지었다. 긴장했던 탓인지 복면 안에 감춰져 있던 얼굴은 땀투성이였다.

"네 밑으로 들어갔던 그레인과 크루겐이 편지로 네 이야기를 많이 했었다. 아 참, 그 녀석들, 지금 어디로 전출되었냐?"

던컨의 물음에 발렌은 곧바로 대답하지 않고 굳어진 얼굴로 입을 다물었다.

"그레인과 크루겐은……."

"사고라도 쳤냐?"

"탈주한 상태라 현재 수배 중입니다."

"뭐? 진짜?"

던컨은 아니라는 대답을 기대했지만, 발렌의 표정은 여전히 굳어진 채였다.

멍하니 입을 벌리고 있던 던컨은 고개를 숙이며 탄식했다.

"하긴, 나야말로 수배당한 입장인데 누가 누굴 걱정하겠냐."

"솔직히 교단에서 하이브리드들을 대하는 걸 보면 저 같아도 탈주하고 싶은 심정입니다. 처우가 개선되고 있다고는 하는데, 워낙 밑바닥이었잖아요."

"성당 기사단 분위기는 여전한가 보군."

성당 기사단의 선후배 관계였던 둘은 씁쓸한 웃음을 서로 교환했다.

"그러면 선배, 이만 가보겠습니다. 더 이상 지체했다간 한 소리 들을 것 같아서요."

"그래, 회포는 나중에 풀도록 하자."

"종종 연락드리겠습니다. 아무래도 교단 측에서 순순히 물러나진 않을 테니 조심하십시오."

"나도 그렇게 생각한다. 그런데 이러다가 너까지 휘말리는 거 아니냐?"

던컨의 우려에 발렌은 오른손을 머리 위로 뻗더니, 검지를 내밀며 태양을 가리켰다.

"교황이야 인간이 선출하지만 성자님은 신께서 내려주시는 분 아닙니까? 둘 중 하나만 고르라면 저는 신의 선택을 받은 분을 택하겠습니다."

제8장

새로운 선택

여섯 명의 조력자와 그들이 이끌고 온 병력이 합류한 이후, 마탑 안의 분위기는 더욱 분주해졌다.

그레인과 함께 따라온 이들은 평상시와 다를 바 없이 수련에 힘썼고, 추가로 마탑 밖에서 주둔 중인 병사들은 옛 결사대원이었던 회귀자들의 지시를 받아 훈련에 임했다.

겉보기에도 실제 현생의 나이로 20대에 불과한 그들은 병사들의 신뢰를 쉽게 얻진 못했다. 그러나 전생에서 보낸 시간 동안 쌓은 실력과 경험 앞에 병사들은 적지 않게 놀랐고, 나중에는 군말 없이 그들의 지시에 따랐다.

특히 드레이크는 가벼운 행보와 달리 효율적인 방법으로 병사들의 실력 향상에 이바지했다. 훈련 도중 쓸 만해 보이는 병사들을 상대로 은근슬쩍 해적단에 들어오지 않겠냐며 꼬드기긴 했지만.

조력자들 역시 바쁜 하루하루를 보냈다. 각자 파견한 정보원들을 통해 시시각각으로 들어오는 교단의 정보를 머리를 맞대며 분석했고, 매일 저녁 이후 진행되는 회의는 자정 무렵까지 이어지기를 반복했다.

모두들 앞으로의 투쟁에 만전을 기하는 와중에, 조용히 연구에만 매진하던 델리아가 그레인을 찾아왔다. 코어의 추가 이식을 진행할 수 있다는 낭보를 전하기 위해.

그리고 그 기회를 처음으로 맞이하게 될 이는 바로 베스티나였다.

＊   ＊   ＊

카르디어스 신성력 1399년 12월 5일.

다른 옛 결사대원들과 달리, 혼자서 하이브리드에 대한 연구에 몰두하던 델리아.

대부분 그녀 혼자만 있던 연구실에 처음으로 다른 이들이 모여들었다.

"이제야 모든 준비를 마쳤어요."

델리아가 마구 헝클어진 앞머리를 쓸어 올리자, 거무스름해진 눈 아래가 드러났다.

진심으로 연구 자체에만 파고들던 그녀의 연구실은 무질서 그 자체였다. 사용하다 남은 시약병들이 어질러진 채 여기저기 놓여 있었고, 책상 위도 모자라 바닥에 깔려 있는 문서의 모서리에는 잉크가 묻은 손자국이 덕지덕지 남아 있었다.

오직 한 곳, 코어의 추가 이식이 진행될 실험대 위만이 깔끔하게 정리된 상태였다.

"베스티나에게 추가 이식 할 코어라면 역시 그거겠지?"

"네, 크루겐, 당신이 잊지 않고 챙겨온 덕분이죠."

델리아가 탁자 위에 올려놓은 석판 형태의 코어는 다름 아닌, 결사대를 탈퇴할 당시 크루겐이 잊지 않고 가져온 코어 '천사의 날개'였다.

"성공 가능성은?"

그레인은 옆에 앉아 있는 베스티나를 넌지시 바라봤다. 불안을 억지로 감추고 있는 모습을 보고 있자, 우려를 떨쳐내기 힘들었다.

"코어를 이식받을 당사자의 인내력에 달렸어요. 하이브리드가 될 때의 고통을 다시 한번 견뎌내느냐 아니냐의 문제죠."

그레인과 크루겐 사이에 있는 베스티나는 무릎 위에 올려놓은 두 손을 꽉 움켜쥐었다.

연구실로 들어오기에 앞서 이미 결정을 내렸지만, 막상 추가 이식을 앞두고 있자니 두려움이 엄습했다. 만약 그레인과 크루겐이 동행하지 않았다면 베스티나 홀로 방에 틀어박혀서 나오지도 못했을 상황이었다.

"그리고 결사대에 있을 때 이미 한 번 성공했어요."

"그랬습니까?"

"여러분들이 연달아 임무를 하느라 떠난 사이에 이뤄졌던 거라 말할 틈이 없었죠. 그리고 알다시피 그레인, 당신이 복귀한 직후의 결사대 분위기상… 알리긴 힘들었잖아요?"

"그때 생각하면… 피를 안 본 게 다행이었죠."

"그리고 그런 분위기는 아직도 우리들 사이에 감돌고 있죠."

델리아가 핵심을 파고드는 말을 꺼내자, 그레인은 자연스레 입을 다물었다.

그녀나 그레인 일행이나 상대방에게 먼저 접근하려 하지 않았기에, 이미 존재하던 간격은 커지면 커졌지 줄어들었다고는 말할 수 없는 입장이었다.

'그래, 이렇게 된 이상……'

차라리 솔직하게 나가는 편을 택하기로 그레인은 결심했다.

"저희들을 따라 결사대를 떠난 당신에게 할 말은 아니겠지만, 쉽게 믿을 수 없었습니다."

"맥스와의 관계 때문인가요?"

"네, 그랬죠. 여기 온 이후 렌딜 님으로부터 들은 이야기 덕분에 조금은 믿을 수 있다고 여기게 되었지만요."

"이해해요. 저라도 그랬을 테니."

그레인과 델리아는 서로를 마주 보며 고개를 끄덕거렸다.

그나마 그레인의 표현이 현재가 아닌 과거형이었다는 것에 가볍게 미소 지을 수 있었다.

"맥스의 성격상, 당신이 떠나는 걸 그냥 보고만 있을 리 없었겠죠. 그 부분이 가장 의심스러웠습니다."

"저도 솔직히 맥스가 절 놓아줄 줄은 몰랐어요."

맥스가 델리아를 대하는 태도는 그레인이 아딜나에 대한 것과 정반대였다.

전생에 대해 알리는 극단적인 방법을 쓰면서까지 현생에서도 연인 관계로 이어지기를 바랐다.

"사실 제가 맥스 곁에 머문 것은… 남녀 관계라기보단 절 구해준 은인에 대한 고마움이 더 컸다고 봐요. 전생의 제가 어떠했는지 알고 있죠?"

"자세한 건 저도 잘 모릅니다."

그레인은 고개를 저었다. 델리아의 시선이 그의 오른쪽에 있던 크루겐을 향하자, 크루겐 역시 모른다는 반응을 보였다.

전생 당시 그 둘이 결사대에 합류했을 시점에는, 이미 델리아는 고인이었기 때문이다.

"저야 회귀할 수가 없었으니 당연히 전생의 저에 대해 알 수 없어요. 만약 전생과 똑같이 현생의 시간이 흘러갔다면 맥스가 원했던 연인 사이로 남아 있었겠죠. 하지만 현생의 시간은 전생과 다르게 흘러갔어요. 그렇기에 당연히 저와 맥스와의 관계도 달라질 수밖에 없어요. 그건 마치 그레인, 당신이……."

"아딜나를 대하는 지금 저의 태도가 전생과 다른 것처럼 말입니까?"

"네. 제가 맥스를 떠나 당신과 합류하게 된 이유 중 하나가 바로 그거예요. 저는… 저를 전생의 '저'로 보는 그에게서 벗어나고 싶었어요."

누군가를 구해준 이와 구원받은 이의 관계는 어느 한쪽이 짐을 지게 마련이다.

그런고로 서로 사랑이라는 감정을 공유하는 연인 관계와는 다를 수밖에 없다. 물론 누군가를 구해줬다는 것을 계기로 사랑이 싹틀 수는 있었지만 맥스는 너무나 일찍 사랑이라는 감정을, 그것도 일방적으로 싹틔운 셈이었다.

"이런, 이야기가 너무 멀리 가버렸군요."

델리아는 헛기침을 하며 문서 한 장을 집었다.

여전히 피곤에 절어 있었지만 그레인과의 대화 덕분에 속앓이에서 어느 정도 벗어난 듯한 표정이었다.

"베스티나, 다시 한번 물어보겠어요. 결정을 내리는 사람은 어디까지나 당신이에요. 지금 포기한다고 해도 당신을 비난할 사람은 그 누구도 없어요."

"……"

"추가 이식을 받기로 결심했나요?"

"이미 옷까지 갈아입고 왔는데 이제 와서 안 하겠다고 말하면 모양새가 우습잖아요?"

델리아가 이야기하는 동안 긴장감을 떨쳐낸 베스티나는 평소 입던 옷이 아닌, 로브 차림의 자신을 가리키며 가볍게 웃었다.

"그러면 시작하겠어요. 우선 여기에 누우세요."

"잠깐만요. 이식이 진행되는 동안 타인과의 신체 접촉은 금

지되나요?"

"가능하면 없는 편이 좋겠지만, 이식 자체에는 영향을 끼치지 않아요."

대답을 마친 델리아는 베스티나를 기다란 직사각형 모양의 실험대로 안내했다.

실험대 한가운데에 누운 베스티나는 양손을 배 위에 올려놓고 길게 숨을 내쉬었다.

'여기까지 온 이상 물러설 수 없어. 각오하고 결정한 일이잖아? 그러니 두려워하면 안 되는데⋯⋯.'

베스티나는 얼굴에 두려움이라는 감정을 드러내지 않기 위해 안간힘을 썼다.

처음 코어를 이식받을 때처럼 극심한 고통을 수반한다는 건 미리 들어서 알고 있었다. 그러나 아무리 태연해지려고 노력해도 망설임을 쉽게 떨쳐내기엔 무리였다.

억지로 미소를 지어도 도로 굳어버리는 표정은 어찌할 수가 없었다.

"그레인."

베스티나는 그레인의 이름을 부르고선 입을 다물었다. 다시 찾아온 긴장 때문에 말라붙은 입술은 쉽사리 떨어지지 않았다.

"부탁이 있다. 아니, 있어."

"어떤 부탁입니까?"

"코어의 이식이 시작되면 잠시만이라도⋯ 내 손을 잡아줘."

베스티나는 두 눈을 감고서 오른손을 옆으로 내밀었다.

시련을 받지 않는 몸이었기에 다시는 겪지 않을 거라 여겼던 이식 당시의 고통을 다른 방향으로 느껴야 한다는 것에 극심한 두려움을 느꼈다.

고통을 경감시킬 수 없다면 누군가의 위안이라도 받고 싶었다.

"내키지 않는다면 거절해도 상관없어. 그저 나는……."

"알겠습니다."

그레인은 실험대에 가까이 다가가더니 한쪽 무릎을 꿇었다. 그의 오른손이 베스티나가 내민 손을 붙잡았고, 아랫입술을 살짝 깨물고 있던 그녀의 얼굴에 잠시나마 옅은 미소가 떠올랐다.

"그러면 시작하겠어요."

두 사람이 손을 맞잡을 때까지 일부러 기다려 줬던 델리아는 창문의 커튼을 모두 쳤다.

어두워진 방 안을 밝히는 건 탁자 위에 놓인 세 개의 촛불뿐.

델리아가 천천히, 그리고 또박또박 주문을 읊기 시작하면서 코어의 추가 이식이 시작되었다.

베스티나의 양어깨 사이를 중심으로 실험대 위에 떠오른 마법진이 점점 커지면서 빛을 발했다.

"크윽!"

빙룡의 눈을 이식받을 때와는 전혀 다른, 그러나 극심한 고통에 베스티나의 등이 활처럼 휘어졌다.

전신으로 퍼져 나가는 강렬한 빛에 타오르는 듯한 고통을 견뎌내기 위해 베스티나의 손에 힘이 확 들어갔다.

그녀의 손톱 끝이 그레인의 살갗 안으로 파고들었지만, 그레인은 인상 한 번 찌푸리지 않고 계속 손을 잡고 있었다.

얼마나 극심한 고통인지 알고 있기에 버텨내 달라는 말조차 할 수 없었다. 그저 베스티나의 손이 다치지 않게 부드럽게 감싸 줄 뿐이었다.

＊　　　＊　　　＊

두 시간에 걸쳐 진행되었던 천사의 날개의 이식 과정.

무사히 이식이 끝났음을 확인하는 순간, 델리아는 제자리에 털썩 주저앉았다.

상당한 양의 마나를 소모한 터라 거칠게 숨을 내쉬는 델리아의 어깨가 들썩거렸다.

"정말, 대단한 정신력이로군요. 도중에 단 한 번도 의식을 잃지 않다니……."

델리아는 손등으로 이마의 땀을 훔쳐냈다. 순식간에 흠뻑 젖어버린 손등이 미세하게 떨고 있었다.

"이, 이제 끝난 거지? 휴우, 나까지 지치는 느낌이었어. 정말로."

의자에 앉아 그저 지켜보고만 있었던 크루겐 역시 기진맥진하기는 마찬가지였다. 어두컴컴한 연구실 안에 메아리치듯 울려 퍼지던 비명과 신음을 듣는 것만으로도 기력이 쭉 빠져나간 느낌이었다.

그럼에도 크루겐 역시 다른 두 명과 마찬가지로 자리를 뜨지 않았다. 베스티나의 고통을 나눠 가질 수는 없어도 외면할 수는 없었다.

"베스티나, 일어설 수 있습니까?"

"부축해 줄 수… 있겠어?"

베스티나가 떨리는 목소리로 말하자, 그레인은 그녀의 손을 붙잡고 있던 팔을 끌어당기며 조심스럽게 상체를 일으켜 세웠다.

"아."

피투성이가 되어버린 그레인의 오른손을 뒤늦게 알아챈 베스티나가 손의 힘을 급히 뺐다.

"미안해……."

"괜찮습니다. 그것보단 무사히 이식이 끝날 걸 기뻐해야 하지 않습니까?"

그레인은 피가 흘러내리는 오른손을 등 뒤로 감추더니, 왼손으로 베스티나의 어깨를 가볍게 토닥거렸다.

"날개를 움직일 수 있겠습니까?"

"그, 그게… 이전에는 없던 신체라서 어색해. 어떻게 움직여야 할지도 잘 모르겠고."

이전에 없었던 무언가가 양쪽 어깨 아래에 하나씩 연결된 감각이 느껴지자 베스티나는 혼란스러웠다.

"으, 답답해. 아무래도 날개가 로브에 눌려 있어서 그런가 봐."

베스티나는 몸을 이리저리 움직이며 안간힘을 썼고, 크루겐에게 단검을 건네받은 델리아가 로브의 등 쪽을 잘라내 줬다.

베스티나는 로브의 목 부분을 붙잡고선 날개를 움직이기 위해 신경을 기울였다.

잠시 후, 접혀 있던 한 쌍의 날개 중 왼쪽 날개부터 천천히 펴졌다.

"아, 이런 식이었구나."

요령을 파악한 베스티나는 오른쪽 날개도 천천히 펼치기 시작했다.

"저것이… 천사의 날개……."

그레인은 넋을 잃고 베스티나가 펼친 두 개의 날개를 바라봤다.

이전 생에서 두려움 그 자체였던, 백색의 깃털로 이뤄진 한 쌍의 날개.

적으로 상대했던 과거의 기억 때문인지 처음에는 전신에 소름이 돋았다. 그러나 시간이 흘러갈수록 두려움이 사라지면서 평안함이 대신 자리 잡았다.

한 쌍의 날개를 번갈아가며 접었다 펼치기를 반복하던 베스티나가 이번에는 동시에 활짝 펼쳤다.

"앗, 이런."

순간 두 날개가 일으킨 바람에 촛불들이 꺼졌지만, 날개 전체에서 흘러나오는 은은한 빛이 모두의 시야를 밝혔다.

"아름답……."

그레인은 자신도 모르게 입 밖으로 나온 말을 다급히 삼켰다.

베스티나는 자신의 의지에 따라 움직이는 한 쌍의 날개를 신기한 눈으로 바라봤고, 그사이 델리아가 창문을 가리고 있던 커튼을 거두었다.

"어?"

방 안에 빛이 들어오자, 베스티나는 순간 눈을 연신 깜박거렸다. 눈이 부셔서가 아니었다. 그녀의 눈에 비친 연구실 안의 풍경이 예전과는 확연하게 달라졌기 때문이다.

"그레인, 혹시 너도 그래?"

"무슨 일입니까?"

"시야에 들어오는 모든 것이… 흑백으로만 보여. 그 외의 색이 보이지 않아."

"네?"

베스티나는 고개를 이리저리 돌리며 연구실 곳곳을 둘러봤다. 원래의 색 대신 명암만으로 구별되는 사물들이 낯설게만 느껴졌다.

반면 그레인의 눈에 비친 연구실 안은 변함없었다. 시약병들에 담겨 있는 시약들의 색깔은 흑백이 아닌 다양한 색들이었다.

"크루겐, 너는 괜찮아? 제대로 보여?"

"잉? 나? 그대로인데?"

크루겐도 혹시나 하는 생각에 주위를 둘러봤지만 천장과 벽, 그리고 바닥의 색은 전과 다를 바 없었다.

"아무래도 천사의 날개를 이식받은 부작용 같군요."

모두가 당황하는 와중에 오직 델리아만이 예상했다는 듯 담담하게 반응했다.

"설마 빛의 속성을 지닌 코어라서 이렇게 된 겁니까?"

"아마도요. 빛에 둔감해질 거라고 예상하긴 했지만, 이제까

지 빛의 속성과 관련된 코어의 이식은 처음이라 저도 확신할
수 없었어요."

그레인과 크루겐 역시 마찬가지였다. 빛의 코어를 이식받은
이는 전생의 결사대원 중 한 명도 없었기에 이런 결과를 예측
하지 못했다.

"잠깐."

방 안을 계속 둘러보던 베스티나의 시선이 그레인에게 머물렀
다. 처음 느꼈던 당혹함이 서서히 다른 감정으로 변하고 있었다.

"신기해."

베스티나의 두 눈이 그레인에게, 정확히는 빙룡의 어금니가
이식된 왼팔을 향했다.

"그레인, 너만은 흑백으로 보이지 않아."

"네?"

"정말이야. 진짜로… 신비로워."

흑과 백, 단 두 가지로만 구별된 시야 속에서 오직 그만이 예
전과 변함없이 존재했다.

"베스티나, 정말이에요?"

계속 침착함을 유지하고 있던 델리아마저도 그레인만이 예
외가 되었다는 말에 당혹함을 감출 수 없었다.

"델리아, 이런 경우도 예상했습니까?"

"저, 전혀요. 아! 혹시……."

델리아는 베스티나의 오른쪽 눈동자에 손을 가까이 가져갔다.

"아마도 베스티나의 눈에 이미 이식되어 있던 빙룡의 눈과

당신의 왼팔에 이식된 빙룡의 어금니가 반응했기 때문일 거라고 추측돼요. 짐작 가는 부분은 그것밖에 없어요."

"베스티나, 괜찮습니까?"

그러나 여전히 베스티나의 시각이 제한되었다는 건 변함이 없었기에, 그레인은 우려를 떨쳐낼 수 없었다.

"괜찮아. 모든 것이 흑백이었다면 좌절했겠지만, 그런 것도 아니니까."

"베스티나……."

"빛의 코어를 이식받았으니 감안해야 할 부분이야. 다시 말하지만 나는 괜찮아. 눈이 아예 안 보이는 것도 아니니. 그나저나……."

베스티나는 고개를 왼쪽으로 돌리더니 턱을 어깨에 바짝 붙였다.

"이젠 등도 노출해야겠네."

베스티나는 살짝 얼굴을 붉히면서 자신의 등을 내려다봤다.

그런 그녀를 바라보는 그레인의 시선은 이전과는 확실히 달라졌다.

*　　　　*　　　　*

카르디어스 신성력 1400년 1월 10일.

베스티나가 천사의 날개를 추가로 이식받은 지 한 달이라는 시간이 흘러갔다.

이전처럼 교단과의 본격적인 투쟁을 꼼꼼하게 준비하던 이들은 어제부로 전원 휴식에 들어갔다.

포르테 가문이 이 대륙에 도착한 이후로 단 한 번도 띄우지 않았던 비공정을 수백 년 만에 진수하는 오늘을, 최상의 컨디션으로 맞이하기 위해서였다.

"예전에 하도 봐서 무덤덤할 거라 생각했는데……."

비공정의 갑판 위에 선 렌딜은 선수 쪽을 바라보며 감회에 젖었다.

"역시 고대 문명의 유산은 남달라. 이걸 정말 움직이게 만들 줄은 몰랐다네."

"저도 놀랍습니다. 하지만……."

렌딜 옆에 선 그레인은 그의 얼굴을 찬찬히 뜯어봤다. 살짝 꿈틀거리는 왼쪽 눈썹에서 아직 사라지지 않은 고뇌가 엿보였다.

"하신 말과 달리 여전히 만족하지 못하신 것 같습니다만."

"이전에도 틈틈이 혼자서 수선하긴 했지만, 다른 사람들의 손까지 빌렸음에도 원래처럼 하늘을 날기엔 무리였으니까. 다 내가 부족한 탓이야. 조상님들은 이걸 타고 멀리서 날아왔는데, 후손인 나는 고작 이 정도이니."

렌딜의 지휘 아래 진행된 비공정의 수복 과정은 착실히 진행되었고, 예정된 날짜에 맞춰 수리를 완성했다.

그러나 비공정이라는 이름과 달리 예전처럼 하늘을 가로지르는 건 여전히 불가능했다. 다들 혹시나 하는 기대를 걸었지만, 기대는 결국 기대에 머물렀다.

"그래도 제 키만큼 떠오를 수 있을 정도는 되지 않았습니까? 바다나 넓은 강이 아니더라도 이렇게 큰 배가 지상 위로도 움직일 수 있다는 건 누가 봐도 놀라운 결과입니다."

"아쉬운 건 아쉬운 거니… 뭐, 미련은 이 정도 선에서 접어둬야겠지."

렌딜은 길게 자라난 하얀 턱수염을 매만지며 뒤돌아섰다.

그레인과 함께 온 옛 결사대원들과 조력자들은 한곳에 모여 렌딜의 마법이 진행되기만을 기다렸다.

"휴우, 마법에 입문한 지 40년이나 지났지만 이 정도의 대규모 순간 이동 마법은 처음이라 긴장되는구먼."

비공정 자체가 워낙 거대한 배인지라, 지하에서 지상으로 올리려면 순간 이동 마법의 힘을 빌려야 했다. 정확히는 크라켄 해적단의 본거지인 델타 섬 부근으로 공간 이동 시킬 계획이었다.

비공정의 규모와 그 안에 태울 인원까지 감안해야 했기에, 마법진을 구상하고 검토하는 데에만 근 한 달이란 시간이 소모되었다.

참여한 이들 중 요 근래까지 밤을 세우다시피한 제스테일은 완전히 녹초가 되었지만, 마법진을 바라보는 눈동자에는 뿌듯함이 가득했다.

"어디 보자……."

렌딜은 갑판 정중앙으로 걸어가더니 마법진에 그려진 문자와 문양 하나하나를 꼼꼼하게 두 눈으로 확인하고 돌아왔다.

이미 수차례 확인했음에도.

"문제없군. 내가 제자 하나는 정말 잘 뒀다니깐."

"제스테일 님 말씀입니까?"

"아닐세. 사실 순간 이동용 마법진을 완성하는 데 가장 큰 역할을 담당한 사람은 나도 제스테일도 아닌, 아딜나였네."

"네?"

렌딜의 말에 그레인은 시선을 오른쪽으로 돌렸다.

평상시처럼 절친인 에르닌과 이야기를 나누고 있는 아딜나에 게서 렌딜이 말하는 대단한 면모는 쉽게 찾아볼 수 없었다.

"시공간을 다루는 데 있어서는 스승인 나조차도 능가할 정 도야. 진짜일세."

"하지만……."

"마법사로서 그리 강해 보이진 않지? 어쩔 수 없는 게, 시공 간에 관련된 마법은 이렇게 대규모의 마법이 아닌 이상 특별해 보이진 않는다네. 시각적으로 화려하지도 않으니. 그러고 보니 전생 때의 아딜나는 이런 분야에 특출 났었나?"

"전혀 아니었습니다. 애초에 마법을 익히지도 않았습니다."

"하긴, 하이브리드 중에 마법을 터득한 자들은 드물다고 했 으니 말일세."

렌딜은 그동안 아딜나를 지켜보며 생각했던 걸 말할까 말까 잠시 망설였다.

"이런 말을 그레인, 자네에게 하면 어떻게 보일지 모르지 만……."

렌딜의 작아진 목소리는 바로 옆에 있는 그레인에게만 들릴 정도였다.

"말씀하십시오."

"앞뒤가 안 맞을 수도 있지만, 회귀 대신 자네를 구하는 길을 택한 전생의 아딜나가… 가졌을지도 모르는 미련이 이런 힘으로 구현된 게 아닐까 하고 생각되네."

그레인의 시선을 좇은 렌딜의 시야 가운데에는 전생에 대해 아무것도 모르는 아딜나가 자리 잡았다.

'아딜나가…….'

그레인은 렌딜의 말에 긍정도 부정도 하지 않았다.

교단과의 투쟁에 휘말려 버린 거나 마찬가지인 아딜나에게 언제까지 전생의 일을 감출 수 있을까에 대해 고뇌할 뿐이었다.

"그리고 이런 생각도 들어. 어찌 보면 현 세대의 마법은 발전하는 게 아니라, 단절되었던 고대 문명과의 연결 고리를 발견하는 것에 불과할지 모른다는… 내가 너무 말이 많았나?"

묵묵히 침묵만 지키는 그레인을 바라보며 렌딜은 무안한 듯 뒤통수를 긁었다.

그러나 그레인은 여전히 대답이 없었고, 결국 렌딜은 그레인을 놔두고 다른 이들이 모인 곳으로 발걸음을 옮겼다.

"흠흠! 마법진의 점검은 이제 끝났고, 모두 탑승했나?"

렌딜의 물음에 조력자들은 모두 고개를 끄덕거렸다.

어떻게든 병사들을 최대한 이끌고 가야 했기에 가까스로 병사들 전원을 비공정에 태우는 것까진 성공했다.

"그러면 시작하겠네."

다시 마법진을 향해 걸어간 렌딜은 갑판 위에 그려진 문자를 밟지 않도록 조심스레 걸음을 옮기면서 마법진의 정중앙에 섰다.

렌딜이 주문을 읊기 시작하자 원 모양의 마법진이 점점 넓어졌다. 급기야 갑판을 넘어서 거대한 원이 된 마법진 위로 빛이 뿜어져 나왔다.

모두들 조마조마하며 공간 전이 마법의 완성을 기다렸다. 아딜나는 맞잡은 두 손을 가슴에 모으고 제발 무사히 성공하기를 기원했다.

*   *   *

"해, 해일인가?"

"모두 물러서! 도망치라고!"

갑작스레 몰려온 높은 파도에 항구 부근의 선원들이 급히 대피했다.

"으악! 이게 뭐야!"

항구를 덮친 파도에 일대가 완전 물바다가 되어버렸고, 사방으로 튀어 오른 바닷물에 미처 대피하지 못한 선원들의 옷이 흠뻑 젖었다.

"휴우, 해일은… 아니었네."

"어이! 다들 무사해?"

"그렇긴 한데, 저건 도대체 뭐야?"

그들은 투덜거리기에 앞서 이런 사태를 일으킨 원흉을 바라보며 입을 크게 벌렸다.

"배 맞지? 내 눈이 잘못된 건 아니지?"

"무슨 놈의 배가 저렇게 커?"

"그런데 저거 어디서 온 거야? 분명히 없었는데, 하늘에서 뚝 떨어지기라도 했나?"

두 눈으로 보고도 믿을 수 없는 상황.

바다 위에 떠 있는 거대한 배를 우두커니 바라만 보는 선원들의 발 주변으로 바닷물이 뚝뚝 떨어졌다.

잠시 후 거대한 배가 항구 근처에 도착했고, 배에서 맨 먼저 내린 드레이크가 어깨를 으쓱거렸다.

"으하하하! 어때? 엄청나지?"

드레이크는 오래간만에 만나는 델타 섬의 부하들에게 다가갔다. 어깨를 툭툭 내려치며 잘난 척을 했지만, 선원들 중 그 누구도 드레이크를 거들떠보지 않았다. 그들의 시선은 여전히 정체불명의 거대한 배를 향하고 있었다.

"제독님!"

다들 혼란에 빠져 있을 때, 저 멀리서 누군가가 급히 달려왔다.

"오, 카를로스!"

"제독님! 어떻게 된 겁니까? 저 배는 어디서 얻으셨습니까? 그리고 오시기로 한 날짜보다 훨씬 이르지 않습니까?"

"아, 이런! 순간 이동 마법진이 완성되기 전에 보낸 연락을 갱신 안 했군. 뭐, 그건 중요한 건 아니고, 저걸 봐! 멋지지 않아?"

드레이크는 비공정을 마치 자신의 배인 것처럼 자랑했다.

"그것보단 결사대를 탈퇴하셨다고 들었습니다. 그 이후 일이 어떻게 진행되었는지……."

카를로스는 드레이크가 델타 섬을 떠난 이후 근황에 대해 계속 물어봤다. 그러나 원하던 대답 대신 자랑만이 끊임없이 이어지자 카를로스는 한 손으로 이마를 감싸며 고개를 절레절레 저었다.

"이야, 가까이에서 보니까 훨씬 더 큰데?"

"정말… 대단해."

"혹시 우리들도 저 배에 탈 수 있는 거야? 정말로?"

반면 선원들의 입에서는 연신 감탄이 터져 나왔다.

뱃사람들에게 있어서 배라는 것은 단순한 이동 수단이 아닌, 높은 가치를 지닌 존재이자 꿈 그 자체.

아무리 보고 또 봐도 드레이크가 이끌고 온 배는 그들의 눈에 아름답게만 비춰졌다.

"쯧쯧쯧, 뭐가 그리 급하다고 혼자 내렸나?"

"이크!"

등 뒤에서 들린 퉁명스러운 말에 드레이크는 움찔했다.

선원들은 자신들도 모르게 뒤로 물러섰다. 턱수염을 쓰다듬으며 천천히 걸어오는 노마법사에게 알 수 없는 위압감이 느껴졌기 때문이다.

"제독님, 저분은 혹시……."

"레, 렌딜 님이셔. 저 비공정의 주인이시지."

"네?"

"몰라? 베릴란트 왕국의 대마법사라고 들어는 봤겠지?"

*   *   *

카르디어스 신성력 1400년 1월 15일.

"으아아악!"

어두컴컴한 알현실 안에 비명이 울러 퍼졌다.

고통으로 가득한 비명이 벽에 반사되어 메아리쳤고, 알현실에 초대받은 이들의 얼굴은 경악으로 가득 찼다.

"이, 이건 도대체……."

"어찌 된 일입니까?"

그들은 스코트를 바라보며 해명을 요구했지만, 그는 당장 대답하는 대신 괴로움으로 몸부림치고 있는 소년을 우두커니 내려다보기만 했다.

어두운 밤, 베릴란트 왕궁의 알현실로 초대받은 이들은 국적도 성별도 나이도 각각 달랐다.

그러나 그들에게는 두 가지 공통점이 있었다.

교단에 의해 '성수'를 마시고 선택받은 자가 본인이거나 가족 중 한 명이라는 점. 그리고 전원 귀족이나 왕족이라는 점.

"사… 살려주십시… 오."

"맥스, 거기까지."

스코트가 손을 내밀자, 맥스가 왼팔에 끼고 있던 팔찌의 빛이 사라졌다.

"허억, 허억⋯⋯."

고통에서 해방된 소년은 바닥에 쓰러진 채로 거칠게 호흡했다.

"세르톤! 괜찮으냐?"

아버지로 보이는 중년의 남성이 아들을 안아 올렸다.

"이, 이젠⋯ 괜찮아요."

소년의 얼굴에서 흘러내린 눈물과 콧물, 그리고 침이 한데 뒤섞여 바닥에 뚝뚝 떨어졌다.

"제 아들에게 무슨 일이 벌어진 겁니까?"

베릴란트 왕국의 인근 국가인 폴레인 왕국의 후작 솔틴의 두 눈에는 분노가 일렁거렸다. 좋지 않은 일이 일어날 거라 스코트가 미리 양해를 구하긴 했지만, 이 정도일 줄은 상상도 못 했기에.

당장에라도 검을 뽑아 들어 맥스의 목에 겨누고 싶었지만, 옆에 있는 스코트 때문에 감정을 억누를 수밖에 없었다.

"다들 보시다시피 독을 쓴 것도, 마법을 쓴 것도 아니오. 마법사이신 테이론 님께 확인을 부탁드리겠소."

"화, 확실히 제 눈에는 일반적인 마법으로 보이진 않았습니다."

"그렇다면 도대체, 무슨 이유 때문에 제 아들이 이렇게⋯⋯."

"제가 했던 말을 벌써 잊으셨소?"

스코트의 반문에 솔틴은 눈을 동그랗게 뜨며 시선을 아래로 내렸다.

"그러면 전에 말씀했던 내용이 사실이란 말입니까?"

"그렇소. 하지만 아까 봤다시피 직접 여러분들의 눈앞에서 보여 드리지 않았다면 믿기 힘들었을 거요. 부득이하게 자제분께 해를 끼친 점, 진심으로 사과드리겠소."

스코트는 정중하게 사과했지만 솔틴의 귀에 하나도 들어오지 않았다.

갈 곳을 잃었던 솔틴의 분노는 오른쪽 팔목에 차고 다니던 카르디어스 교단의 로사리오로 향했다.

"아까 제가 했던 말을 이제는 믿으시겠소?"

스코트가 이곳에 모인 자들의 얼굴을 쑥 훑어봤다.

아직도 두려움을 떨쳐내지 못한 그들은 입을 다문 채 고개를 연신 끄덕였다.

다만 '시련'에 고통스러워하는 모습에 놀란 나머지, 맥스가 등장하기 이전까지 스코트가 말했던 내용을 잊고 있었다.

"그렇다면 제 아버지께서도?"

"내 부인도?"

"안타깝지만⋯ 그렇소."

이곳에 모인 이들은 베릴란트 왕국의 왕, 스코트의 초대를 받은 자들이었다.

겉으로 보기엔 별다른 기준 없이 대륙 각지에서 부른 것 같았지만, 교단에 의해 하이브리드가 되거나 하이브리드가 된 가족들이 있는 자들이었다.

스코트는 경비병들을 물러나게 한 뒤 그들이 반드시 알아야 하는 내용에 대해 이야기했다.

'성수'의 정체, 그리고 하이브리드가 된 이상 피해갈 수 없는 운명에 대해서.

그러나 그들은 겉으로 표현만 안 했을 뿐, 스코트의 말을 곧이곧대로 믿지 않았다. 그리고 스코트와 비슷한 나이대로 보이는 청년이 장막 뒤에서 모습을 드러낼 때만 하더라도 그들은 이런 일이 벌어질 줄은 꿈에도 상상하지 못했다.

그러나 청년이 황금색 팔찌를 찬 왼팔을 앞으로 내미는 순간, 분위기는 급반전되었다.

팔찌에서 빛이 뿜어져 나옴과 동시에 들린 비명 소리에 그들은 화들짝 놀라 뒤로 한 걸음 물러섰다.

"그러면 저희들은… 교단이 시키는 대로 따라야만 합니까?"

아직도 제정신을 차리지 못한 아들을 부둥켜안은 솔틴은 울먹였다.

스코트는 굳은 얼굴로 뒤돌아서더니 고개를 살짝 들어 올렸다.

"그러나 불행 중 다행이랄까, 교단의 이러한 행보를 미리 감지한 이들이 있었소."

스코트가 맥스를 바라보자, 다른 이들의 시선이 자연스럽게 그쪽으로 옮겨갔다.

"교단의 음모를 막기 위해 결성된 결사대의 대장 맥스를 소개하겠소."

스코트는 오른손을 옆으로 내밀며 맥스를 가리켰다.

맥스는 고개를 끄덕이지 않고 시선을 정면에 두었다.

"그 역시 하이브리드이긴 하나, 솔틴 님의 자제분과 달리 시련을 버텨낼 수 있는 육체요. 결사대의 구성원들 대다수가 이렇게 시련을 겪지 않는 자들이오."

"저, 정말입니까?"

"그렇기에 교단과의 투쟁에서 거리낌 없이 나설 수 있소. 물론 여러분들의 협조가 있다면 더욱 원활할 것이오."

알현실 안의 이들의 귀는 스코트의 말에 집중했고, 눈은 맥스에서 떨어질 줄 몰랐다.

맥스는 자신에게 쏠린 시선을 흘러 넘기지 않고 정면으로 받아쳤다.

"그리고 기억해 두시오. 카르디어스 교단이 일컫는, 신의 선택을 받는다는 의미는……."

스코트는 잠시 말을 끊더니, 맥스가 팔목에 찬 황금색 팔찌를 손끝으로 살짝 건드렸다.

"다름 아닌 교단의 노예가 된다는 의미임을."

『30인의 회귀자』 7권에 계속…

FUSION FANTASTIC STORY

인기영 장편소설

리턴 레이드 헌터

Return Raid Hunter

하늘에 출현한 거대한 여인의 형상……,
그것은 멸망의 전조였다.

『리턴 레이드 헌터』

창공을 메운 초거대 외계인들과
세상의 초인들이 격돌하는 그 순간.
인류의 패배와 함께 11년 전으로 회귀한 전율!

과연 그는, 세계의 멸망을 막을 수 있을 것인가.

세계 멸망을 향한 카운트다운 속에서 피어나는
그의 전율스러운 이야기!

Book Publishing CHUNGEORAM

유행이 아닌 자유추구 -
WWW.chungeoram.com

이경영 판타지 장편소설

FANTASY FRONTIER SPIRIT

그라니트
용들의 땅
GRANITE

사고로 위장된 사건에 의해 동료를 모두 잃고 서로를 만나게 된 '치프'와 '데스디아'.
사건의 이면에 상식을 벗어난 음모가 있음을 알게 된 둘은
동료들의 죽음을 가슴에 새긴 채 각자의 고향으로 돌아간다.
2년 후, 뜻하지 않게 다시 만난 두 사람은 동료들의 복수를 위해
개척용역회사 '그라니트 용역'을 설립해 다시금 그 땅을 찾게 되는데……

용들이 지배하는 땅 그라니트!
그곳에서 펼쳐지는 고대로부터 이어지는 운명적 만남,
깊어지는 오해, 그리고 채워지는 상처.

『가즈 나이트』시리즈 이경영 작가의 미래형 판타지 신작!

Book Publishing CHUNGEORAM

유행이 아닌 자유추구 -
WWW.chungeoram.com

FUSION FANTASTIC STORY

말리브해적 장편소설

MLB
메이저리그

유료독자 누적 1200만!

행복해지고 싶은 이들을 위한 동화 같은 소설.

『MLB-메이저리그』

100마일의 강속구를 던지는
메이저리그의 전설적인 괴짜 투수 강삼열.
그가 펼치는 뜨거운 도전과 아름다운 이야기!
승리를 위해 외치는 소리-

"파워업!"

그라운드에 파워업이 울려 퍼질 때,

전설이 시작된다!

Book Publishing CHUNGEORAM